新潮文庫

室町無頼

上巻

垣根涼介著

新潮社版

11087

上巻　目　次

第一章　赤松牢人　11
第二章　京洛の遊女　147
第三章　唐崎の老人　241

下巻　目　次

第四章　吹き流し才蔵
第五章　見世物
第六章　野　火

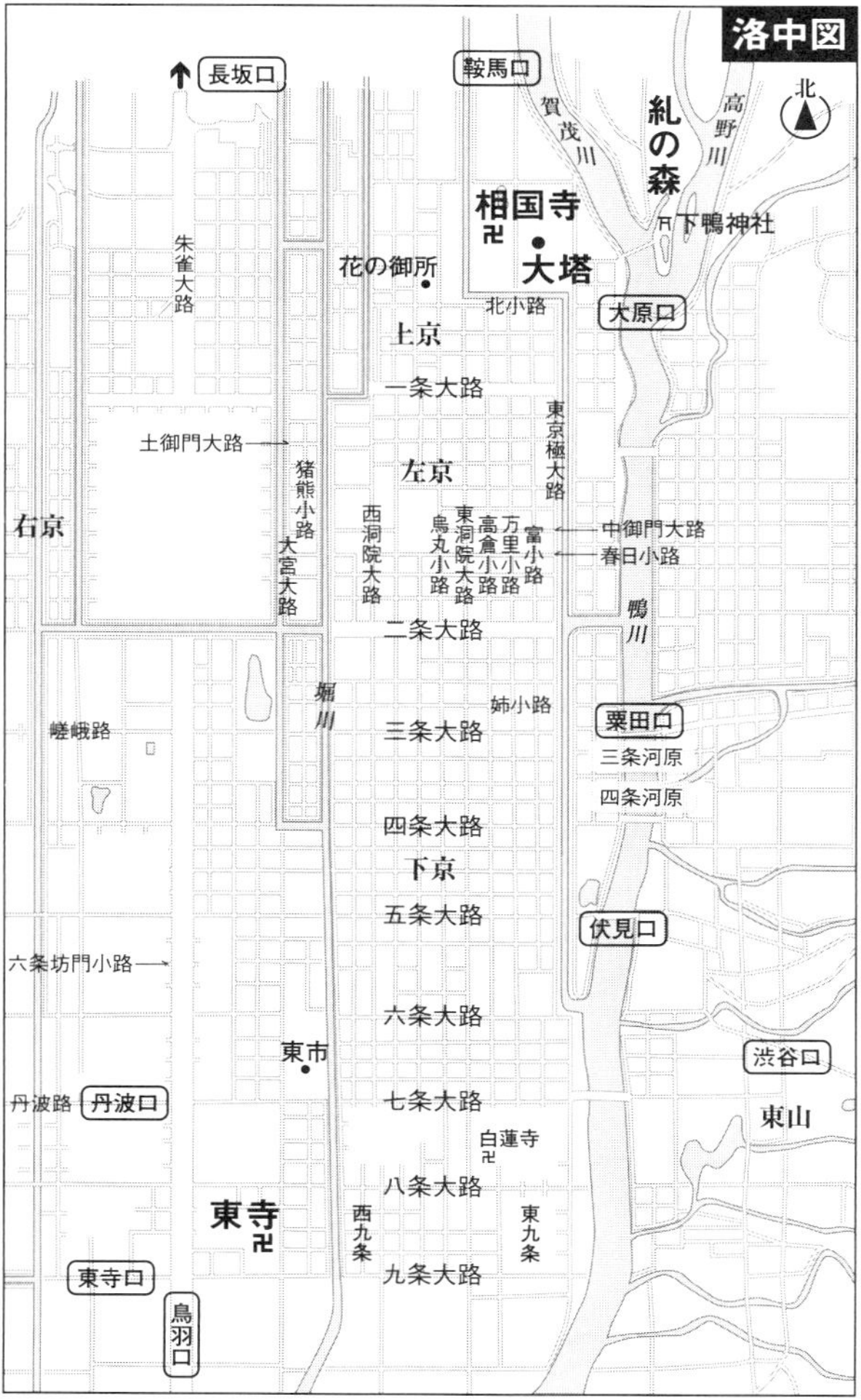
洛中図
北
長坂口
鞍馬口
賀茂川
高野川
糺の森
相国寺
大塔
下鴨神社
朱雀大路
花の御所
北小路
大原口
上京
一条大路
東京極大路
土御門大路
猪熊小路
左京
右京
西洞院大路
烏丸小路
東洞院大路
高倉小路
万里小路
富小路
中御門大路
春日小路
大宮大路
鴨川
二条大路
堀川
姉小路
粟田口
嵯峨路
三条大路
三条河原
四条河原
四条大路
下京
五条大路
伏見口
六条坊門小路
六条大路
渋谷口
東市
丹波路
丹波口
七条大路
東山
白蓮寺
八条大路
東寺
西九条
東九条
九条大路
東寺口
鳥羽口

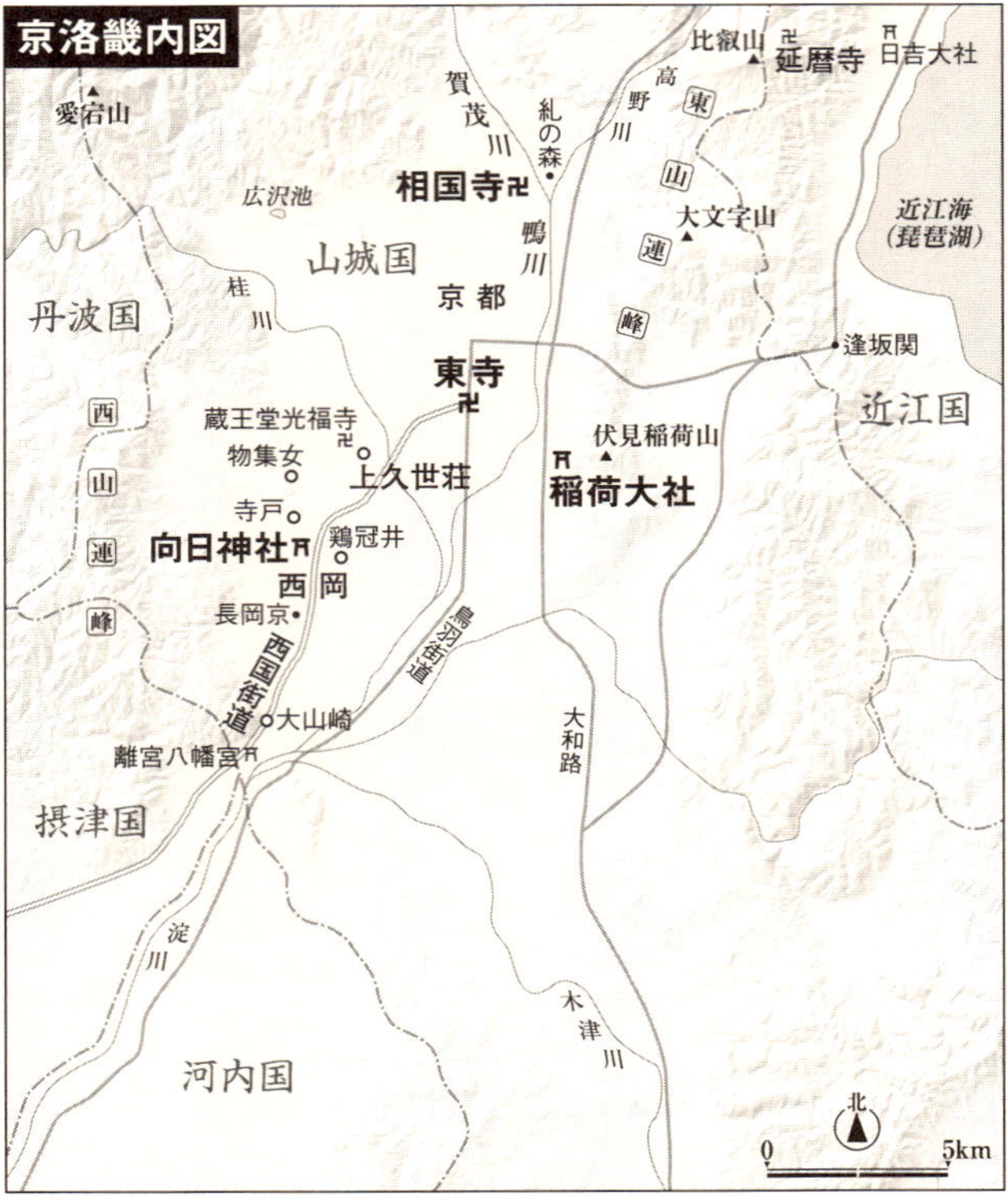

京洛畿内図
愛宕山
比叡山
延暦寺
日吉大社
賀茂川
糺の森
高野川
東山連峰
相国寺
広沢池
大文字山
近江海（琵琶湖）
鴨川
山城国
桂川
京都
丹波国
逢坂関
東寺
近江国
西山連峰
蔵王堂光福寺
物集女
伏見稲荷山
上久世荘
稲荷大社
寺戸
鶏冠井
向日神社
西岡
長岡京
鳥羽街道
西国街道
大山崎
大和路
離宮八幡宮
摂津国
淀川
木津川
河内国
北
0
5km

地図製作　アトリエ・プラン

荘子《そうじ》は、橋の上から魚の群れを見て言った。

ほら、魚が楽しそうに泳いでいる。あれが魚にとっての楽しみというものだ。

友人の恵子《けいし》は言い返した。

君に魚の楽しみが分かるはずがないよ。だって、魚じゃないんだから。

すると荘子は笑ってこう答えた。

そう。ぼくは魚ではない。同じように君はぼくではない。だから、ぼくには魚の楽しみが分かったんだ。


『荘子』外篇「秋水」

室町無頼

上巻

第一章 赤松牢人《ろうにん》

I

現世《うつせみ》に 神も仏も あるものか——。

才蔵《さいぞう》が、この寛正《かんしょう》二年（一四六一年）の憂世《うきよ》というものを詠《よ》めと言われ、もし詠む力があったなら、おそらくはそう答えただろう。

まったく愚かな無明《むみょう》の世に生まれてきたものよ、と。

だが、この時わずか十七の才蔵に、そんな語彙《ごい》はない。あったとしても、そんな達観した心根は持てなかったに違いない。あるいは、気持ちの余裕というべきか。

生まれ落ちて以来、ただ食うことに必死なまま、ひたすらに十七年が過ぎた。

陰暦三月の夜は、じわりと湿気を帯びて静まり返っている。肌の湿り具合からして、戌《いぬ》の下刻（午後八時二十分頃）は過ぎているはずだ。

才蔵は六尺棒を抱え込むようにして、土倉《つちくら》の板間に座っている。背中を心持ち、杉戸に預けている。

六尺棒の両端は、薄鉄《うすがね》で覆《おお》われている。若年ながらもこの少年の膂力《りょりょく》と技量なら、どちらの端を使っても、たちまちに相手の鎖骨は砕け、頭蓋《ずがい》も陥没するだろう。

そこまで自分の腕を鍛え上げてきた。あるいは逆に、堕《お》ちに堕ちたのか。

半年ほど前から、この土倉の用心棒として飼われている。土倉……法妙坊《ほうみょうぼう》という屋号を掲げた、この時代の銭貸し業だ。

のう、才蔵――。

と、隣にいた年かさの男が語りかけてくる。無聊《ぶりょう》にまかせ、酢になりかけた安酒を喰らっている。

「ぬしは相変わらず、無口よのう」

が、才蔵は口を開かない。

すると、車座になって博打《ばくち》に興じている用心棒たちからも、

「無駄じゃ」

そう、痴《し》れ痴《じ》れとした軽口が湧《わ》いた。

「才蔵はまだ子供だ。口なしよの。口なし才蔵じゃ」

それでも才蔵は黙っている。答える必要もない。

けれど、数えの齢《よわい》十七でも分かることはある。

彼らが嫌いなわけではない。

銭貸しに老練の用心棒として飼われ、朝夕二度の飯の他、時に与えられる駄賃を賭《と》博《ばく》や遊女遊びに転がしている。それが問題というわけでもないし、むしろ飢《き》饉《きん》続きのこの時代、鴨川《かもがわ》や四条大路に転がっている無数の餓死者を見れば、自分の境遇などは、はるかに恵まれているほうだろう。

しかし十年後、二十年後の自分も彼らのようになるのかと思うと、やはりやり切れない……。


才蔵は、文安二年（一四四五年）に京郊外の山崎で生まれた。

彼が生まれる四年前に、公方《くぼう》が殺された。

名を、足利義教《あしかがよしのり》という。室町幕府の六代将軍である。

五代将軍の没後、三管領《かんれい》など群臣の合議の下で様々な思惑が絡《から》み合い、なかなか次期将軍が決まらなかった。挙句、足利氏一門から義教という男が籤引《くじび》きで選ばれた。「籤引き将軍」とも揶揄《やゆ》されていた所以《ゆえん》だ。

殺した男は赤松満祐《あかまつみつすけ》で、播磨《はりま》、備前《びぜん》、美作《みまさか》三国の太守《たいしゅ》であった。下が上を討つという前代未聞《みもん》の事件で、後の世でいう「嘉吉《かきつ》の乱」である。

この満祐への大規模な討伐軍がすぐに幕府側で編成され、あっけなく赤松氏は壊滅した。三国にわたって栄華を誇った一族郎党は四散し、野に放り出された。

この室町中期までの侍ほど、仕える主《あるじ》と所領を失った時――つまりは牢人《ろうにん》になった場合、その存在が始末に負えないものはない。

彼らは合戦や治世の専門家ではなかったし、その他の技能や実力を買われて大名に仕えたわけでもない。ただ単に、守護や地頭の縁戚《えんせき》として、昔から一族にぶら下がっていただけの徒食者に過ぎない。

その赤松氏の家臣団が、大量に牢人として世に出回った。食い詰め者たちの多くが仕官先を求めて続々と京に上ってきた。

だが、何の技能もなく血縁でもない牢人を召し抱えるような酔狂な大名は、この時代に限らずいるはずもない。京の六条以南には、そんな牢人で溢《あふ》れかえった貧民窟《くつ》がたちまち形成されることとなる。

才蔵の父も、赤松氏家臣団の木《こ》っ端《ぱ》の一人であったらしい。彼も一度は京に出たが、最後には京の手前にある西岡《にしのおか》と山崎の中間の村に腰を据えた。

とはいえ、世事において何の技能もなかった父に、食える術《すべ》はない。結局は村厄介《むらやっかい》となる。集落での最下層の身分だ。いや、身分とすら言えないような立場だった。

父は、牛飼いや名主《みょうしゅ》の使い走りなどをしている間に、粗忽《そこつ》にも村娘の一人を孕《はら》ませた。生まれたのが才蔵である。

「才蔵、よう聞け。落ちぶれたりといえども、ぬしは侍の子ぞ。泥にまみれる百姓ではない。そもそもは赤松家郎党の、一人ぞ」

物心が付いたころから、何度その言葉を聞かされただろう。

安酒を喰らった父は唾《つばき》を飛ばしながら、錆槍《さびやり》を片手に、しばしばそう声を上げたものだ。

単純にその血筋を誇りに思えたのは、十ぐらいまでのことだったろうか。

それ以降はむしろ、そんな父の言葉を鬱陶《うっとう》しく、なによりもやりきれなく感じるようになった。

村の外れに小さな禅寺があった。そこの和尚《おしょう》が才蔵の境遇を不憫《ふびん》に思い、せめて長じた時に多少の役には立てるようにと、読み書きと、いくつかの漢籍を教えてくれた。『老子』『荘子《そうじ》』『孟子《もうし》』『荀子《じゅんし》』などだ。和書では『方丈記』や『徒然草《つれづれぐさ》』などにも触れた。まだ子供ゆえ、意味がよく摑《つか》めない箇所も多かったが、それでも、多少なりとも自分の存在というものを考えるきっかけにはなった。

自分。父。村。そして、それを取り巻く世界……。

いつ崩れるかも知れぬような隙間《すきま》だらけの牛小屋に、父と子は住んでいた。食うものにも日々事欠くありさまで、挙句には母親の実家から食料を恵んでもらっていたが、その母も才蔵が十一の時に死んだ。実家からの援助もほとんどなくなった。

村の人々はみな、才蔵親子を半ばは哀れむような、そして残りの半ばは蔑《さげす》むような目で眺めていた。

当然だろう、と才蔵は長じてから思った。

所領を持たぬ侍や扶持《ふち》離れした牢人など、陸《おか》に揚げられた魚に等しい。すぐに息ができなくなり、干上がってしまう。

歳《とし》を取り、足腰も萎《な》え始めた父親の鬱屈は分かる。将来に絶望し、縋《すが》れるものが自分の滅びた血統だけという惨《みじ》めな境遇も分かる。分かるが、それでもそんな血筋への己誇《おのれほこ》りが一体なんになるというのか。

一文の銭になったためしもない。

渡世《とせい》の能もない自負心など、せいぜい村の物笑いの種になるのが関の山だった。そんな馬糞《ばふん》塗《まみ》れの食えぬ誇りよりも、今は一椀《わん》の稗《ひえ》が欲しい。

2

才蔵は、食うために十二の歳から働き始めた。

村の西に、天王山がこんもりとした山容を見せている。その山中で柴《しば》を拾い集め、天秤棒《てんびんぼう》の両端に山盛りに括《くく》りつけ、麓《ふもと》の町まで売りに行く。油商人の商都として栄えた大山崎のことである。離宮八幡宮《りきゅうはちまんぐう》を中心に栄えたこの町の戸数は、当時で約三千。中世の商都としては、日本でも有数の殷賑《いんしん》であった。

けれど、薪《たきぎ》という薪をすべて売り尽くしても、たいした銭にはならなかった。この商売とも言えぬ小銭稼ぎの日々の仕事で、その日その日の糊口《ここう》を凌《しの》ぐのが精一杯の暮らしが続いた。

薪を売り尽くした帰路、使い古した長さ一間（約一・八メートル）の天秤棒を肩に担《かつ》いだまま、村へと戻っていく。

春から秋にかけては、天秤棒の先に口輪《くちわ》を嵌《は》め、五寸釘《くぎ》を植え込み、しばしば桂川《かつらがわ》で魚を突く。あるいは柿《かき》や椎《しい》の実、山葡萄《やまぶどう》などを叩《たた》いて落とす。村への帰路は、実入りが乏しい一家にとっての、大事な食料確保の場でもあった。

水の中で素早く泳ぎまわる魚の動きを瞬時にして捉《とら》え、突く技術、木の枝を強く打ち払う膂力は、歳を重ねるとともに高まっていった。それほど日々の糧《かて》を得るのに必死だった。

外界に食べるものがなくなった冬場も、才蔵はしばしば天秤棒を振り回しながら村への帰路に就いた。

時には雑木林の中に足を踏み入れ、戯《たわむ》れに周囲の木立を敵に見立て、突く、打つ、払うという動作を、常軌を逸した激しさで繰り返した。かと思えば、両手で天秤棒の中央部を握り、ぐるぐると前後左右に滅多やたらに回転させたりもした。

何故《なぜ》そうするのか、自分でも訳が分かっていなかった。

才蔵には、子供の頃から遊び友達というものがいなかった。

村の子供たちが木切れや石などで合戦ごっこをして遊んでいる様子を、よく見かけた。無意味な遊びだが、見るからに楽しそうだった。

才蔵は、その輪の中に入っていくことが出来なかった。

彼ら百姓の子供たちも、出自の違いから、常に才蔵を遠巻きにして見ているだけだった。むろん、親しく声をかけられたこともなかった。

だから一人での棒遊びは、才蔵にとって、同年代の子供たちとは一緒に遊べぬことからくる淋しさへの穴埋めであったのかもしれない。

と同時に、日々の糧を得るために遊ぶ余裕などとてもない自分の境遇が、才蔵の気持ちをいつも暗澹《あんたん》たるものにしていた。

才蔵は齢《よわい》十二、三にして、すでに自分の将来に絶望に近い気持ちを抱いていた。

牢人の子など、所詮《しょせん》こんなものだ。

どこに行く当てもなく、世に出る見込みもなく、村厄介の分際のまま、一生陽《ひ》の目を見ない暮らしで朽ちていく――。

そう思うと、自分という存在の虚《むな》しさに、将来のあまりの惨めさに、時折り頭がおかしくなりそうになる。

しかし、天秤棒を自在に振り回しているときだけは、束《つか》の間《ま》その絶望感から解放された。惨め極まりない自分の境遇を忘れることが出来た。

十五になった時、酒浸りだった父が死んだ。涙も出なかった。

そしてその時点で、生まれ落ちた村との関係が完全に切れた。根無し草同然になった。

ここで、才蔵の人生は軌道を変える。

たまたま離宮八幡宮の雑掌《ざつしょう》に知る辺があった。その雑掌が才蔵の境遇を憐《あわ》れみ、問いかけた。

「才蔵よ。ぬしもそろそろ、広い世間に出てはみぬか」

才蔵は一も二もなくうなずいた。とにかく今の世界を抜け出すことが出来るのなら、なんでもよい。

すると雑掌は言葉を続けた。

「聞けば天秤棒の扱いには、かなり慣れておるそうじゃの。ならば、奉公先には困らぬぞ」

離宮八幡宮は、畿内《きない》の油商と油問屋のすべてに木札《きふだ》という形で専売権を与えている。油座の総元締めだ。そのつてで、京の油問屋への奉公の口利《くちき》きをしてくれた。

才蔵はそこで振り売りから始めた。

天秤棒の両端に油桶《おけ》を二つぶら下げ、洛中《らくちゅう》を売り歩く。油をなみなみと注ぎ入れた桶は、二つで十貫（三十八キロ弱）やそこらの重さはあっただろう。

それを担いで、朝から宵の口まで市中を売って回る。

腰骨が詰まるほどの過酷な労働だ。持ち上げ、歩き、曲がり、しゃがむ。常に中身をこぼさぬような身の動きも要求される。

自《おの》ずと腰から下は上下しても、上半身は揺れない動き方を身に付けた。偶然にもこれは、武芸も含めたあらゆる芸事の基本でもあった。

才蔵は、洛中でも六条から南を振り売りに廻ることが多かった。

理由は簡単だ。この室町中期、下京《しもぎょう》の六条以南は細民、浮浪、牢人などが住む貧民窟が多い。治安も悪ければ、売り上げも上京《かみぎょう》より上がらない。いつの時代も新入りは、こういう不利な持ち場から受け持たされるものだ。それが、世間というものだ。

売り子を始めて一年ほどが経《た》った、秋の宵の口だった。

半刻《はんとき》ほど前に、西山連峰に陽は落ちていた。あたりには闇《やみ》が満ちようとしている。

珍しく油を売り尽くして桶は二つとも空になり、代わりに懐中には、ずしりと重い銭があった。

上京の二条高倉にある油問屋に戻ろうと、六条坊門小路《こうじ》を横切ろうとした、その時だった。

不意に背筋に悪寒《おかん》が走り、才蔵は咄嗟《とっさ》に身を翻《ひるがえ》した。回る視界の隅で捉えた。影は二つ。息をつく暇もなく、右手から二の太刀が、左手から三の太刀が襲ってきた。

卑怯《ひきょう》なり――

とも思わなかった。さらに才蔵は二回、三回と反転しながらも、気が付いた時には天秤棒を両手に構えていた。

一瞬間を置いて、

ぐぁらり、

と後方で空の桶が二つ、地表に落ちて乾いた音を立てた。

「銭を置け」

影の一人が言った。

「ならば、命は助けてやろう」

何故だろう、才蔵は無性に腹が立った。

時折り、大人たちの話を小耳に挟んで知っている。当世、八代目の足利義政《あしかがよしまさ》という公方が、この国を治めているらしい。

が、そんなことは才蔵にとってどうでも良かった。

当世の京は、洛中、洛外を含めて無政府状態もいいところだ。町には流民と飢民が溢れ返り、特に六条以南には追い剝《は》ぎや盗賊、かどわかし、人殺しなどが跋扈《ばっこ》している。

が――。

銭や食い物が必要なのは、みな同じなのだ。だから才蔵も、こうして身を粉《こ》にして必死に働いている。

そう思うと急に腸《はらわた》が煮えた。たとえ斬《き》られても、一撃、見舞ってやりたい。

ようやく才蔵は口を開いた。

銭が欲しくば、
と口を開きつつも、喉《のど》がからからに干からびていた。まだそこまで大人びてはいなかった。怖《おそ》れもある。それでも震える声でなんとか言い放った。

「力ずくでも、奪えばよかろう」

もう一つの影が嘲《あざけ》るような笑い声を上げた。

「童《わっぱ》、正気か」

気がつけば、天秤棒を振りかぶり無言で突っ込んでいた。一か八かだ。棒。つまりは槍のようなものだ。

子供の頃、父から聞かされたことがあった。太刀と槍が戦えば、よほどの技量の差がない限り、まず十に八つは得物《えもの》の長いほうが勝つ、と――。

「こ、こいつ」

ふたつの影も慌《あわ》てて太刀を振りかぶった。まさか才蔵から攻撃を仕掛けてくるとは思ってもいなかったのだろう、明らかに腰が浮いている。

あとはもう無我夢中だった。

後日、才蔵はその時の咄嗟の動きを何度も反芻《はんすう》した。

打つ、と見せかけて右の影の鳩尾《みぞおち》を一撃し、さらに左の男のがら空きとなった腋《わき》を横なぎに払った。鈍い音がする。肋骨《ろっこつ》が折れた。前かがみになっている右の男。その肩口を激しく打つ。ふたたびの確かな手ごたえ。鎖骨が砕けた。

おそらくはそういうことだったのだろうと、記憶の断片をかき集めて思った。

はっきりと覚えているのは、最後に自分が放った一撃だ。

うずくまった左の男の頭蓋に、渾身《こんしん》の力を込めて天秤棒を振り下ろした。

ぐしゃっ、
という確かな手ごたえがあった。

ふと我に返ると、鎖骨を押さえた他方の男が太刀を放り出していた。

「ま、待てっ」

「待てっ」

地面にうずくまったまま、片手だけで才蔵を拝み、必死に訴えた。

「降参じゃ。堪忍《かんにん》せい」

その横には、才蔵が脳天を叩き割った男が横たわっている。白い脳漿《のうしょう》が流れ出している。暮夜《ぼや》の中の地べたにも、はっきりと浮かび上がっていた。すでに事切れているようだった。

あとのことは、ふたたび曖昧《あいまい》な記憶の中にある。

後方に散らばった油桶を拾ったことは覚えている。

六条坊門を過ぎ、五条大路まで辿《たど》りついた頃から、両膝《りょうひざ》がガクガクと笑い始めた。今さらながら激しい恐怖に襲われた。天秤棒を担ぐ右肩も、震えが止まらない。あるいは、自分が仕出かしたことへの恐怖か。

おれは、どうやら人をひとり殺したらしい……。

才蔵は油問屋に帰ってからも、誰にもこのことを言わなかった。十日ほどはびくびくして過ごした。大丈夫だ、追い剝ぎを一人殺したくらいで捕まることは決してないだろう。そうは踏んでいても、怯《おび》えはなかなか消えなかった。

さらに十日ばかりが経った。結局は何も起こらなかった。

それでようやく実感として分かったことがある。やはり幕府の侍所《さむらいどころ》――京の警察機関は有名無実であり、所司や目附なども、あってなきがごときものなのだ、と。

もうひとつ、身に染《し》みて思ったことがある。

つまるところ、自分の身は自分で守るしかない。誰も代わりに守ってはくれないのだ……。

才蔵はそれから、子供の時のように暇さえあれば天秤棒で、突く、打つ、払う、の稽古《けいこ》を始めた。振り売りの最中もだ。破れ築地《ついじ》の中の廃園などで、桶を置いて棒振りを繰り返した。

3

ある日、ふと思いついて天秤棒の両端を薄鉄で包んだ。もうすぐ数えで十七になろうとしていた。

四条河原に薄《すすき》の穂が生え始めた頃、またしても追い剝ぎに襲われた。

相手が一人だったこともある。この時はむしろ、積極的に攻撃に出た。自信もわずかながらあった。一合、二合と太刀先を天秤棒であしらい、相手の二の腕を打ち、脛《すね》を払い、最後には秋口のときのように、肩をしたたかに強打した。

殺しはしなかった。才蔵の見るところ、相手は右鎖骨と左の腕が折れていた。これでもう、自分に刃向ってくることはなかろう。充分だと感じた。

霜柱が立つ季節になった。

暮夜に追い剝ぎに遭う頻度が、さらに増えた。冬なのだ。食うものもなくなり、米や麦などの収穫物も土倉や荘園主に取り上げられ、土民たちは餓《う》え切っていた。

その都度、才蔵は撃退した。相手が、剣では素人《しろうと》同然の食い詰め者であったことも幸いした。複数でかかって来られた場合は、容赦しなかった。むしろこちらの命が危ない。年の瀬までにさらに数人の頭蓋を割り、殺した。雪に血がにじんだ。賊を殺しても、侍所に捕まることはない。その点は安心していた。だからといって殺したいわけではなかった。我が身を守るためには仕方ないことだった。

そしていよいよ暮も押し迫った、ある夕刻のことだった。

五条大路で辻売《つじう》りをしていたとき、五、六人の牢人風の輩《やから》が東からやってきた。みな肩を怒らせ、かすかに土埃《つちぼこり》を立てながら大路をのし歩いてくる。すべての男たちが腰元に野太刀をぶち込んでいる。尋常な雰囲気ではなかった。

骨の髄まで冷える北風の中を、周りに目もくれず、才蔵にむかってまっすぐに迫ってきている。

左端の男に、かすかに見覚えがあった。たしか三度目か四度目に襲ってきた追い剝ぎの片割れに違いない。もう一方の男は、才蔵が撲殺した。

才蔵は、二つの油桶をそっと地面に下ろした。懐中の銭袋を桶の上に置く。そして天秤棒を両手に摑みながら、
やはりそうか――、
と感じた。

相手は追い剝ぎとはいえ、仲間もいる。親兄弟もいるだろう。いつかはこの種のお礼参りがやってくることは、心のどこかでうっすらと覚悟していた。

そして、おそらくその時、自分は死ぬだろう。

それが、思いのほか早かっただけだ。

己の生の阿呆臭《あほくさ》さと虚しさに、思わず笑い出したくなった。泣き出したくもなった。生まれ落ちてきて以来、なんの慶《よろこ》びもない人生だった。好きになるほどに親しくなった相手もおらず、望みの見える職にありついたこともない。ただ食うためだけに必死で苦界《くがい》の海を泳いできた成れの果てが、これだ。

才蔵は、近づいてくる男たちに向かって、もう一度天秤棒を構え直した。

一方で、多少の物憂《ものう》さは感じる。どのみち死ぬのだ。けれど、ただで殺されるつもりはなかった。四肢をずたずたに切り刻まれ、頭をかち割られるまでは徹底的に抗戦し、相手のうちの何人かを、地獄で待ち受ける牛頭馬《ごずめ》頭《ず》の慰み物として道連れにしてやる……そう腹を括っていた。

が、事態は思わぬ方向へと動いた。

男たちの集団は、才蔵の立っている場所から三間ほど離れたところまで来て、一斉にその足を止めた。誰一人として鯉口《こいぐち》を切る気配がない。殺気もない。これから才蔵を打ち殺す雰囲気では、明らかにない。

先頭にいる首領格らしき男が、鬚面《ひげづら》の顎《あご》を撫《な》でながら、不意に相好《そうごう》を崩した。

「汝《うぬ》が、天秤棒の小僧か」

その声音も、気さくでざっかけないものだった。

それでも才蔵は、棒先を男たちに向けたまま、用心深く無言を保った。

「その歳で、なかなかの使い手だそうじゃのう」男はさらに笑った。「聞けば、七条あたりの賭場でも噂《うわさ》になっているそうな。天秤棒の童には手を出すな、こちらの命が危うくなる、とな」

「……………」

「油の振り売りをさせておくには、惜しい腕じゃ」

どうやら用向きは、他にあるらしい。

才蔵は、ようやく天秤棒を下ろした。

「どうじゃな小僧、ここはひとつ、わしらの仲間に入ってみんか」

才蔵は一瞬間を置き、

「追い剝ぎの、か」

と聞いた。ならば断るつもりだった。そこまで身を堕としたくはない。

違う、と男は首を振った。

「わしらの本業は、土倉の用心棒じゃ。追い剝ぎは、たまたまこやつと――」左端の男に顎をしゃくった。「その連れが戯れにやったまでのこと」

戯れで、人を殺すのか。

ともわずかに感じたが、才蔵は黙っていた。

当世は人の命など、冬の乾き切った馬糞同様に軽い。

四条河原では餓死者の骸《むくろ》があちらこちらで鴉《からす》に啄《ついば》まれている。鴨川の流れも腐乱死体で埋め尽くされ、常に澱《よど》み滞っている。

今年の一、二月だけで、鴨川のほとりでは八万二千人もの餓死者が出たという。人によっては、九万、十万とも噂する。長禄《ちょうろく》三年（一四五九年）から足かけ三年続いた大飢饉――後の世でいう「長禄寛正の飢饉」のせいだった。餓えた者たちが食い扶持を求めて、京へ京へと上ってきた挙句の、この地獄絵図だった。

このご時世では、自分の命ですら、いつどこでどう朽ち果てるとも知れない。

「土倉は物持ちじゃ。手当ても弾むぞ」男はさらに言った。「油の売り子など、ろくな給金ももらえぬ。老いるまで飼い殺しじゃ」

才蔵はしばし考えて、口を開いた。

わしは、とためらいがちに言った。「そやつの連れを殺しておる。恨みには思わぬのか」

すると男たちは一斉に大口を開けて笑った。左端の男も含めてだ。

意外だった。才蔵は驚き、むっとした。そこは若さゆえ、中身はまだそれなりに初《う》心《ぶ》だった。

「何故《なにゆえ》、笑う」

「殺されたのは、きゃつの腕が未熟だったまでのこと」首領らしき男は言った。「わしらまで、ぬしを恨みに思う義理はないわい」

別の男も笑いながら言ってのけた。

「そんなことでいちいち恨みを抱けば、殺す相手は日に日に増える。切りがないわ」

なるほど、と一面では納得もする。

連れの男が殺されたのは、誰のせいでもない。その男の半可な腕のせいなのだ。

どうやらそういう修羅道の底で、この男たちは生きているようだった。彼らの性根は渇き切っている。とことんの極道者だ。

けれど才蔵も、つい微笑した。

この男たちがそういう気構えでいるのなら、こちらもそれなりの付き合い方はある。

それでも、土倉の用心棒風情《ふぜい》に進んでなりたいとは思わない。

が、最後に首領が放った一言が、何故か才蔵の心を打った。

「わしらはの、ぬしの腕を見込んで、こうして来ている」

男は存外に優しい声で言った。

「その腕に、値がつくのじゃ。どうじゃ、求められてはみぬか」

あれから三月《みつき》が過ぎ、才蔵はこうして土倉の用心棒に納まっている。本棟の広い土間を一段上がった大広間で、杉戸に背をもたせて座っている。

あの時、すんなりと申し出を受けた自分のことを、たまに考える。

思案した挙句、ようやく一つの結論に達した。

つまり、こういうことだ。

十五の時まで、ずっと村厄介の分際として生まれ育った。誰も才蔵のことを、あの村に必要な人間だとは思っていなかった。まさしく厄介者だった。そういう軽侮の視線に囲まれた世界が、才蔵のすべてだった。

やがて雑掌の添え状により、油問屋に雇われたが、ここでも別段ありがたがられたわけではない。離宮八幡宮の紹介状を持つ小僧をすげなくは扱えず、仕方なしに雇ってくれたというのが実状だった。

つらつら考えてみるに、自分、あるいは自分に付属している何か――この場合は棒の技術だろう――に、価値があると言われたのは、生まれてこのかた初めてのことだった。それがたとえ人を叩き、殺すという罰当たりな技術であったとしても、だ。

誰かに必要とされているという感動に似たものを、才蔵はあの時初めて味わった。だから自分は、驚くほどすんなりと申し出に応じたのだと思う。

それでもこの土倉での暮らしに馴《な》れるにつれ、いろいろと見えてくるやり切れない現実がある。

それが、どうしても才蔵を無口にさせる。

油売りの時もそうだった。

おん油ぁ、おん油あ、と売って回った。離宮八幡宮から下された霊験《れいげん》あらたかな神の油だ。だから買う者もありがたく拝んで買えというわけだ。

この土倉にしても、そうだ。

比叡山《ひえいざん》の有力な山法師が経営している。いわゆる僧兵の親玉的存在で、法妙坊暁《ぎょう》信《しん》と名乗る男が、祠堂銭《しどうせん》という寺社の運営金を借り、それをさらに地下人《じげにん》に貸し付けている。

つまりは叡山が銭主なのだ。

地下人に貸し出す際の利子は、年に八割強だ。百を借りたものが、一年後には百と八十以上の負債に膨れ上がる。到底返しきれるものではない。

それを承知で、百姓たちは目前の餓えや年貢《ねんぐ》を凌ぐために借りる。銭を返しきれなくなった彼らの土地を取り上げるのも、才蔵たちの仕事だ。その脅し文句もお笑い草だ。

「阿弥陀如来《あみだにょらい》さまからお借りした、ありがたい御鳥目《おちょうもく》ぞ。うぬはそれを返さぬと申すか」

挙句には、

「地獄に堕ちるぞ。子々孫々堕ちて、永劫《えいごう》に責め苦を味わうか」

などと言って質草の土地を取り上げ、小作にしたり、女子供を人買いに売ったりする。


才蔵は時に思う。

もし阿弥陀如来というものがこの世に本当にいるのなら、こんな高利での銭貸しの片棒を担ぐとは、とても思えない。なおかつ返せないからと言って、小作農という半奴隷《どれい》の身分にまで人々を追いやるとは、さらに想像もできない。

いっそ、こんな愚劣な渡世などやめてしまおうか。

そう思う時もしばしばある。

が、今の才蔵にとってわずかながらも人に求められるものは、天秤棒のこの腕だけなのだ。待遇も悪くない。それがつい、ここを出ていこうという決意を鈍らせる。

くすぶった気持ちを常に抱えたまま、今の状況に胡坐《あぐら》をかいている。

夜は、本棟に手代や下働きの者はいない。持ち主の法妙坊も東山の別邸に戻り、不在だ。才蔵を始めとした用心棒のみが、銭を守って本棟にいる。

板の間に賽《さい》を振る音が鳴り、直後に勝った負けたで交換される銭の音が耳障《みみざわ》りに聞こえる。その銭の音に紛れて、どこからか狗《いぬ》の吼《ほ》え声が響いてきた。

しかし、突如として吼え声は止《や》んだ。

珍しいものだ。春のこの時季に、雄狗同士が目当ての雌を争って吼え合うことはよくある。うんざりするほど長くしつこく、威嚇《いかく》し合う。一匹で遠吠《とおぼ》えをしているときも、その声は長く尾を引く。

が、今の吼え声はいきなり止んだ。おそらくは誰かが、狗を打ち殺して黙らせた。

……嫌な予感がする。

そう思い、つい六尺棒を引き寄せた直後だった。

ぐぁばん、
という大音響が部屋じゅうに響き渡った。

はっと顔を上げると、土倉の分厚い引き戸が、板間にいる才蔵たちのほうに向かって吹っ飛んできた。丸太で突き破られたのだ。

そうと知れた時には、長柄《ながえ》を構え白刃《はくじん》を振りかざした賊たちが、ばらばらと乱入してきていた。見る間に数が増えていく。

「この――」

才蔵たち七人の用心棒もすぐさま得物を手に取る。たちまち乱闘――いたるところで殺し合いになった。あまりにも突然で、恐怖に怯える暇もなかった。気がつけば、次々と斬りかかってくる相手に、突き、打ち、払うという動作を無我夢中で繰り返していた。

が、いかんせん賊の数が大きく上回っている。二十人はいる。

周囲に無数の白刃がきらめいている。才蔵はその兇刃《きょうじん》の隙間を掻《か》い潜《くぐ》り、六尺棒を手に奮戦した。二人の鎖骨を砕き、一つの頭蓋を割り、群がってくる向こう脛を何度かしたたかに打つ。血の臭《にお》い。怒号。断末魔の叫び。しかし、周囲に響くのはこちら側の悲鳴が圧倒的に多い。

刀槍《とうそう》の戦いなど、双方の実力がよほど伯仲していない限り、一合か二合でけりはつく。つまりはどちらかがすぐに倒れ、死ぬ。

いつの間にか周囲に用心棒の影はすっかりなくなっていた。殺されたか、あるいは多勢に無勢と判断し、泡を食って逃げ出したのだろう。

六尺棒を前後左右に振り回しながら、次第に自棄《やけ》になっていく自分を、どうにも抑えることが出来ない。

不意に、臓腑《ぞうふ》から怒りが込み上げてきた。

どこをどう見渡しても、恨み多き、虚しいだけの人の世だ。喜びなどない。偽物《まがいもの》だらけの世の中だ。苦界だ……生きてこれ以上、息を吸う価値もない。

たぶん自分は今宵《こよい》、死ぬ。それでいい。

逃げ出したところで行く当てもない。もう充分だ。

が、黙って死んでやるつもりもない。

いっそ、大暴れに暴れて死んでやる。

萎えかけた両腕に、ふたたびわずかばかりの力が湧いた。

――くそ。

さらに六尺棒を振り回す。目前の敵を渾身の力で突いた。顔が中央から陥没し、相手は足元に崩れ落ちていく。

「見たか」

破れかぶれで思わず叫んだ。息が荒い。足も重い。それでも――、

「うぬら全員、地獄へ道連れじゃっ」

と大声で吼え散らした。

しばし賊たちの動きが止まった。才蔵を遠巻きにしたまま、息を詰めている。

直後、

「退《の》け――」

そんなつぶやきが聞こえた。

賊どもを掻き分け、ひときわ大柄な男がのっそりと現れた。毬栗頭《いがぐり》に鬚面の、黒袈裟《けさ》に身を包んだ見るからに魁偉《かいい》な男だ。自然、才蔵はその男を見上げる恰好《かっこう》となる。

一瞬、相手の体軀《たいく》が発する息苦しいまでの圧迫感に怯《ひる》んだ。その男だけは、左手に持つ大太刀の鞘《さや》を払ってもいない。この修羅場にもかかわらず、四肢のどこにも微塵《みじん》も力みが感じられない。ゆったりと構えている。

が、怯んだのも束の間だった。おそらくは賊たちの首領だ。負けるものかと思った。才蔵はふたたび何ごとかを叫び、六尺棒を振り上げかけた。

すると、

「うるさき小蠅《こばえ》よの」

そう鬚面が、仕方なさそうに笑み崩れた。そして太刀を鞘ごと動かした。

一見、ゆっくりとした動作に思えた。分かっている。避けなければならない。だが、何故か鞘尻《さやじり》が易々《やすやす》と目前まで迫ってくる。実際はおそろしく速く、かつ滑らかな動きだった。

直後、体の芯《しん》に鋭い衝撃を感じた。

うっ……。

息が出来ない。吐くことも叶《かな》わない。血流が止まる。全身が痺《しび》れたように動かない。太刀の鐺《こじり》で、鳩尾を深々と抉《えぐ》られた。

視界が歪《ゆが》む。足元の板間の木目が、見る間に迫ってくる。倒れていく。そのまま顔を激しく打ち付け、闇になった。

体格差もさることながら、桁違《けたちが》いの技量だった。才蔵はなすすべもなく悶絶《もんぜつ》した。

4

ぽかぽかと全身が暖かい。陽に包まれている。どこかで雲雀《ひばり》も鳴いている。

春だなあ——。

男は草むらにのんびりと寝転がったまま、思う。

ふと首を捻《ひね》って横を見ると、繁縷《はこべ》が生えていた。春の七草の一つだ。細い茎に小さく柔らかい葉をつける。

何の気なしにそれを数本手折り、口に含む。青臭い味と香りが口中に広がる。

ふむ——。

男は満足する。しばらく咀嚼《そしゃく》して、呑《の》み込んだ。やはり春なのだ。

さらに一本を手折り、茎を口に咥《くわ》えた。口先でぐるぐると茎を回す。先の葉っぱも、はるか天空に浮かぶ雲に向かって、ぐるぐると回り始める。

視界の中に燕《つばめ》が入ってきて、瞬《また》く間に消えた。一瞬、自分が宙に浮いたような錯覚を感じる。

いい気分だ。

遠くから、自分を呼ぶ声が聞こえる。

おかしら、御頭《おかしら》、と。

その呼び声は、家屋の向こうから次第に近づいて来る。自分を探し回っている。

孫八《まごはち》の声だ。この男は分隊長の一人だ。小頭《こがしら》で、五十人の配下を任せてある。

そのうち、裏手にあるこの草むらにもやって来るだろう。

構わず目を瞑《つむ》って寝転んでいた。

やがて目蓋《まぶた》に影が差した。

目を開けると、孫八が自分の脇《わき》に片膝を突いてしゃがみ込む途中だった。

「御頭――道賢《どうけん》どの」

なんじゃ、と道賢と呼ばれたこの男は、ようやく半身を起こした。

「なんぞ用か」

道賢……俗称、骨皮《ほねかわ》道賢。

応仁の乱前後から、この男の名は諸記や史料に散見されるようになる。出自は不明で、その昔は赤松牢人だったとも、河原者、あるいは野伏《のぶし》だったとも伝えられる。印地《いんじ》（極道者や無法者）の親玉だ。配下に洛中洛外の浮浪三百人を治める。時には商家の荷駄隊を守る傭兵頭《ようへいがしら》となる。時に戦場では足軽大将として配下を率い、その折々の雇い主の大名のもとで戦う。殺しや暴力沙汰《ざた》、合戦を請け負う武装集団の頭目だ。

一方でこの男は、出雲《いずも》、隠岐《おき》、飛驒《ひだ》や近江《おうみ》半国の守護で、侍所所司を務めていた京《きょう》極持清《ごくもちきよ》の家臣、所司代の多賀《たが》出雲から、洛中の治安を保つ目附職に任命されている。いわば治安維持部隊の隊長だったとも言える。

つまりは、この男の現在のありようが悪党そのものだったからこそ、逆に盗賊たちの挙動をよく摑む者として、重用されたのだろう。

一見、善悪定かならざる男で、土《ど》一揆《いっき》や守護一族の内紛など、世の乱れに乗じて蚊柱のごとく出現してきた浮浪や足軽どもの親玉の、象徴的存在だった。

「小僧が目覚めました」

そうか、と道賢は小首を傾《かし》げた。「今も縄で縛って、土間に転がしたままか」

「はい」

「よし」

不意に孫八は怪訝《けげん》そうな顔をした。

「どうなさるおつもりです。なにゆえ、あんな若僧など拾われたのでござるか」

道賢は少し笑った。

「実は、わしにもよく分かっとらん」

「はあ……」

「まあ、あやつと話してみてからのことよ」

言いながら、立ち上がった。

孫八と共に草むらを抜け、家屋の表側に回る。家屋とはいっても、この京の場末である東九条界隈《かいわい》によくあるような、小屋に毛の生えた程度の貧相な建物だ。

道賢の根城は、本来は伏見《ふしみ》にある稲荷大社《いなりたいしゃ》だ。大社のある稲荷山の峰々に、三百人からの配下が陣取っている。この家屋は、いわば洛中での出先だ。

歩きながら、のんびりと道賢は言った。

「昨夜は、与一《よいち》が死んだなあ」

「はい」

与一とは、この孫八と同様、小頭の一人だった。道賢は六人の小頭に、五十人ずつ配下を掌握させている。

昨夜の土倉押し込みの一件は、与一が持ち込んできた。法妙坊という屋号の土倉の噂は、以前から賭場の浮浪や行商人から、しばしば道賢の耳にも入って来た。悪評ばかりだった。

与一の配下の足軽にも、親兄弟が法妙坊に土地を取り上げられたり、妹を人買いに売られた者もいる。足軽どもはみな、そういう貧しい百姓の次男、三男という出自か、市中の浮浪者上がりだった。田畑を分け与えられず、さりとて食える当てもなく、餓えて行き倒れになりかかっていたところを道賢に拾われた。

孫八にしてもそうだ。この男も元々は三十人ほどの浮浪の棟梁《とうりょう》で、五年ほど前に道賢の一党が散々に打ち負かした。その骨柄《こつがら》を見込んで子分にした。

押し込みは、存外に入念な下調べが必要なものだ。家人や用心棒の数、屋敷の堅牢さ、そして蔵にどれほどの銭が貯《た》め込まれているのかを事前に掴まなければならない。

そして、押し込みを実際に行うかどうかは、首領である道賢が最終的に判断する。

よかろう、と道賢は即決した。

侍所の目附が悪事に手を染めてよいのか、などという道理は、道賢にはない。地下人ら無力な民を虐《しいた》げるわけではない。ついでに証文を焼き捨ててしまえば、むしろ百姓や市中の細民たちも喜ぶ。そういう意味での悪事なら、いくらでも手を染めるつもりだった。

なによりも彼が気に入っていたのは、その土倉が比叡山の紐付きであるということだった。

山法師どもめが、と日頃から虫が好かなかった。

小悪党なら小悪党らしく乱暴狼藉《ろうぜき》に命を張り、時には落とし、拾えば拾ったで、その汚名ごと背負っておのれ一人で生きればよいのだ。

それを法妙坊は叡山の権威を笠《かさ》に着て、法外な金利で銭を貸し付けている。しかも返済が滞れば神仏の鉄槌《てっつい》が下ると地下人どもを脅す。市中の悪党たちも祟《たた》りを恐れ、叡山の土倉にはおいそれと手を出さない。

それらを承知で、祠堂銭を貸し出す叡山も叡山だった。常日頃は人倫《じんりん》を説き、虫も殺さぬような善人面《ぜんにんづら》をしておいて、厚顔無恥にもほどがある。

道賢はいかにも老練の悪党らしく、叡山などの神社仏閣が銭主として、土倉に貸し出す時の祠堂銭の金利を知っている。百文につき、月に二文の利子を取る。これだけで、年に二割四分になる。

さらに土倉は、そこに自分たちの儲《もう》けを上乗せする。これが、月にして三文から五文ほどだ。つまり借りる側は、最終的に一年で六割から八割四分の金利《いり》を取られる。そして法妙坊の利率は、もっとも高い八割四分だった。目にあまるたちの悪さだ。いつか折りを見て懲《こ》らしめてやろうと思っていた。

他方、道賢一味の銭まわりの事情もある。

このところ河内《かわち》や摂津《せっつ》での合戦は止み、足軽稼ぎの実入りは減っていた。銭になるのは反物や酒、油など荷の運搬警護くらいなものだ。三百人の配下を食わせていくには、時として荒稼ぎも必要だった。そしてこの大勢力を保っているからこそ、道賢は多賀出雲に目をかけられたのだ。だから所司代は、万が一に事が露見したとしても、多少の悪事には目を瞑る。

押し入る日取りを決め、頭数も五十人と定めた。当日の夜は腕利《うでき》きの二十人を打ち入り部隊に、残る三十人を屋敷の裏手と側面の、三手に分けて配備した。押し入りに気づいた家人が銭を持って逃げ出すのを、そこで食い止める。

道賢と主力の二十人は、扉を打ち破って家屋に侵入した。七人の用心棒たちが立ち上がり、太刀を抜いて応戦してきた。

道賢自身は乱闘には参加しない。頭目は通常、それで良い。古《いにしえ》の鎌倉の頃から、棟梁とは部下の働きを見定め、得た金品を公平に分配するために存在する。

ただし、配下の手にあまる相手がいた場合は別だ。

今回は、あの小僧だった。

道賢は土間から配下の戦いぶりを眺めていた。打ち入り役は二十名。対する土倉の用心棒はわずかに七名……最初から負けるはずがなかった。

案の定、用心棒たちは身内が二人斬り殺された時点で早々と戦意をなくし、家屋の奥へと引っ込み始めた。おそらくは裏口から逃げるつもりだったのだろう。むろん抜け出た先にも道賢は部下を配していたから、取り逃がしはしない。そうとも知らず、彼らは次々に逃げ始めた。

が、一人だけ板間で踏ん張り、抵抗し続けている者がいる。その周囲を道賢の配下が取り巻いていた。

見たところ十六、七といった年恰好の、童と言ってもいいほどの若僧だった。

手下たちが小僧一人を攻めあぐねているのには、理由があった。小僧の得物が、両端に薄鉄《うすがね》を巻き付けた六尺棒だということだ。

道賢も刀槍の玄人《くろうと》だから分かる。屋内の場合、長柄だとその長さのせいで天井や壁、鴨居《かもい》などに閊《つか》え、かえって扱いにくい。かと言って太刀だと、今度は六尺棒に対して刃渡りが足りない。その棒の絶妙な寸法《すんぽう》が、この小僧一人の意外な善戦を支えている。棒の扱いも荒削りながら、素早くかつ的確なものだった。

しかし、このまま戦い続けても多勢に無勢、やがて斬り殺されるのは分かりきっているのに、風変わりな童だと思った。必死で抗戦している幼さの残る横顔に、多少の愛嬌《あいきょう》さえ感じる。

そう感じた時点で、我知らず足が動いていた。

配下を押し退け、小僧の前に立った。

小僧は道賢の出現に、一瞬怯んだらしい。が、それでも六尺棒を振り上げてきた。

殺してもよかった。

が、その健気《けなげ》さについ苦笑した。殺すまでもあるまい。

流れるような動きから、鐺で鳩尾を激しく突いた。この急所を的確に突かれて、立ち続けられる者はまずいない。

果たして小僧は昏倒《こんとう》した――。

5

道賢は、表から家屋に入った。

小僧は猿轡《さるぐつわ》を噛《か》まされ、土間に転がされていた。目覚めている証拠に、その瞳《ひとみ》が道賢を見上げている。

道賢はその横にしゃがみ込んだ。

「どうじゃな、気分は」

小僧は、じっとこちらを見上げたままだ。

「そろそろ、小便でもしたいか」

小僧は反応を示さない。だが、膀胱《ぼうこう》は間違いなく破裂寸前のはずだ。一晩中、身動きも出来ぬまま転がされていると、たいがいの者はそうなる。時には洩《も》らしている奴《やつ》もいる。

道賢は、おかしみを堪《こら》えながらさらに言った。

「それともこのわしに、改めて打ち殺されたいか」

その瞳が道賢からわずかに逸《そ》れた。さすがに殺されるのは嫌なのだろう。

「孫八よ」道賢は小僧を見下ろしたまま言った。「こやつを担いで、裏の草むらまで運べ」

孫八に家屋の裏まで運ばせ、先ほど自分が寝転がっていたあたりに、小僧を放り出させた。

「騒ぐなよ」道賢は猿轡を外す前に念を押した。「騒げば、斬る」

小僧は微《かす》かにうなずいた。それを見て道賢は孫八に向かってうなずいた。

孫八が猿轡を取り、次に後ろ手に縛っていた縄を切った。両足の縄は縛ったままだ。

よろけながらも小僧は立ち上がった。おそらくは膀胱が膨らみに膨らんでいたのだろう、すぐさま歳《とし》相応の男根を取り出し、その場で盛大に小便を飛ばし始めた。

小便がやや勢いをなくし始めたところで、小僧は突然泣き出した。顔をくしゃくしゃに歪め、大粒の涙をぼろぼろとこぼし始めた。それでも小便を続けている。

驚く、というより道賢は呆気《あっけ》に取られた。

どこの世界に、人前で小便を垂れ流しながら泣く馬鹿《ばか》がいるのか。

「なぜ、泣く」

当たり前じゃ、と小僧は声を震わせた。

「一晩じゅう縛られ転がされた挙句、おぬしら盗賊風情の前で、こうして男根を晒《さら》している。妙な情けまでかけられて、小便までさせられておる」

男として生まれてこれほどの恥辱《ちじょく》があろうか、とさらに小僧は喚《わめ》いた。

「いっそ、打ち殺されたほうが良かったわい」

これには道賢も苦笑した。なるほど。そう言われてみれば、確かに屈辱だろう。わしはの、と小僧は一人前に自分のことをそう呼んだ。「この世には、ほとほと愛想が尽きた」

その後に小僧の並べ立てた愚痴とも泣き言ともつかぬ理屈のたくましさに、道賢はさらに呆《あき》れた。

なんと馬鹿な世に生まれたものか、と小僧は訴えた。それでも餓鬼の頃はまだ良かった。ただ朝夕の糧《かて》を得るために、懸命に生きてきただけじゃ。何も知らんかった。けれども、大人になればなるほどこの世の愚劣さが分かってくる。酒に、油に、味噌《みそ》に、そして銭にさえも、最初から神仏の上前が乗っているような世の中じゃ。

「いったい神仏は――」小僧はなおも泣きながら訴えた。「わしら地下人を苦しめるだけのものなのか。ならばこの世など、生きる価値もないわい」

道賢は思った。これほどの弁を弄《ろう》する輩は、大人でも滅多にいない。その理屈を身に付ける機会が、過去にあったということだろう。おそらくは漢籍なども読める。元々は、それなりの家の出に違いない。

「小僧。ぬしの名は、なんという」

「才蔵じゃ」

「姓は」

一瞬、小僧は黙り込んだ。が、直後に口を開いた。

「所領も扶持《ふち》もなき侍の成れの果てに、苗字《みょうじ》などない。そんなものが何の役に立つ。せいぜい『あれよ、落ちぶれ者の子よ』と嗤《わら》われるのが関の山じゃ」

そう、吐き捨てるように言った。

やはり武士の子だった。そして口ぶりには、かすかに播磨の訛《なま》りが残っている。なんとなく道賢は見当を付けた。あながち間違ってもおるまい。試みに聞いてみた。

「ぬしは、赤松の支族《わかれ》か」

才蔵はうなずいた。

「今ではその名に、犬の糞《くそ》ほどの価値もないがの」

相変わらず憎まれ口だけは一丁前《いっちょうまえ》だ。道賢は才蔵をやや持て余した。

「そう、捨て鉢になるでない」

宥《なだ》めつつも、これはしくじったな、と思った。使い物にならん。命を助けたのは失敗だったのかもしれない。

この小僧の気骨や考え方そのものを否定しているわけではない。

理屈を捏《こ》ねる者に根っからの悪人はいないと、昔から言う。理を持ち出せば悪事を働けなくなる。物欲に任せて平気で人の物を略奪するような真似《まね》が出来ない。また道賢の下知《げち》のもと、何も考えずに戦場を駆け巡り、哀れみを請《こ》う相手にも容赦なく槍《やり》を突き刺すような足軽稼業《かぎょう》にも向いていないだろう。

足軽や盗賊は、物の道理を考えてはいけない。考えるべきでもない。倫理も必要ない。この小僧には、そういう印地になれるような崩れた野放図さがない。

そう思い、道賢は自分が何を感じてこの小僧を助けたのかを改めて考えた。

昨夜のことを思い出す。荒削りながらも鮮やかな棒捌《ぼうさば》きだった。わずかな時間のうちに配下の三人が不具者になるほどの重傷を負い、二人が殺された。両人とも即死だった。あとで検《あらた》めたところ、小頭の与一は頭蓋《ずがい》をかち割られ、もう一人の顔面は正体を留めないほどにぐちゃぐちゃに突き崩されていた。

これほどまでに見事な腕があり、人を殺《あや》める挙動にも躊躇《ためら》いがない。敵に取り囲まれても、命を惜しむ素振りさえ見せない。一見投げやりな性根も気に入った。配下に加えるにはうってつけだ。仲間内で頭角を現しさえすれば、すぐ小頭あたりに据えられるだろう。

が、こうして話してみると、どうやら土壇場まで追い詰められていたからこそ発揮できた力であり、平素に進んで人を殺せるとは、とても思えない。

人倫や、物の道理を考えるからだ。

さらに道賢を物憂くさせたのは、この小僧が零落し果てたとはいえ、武士の子であるということだ。

自分の家や来歴を疎《うと》みながらも、いや、疎むがゆえに、武士の子としての矜持《きょうじ》や自覚が濃厚に残っていた。

歴《れっき》とした武士は足軽稼業には向かない。

足軽は集団戦を得意とする。というか、それしか出来ない。例えてみれば、十人で寄って集《たか》って一人を打ち殺すというのが足軽稼業のありようである。そういうことが平気でなければならないし、卑怯《ひきょう》とも思わない。集団の、数の力こそが足軽の拠《よ》って立つところだ。

しかし武士は違う。穢《きたな》し、ということを異常に嫌う。功名心と同時に、名誉心も異常に強い。「名こそ惜しけれ」という言葉の示す通りだ。

だからこの時代の武士同士の合戦の多くは、一見は集団戦に見えても、その内実は個対個の一騎打ちだ。多数で一人を攻撃するような戦い方は、よほどのことがない限り馴染《なじ》まない。おそらくはこの小僧にもその感覚が沁《し》み込んでいるだろう。が、足軽や傭兵に、そんな見栄《みえ》や自尊心は不要だ。むしろ邪魔になる。

それ以前に、そもそも足軽など、武士だと世間からは見なされていない。あぶれ者や印地の集団に過ぎない。足軽が下級ながらも武士の端くれとして扱われるのは、この時代より半世紀も下った戦国中期からである。

しばらく思案した挙句、道賢は溜息《ためいき》をついた。

「どうやら、われは使い物にならぬな」

「使い物にならぬ？」

小僧は鸚鵡返《おうむがえ》しに聞いてきた。

「わしらの一味としては使い物にならん、という意味だ」

すると才蔵は鼻で笑った。

「盗賊になぞ、なる気もないわい」

やはり。道賢も仕方なしに苦笑した。

すると孫八が憤然と口を挟んできた。

「小僧、わしらの本業は盗賊ではない。尾籠《おこ》にすまいぞ」

盗賊風情と軽んじられたことが腹に据えかねたのだろう、話に割って入ってきた。

「此度《こたび》の押し入りは、稀《まれ》も稀じゃ。あくどい稼ぎ方をする法妙坊を懲らしめ、ついでに銭を頂いたまでのこと」

小僧は怪訝な表情を浮かべた。

「盗賊ではないのか」

「当たり前じゃ」孫八は唾《つば》を飛ばした。「時に大名に雇われ、合戦に出向いて兜首《かぶとくび》で稼ぐ。時に油や酒の荷駄を護衛して伊勢《いせ》や室津《むろつ》まで赴く。平素は賊まがいの稼業とは、ほど遠いわ。ほかに大事な役目もある」

しかしさすがに道賢の手前、それ以上を口にするのは憚《はばか》った。

才蔵のもの問いたげな視線が、道賢に戻ってくる。

「なんじゃ。大事な役目とは」

「なんでもよかろう」道賢は面倒くさくなってきた。「それを聞くと、ぬしはただでは帰れぬぞ」

洛中警護を稼業にしている浮浪の徒が、役目の裏で土倉を襲ったことが露見すれば、さすがに所司代も見過せない。

すると小僧はまた笑った。

「やはり、命までは取らぬのか」

「こいつ――」

これには思わず道賢も言葉に詰まった。

言われてみれば確かにそうだ。おれにはもう、この小僧を殺す気はない。すっかりその気が失せている。

「教えてはもらえぬか」

好奇心を剝《む》き出しにして才蔵が聞いてきた。言葉遣いもやや丁寧になっている。しかし、何故《なにゆえ》これほど我らの本業を知りたがるのか、道賢には分からない。

「大事な役目とは、なんでござる。あるいは、そなたの御名をお聞かせあれ」

小僧はなおもせがんだ。せがむとしか言いようのない問いかけであった。

道賢は少し考えた。殺さぬ限り、この小僧はやがて、おれの風貌《ふうぼう》から人づてに正体を知る。それならば……。

「口外せぬと、誓うか」道賢は詰め寄った。「此度の押し込みが我らの所業と判明し、市中で広まれば、わしの手下が必ずぬしを探し出し、殺すぞ」

すると、小僧は激しくうなずいた。

「誓う。いかなることがあろうとも、言わぬ」

いかにも武士の子らしい即断だった。

道賢は、自分の名を告げた。

6

法妙坊暁信は、朝から怒り狂っていた。

末明に店が襲われたという急報を受けた。その時、暁信は叡山の西塔《さいとう》にいた。手下の僧兵を五人ほど引き連れ、比叡の山を駆け転びつつ下った。

自らが経営する土倉に着いて、腰を抜かさんばかりに驚いた。

本棟に詰めていた用心棒が、ほとんど斬《き》り殺されていたのだ。

しかし、まさか叡山直系の土倉が襲われる日が来ようとは、想像だにしていなかった。とんでもない罰当たりの賊どもだ。

いや……用心棒など、どうでもいい。所詮《しょせん》は銭に釣られて集まってきた食い詰め牢人《ろうにん》たちに過ぎない。叡山における自分たち僧兵と同じようなものだ。使い捨てだ。また銭を積めば、いくらでも換えは利《き》く。

問題は、盗まれた銭だ。

奥の間の塗り塀の中に貯め込んであった莫大《ばくだい》な銭が、すっかりなくなっていた。これにはあまりの怒りで、全身の血が酢になったような気がした。

別棟に寝起きしていた手代以下の奉公人たちは、すべて生き残っていた。身を縛られ、猿轡を嚙まされていた。そのうちの一人が、なんとか手首の縄を緩め、他の奉公人の縄も解《ほど》いたのだという。

本棟の板間と土間には、用心棒の骸が斬り殺されたままの姿で転がっていた。

血というのは、存外に臭うものだ。ましてや骸が屋内に何体もあると、凄《すさ》まじい臭いが籠《こも》り、気分が悪くなる。その惨状に恐れをなして、奉公人たちは誰も死体に手を付けていなかった。

暁信は仕方なく、叡山から引き連れてきた僧兵どもと屍《しかばね》を一体ずつ片付け始めた。片付けているうちに気づいた。屍は六体だけだった。だが、夜は常に七人の用心棒が店に詰めていたはずだ。おかしい。一人足りない。

一体片付けるごとにその顔を検め、誰が死んだか確かめた。

あの小僧の骸がない。才蔵とかいう、つい三月ほど前に雇い入れた若者だった。その死体だけが見つからない。

まさか、あの小僧が賊の手引きをしたのか――。

しかし直後には思い直した。

いや。それは考えにくい。

元々は、暁信の用心棒たちが油売りの小僧に辻斬《つじぎ》りを仕掛け、返り討ちにされた。その縁で用心棒たちに腕を認められ、店に雇い入れたのだ。

その経緯からして、そもそも賊の走狗《そうく》だったはずはない。

別棟で賊の白刃に脅され、ひとところに集められていた手代たちの話によれば、四《し》半刻《はんとき》もの間、あの小僧が戦っているような声がしたという。

つまり、小僧は最後の最後まで賊に抵抗していたことになる。

が、その小僧の死体だけがない……。

何故だ？

あるいはその声は演技で、才蔵が戦っているふりをしていたのか。

しかし四半刻もの間、演技しつづけるのはおかしくないか。

ともかくも才蔵を見つけることだ。

納得のいかぬまま、暁信は僧兵や奉公人たちに命じて、近所をくまなく捜索させた。

半死半生でも生きて見つかれば、賊どもの人体《にんてい》を聞き出して、今後の捜索の手がかりにすることが出来る。死体で見つかれば、用心棒の務めに最後まで忠実であった者として骸を埋め、線香の一本でも上げてやろう。

五体満足で生きていたならば、賊の一味であった可能性が高まる。その時は散々に締め上げて、本当のことを吐かせるまでだ。死体が見つからなかった場合にも、これまた賊の一味であった疑いが残る。

その旨《むね》を手下の僧兵どもに伝え、四方に散らした。

才蔵の姿あるいはその骸は、近隣では見つからなかった。探す範囲を、南北は一条から四条まで、東西は鴨川から堀川にまで広げてみた。

それでも芳《かんば》しい報《しら》せはどこからも上がって来ず、僧兵どもが捜索を諦《あきら》めて三々五々店に戻ってきた。

その昼過ぎの、矢先だった。

表から、なにやら言い争う声が聞こえてきた。聞けば、胡乱《うろん》な男が店の前に佇《たたず》んでいると言う。

店から出てみると、素牢人風のすらりとした男が一人立っていた。切れ長の、いかにも怜悧《れいり》そうな瞳が平然と暁信を見返してくる。

才蔵も見つからず、今月分の儲けをすべてふいにした暁信は、まだ相当に苛立《いらだ》っていた。

「うぬはなんじゃ」つい声を荒らげた。「なんぞ、用かっ」

「そう吼えるものではない」と男は静かな声で答える。「通りがかりのものよ。物珍しさに、つい立ち止まったまでだ」

店の前には殺された用心棒たちの死体が、まだずらりと並んでいた。その骸が珍しいとでもいうのか。

「昨今、死体などどこにでも転がっておる」吐き捨てるように暁信は言った。「珍しいものでもなかろう」

事実そうだ。数年前からの飢饉《ききん》続きで、洛中は餓死者で溢《あふ》れている。鴨川の河原でも、この二条大路にも、うんざりするほど行き倒れた死体が転がっている。

確かに、と男はいったん頷《うなず》いてみせる。「それでも、斬り殺された六つもの死体というのは、なかなかに拝めぬ」

暁信は改めて相手を仔細《しさい》に眺める。その腰の据わりよう、ごく自然な立ち姿からも、ただ者ではない気配がひしひしと伝わってくる。間違いない。こいつは剣の玄人だ。

……ふと思い出す。

賊はしばしば襲撃後、現場に戻ることがあると、昔の浮浪仲間に聞いたことがある。

「まさかおぬし、昨夜の賊ではあるまいの」

直後には、自分の迂闊《うかつ》さ加減に思わず歯軋《はぎし》りする。

たとえ賊であったとしても、相手が認めるわけがないではないか。くそ——。この思わぬ事態に、明らかに自分は落ち着きを失くしている。

案の定、

「阿呆《あほ》か」

と、男は暁信の愚問を一笑に付した。さらに憎々しいことを言う。

「帰りしなに、賊に襲われた間抜けな土倉とやらを、面白半分に見物しておっただけじゃ」

暁信はむかっ腹が立った。

「では聞くが、どこからどこへ帰る途中なのか」

「三条の女《め》のところから、住まいへ」

「住まいはどこじゃ」

「三条大路の果ての、右京。蓮《はす》の咲く池と、田んぼの中じゃ」

となると、ますます怪しい。ここ二条高倉はその帰り道ではない。むしろ遠回りだ。

いつしか周囲には、野次馬に交じって手下の僧兵が五人とも出揃《でそろ》っていた。

「かかれっ」暁信は高ぶった気持ちのまま声を上げた。「斬ってでも、その男を取り押さえよ」

僧兵たちが槍や薙刀《なぎなた》を手に、男の前後左右を取り巻いた。

相手は特に恐れる様子もなく、軽く溜息をついた。

「この真っ昼間に、無粋《ぶすい》なことをするものよ。だから、賊ではないと言うておろうが」

暁信はかまわず、僧兵どもを叱咤《しった》した。

「何をしておるっ。口さえ残せば達磨《だるま》にしても構わぬ。斬れっ」

男の周囲に、穂先と白刃がきらめいた。手下たちは一斉に槍衾《やりぶすま》を作る。

その中の最初の穂先が伸びようとした刹那《せつな》、

「つくづく、聞き分けの悪い男よの」

そう吐き捨て、鮮やかに男の体が舞った。

太刀を抜き放ちざま、身を右に捻ったかと思うと瞬時に左へ反転した。血飛沫《ちしぶき》が飛び、瞬く間に二人が斬り捨てられた。宙に跳ね上がった男の刀身が、ふたたび落ちてくる。三人目の頭蓋を右斜めからかち割った。ぞっとするほどの早業《はやわざ》だ。僧兵の暁信から見ても、よほど鍛錬を積んでいる。

残る二人の手下が明らかに怯んだ。数歩後ずさる。

男はその様子を横目に、平然と太刀を鞘に戻した。

法妙坊よ、とさらりと呼び捨てにする。足元の三つの死体に顎《あご》をしゃくり、いかにもつまらなそうに言葉を続ける。

「ぬしも叡山の僧兵なら、斬り口を見よ。その賊とやらがわしではないことぐらい、すぐに分かろう」

確かにそうだ。近寄って検めるまでもなく、骨まで断っているというのに、その斬り口には微塵の縮れもない。刃先とその刀線《とうせん》が、寸分の狂いもなく振り下ろされているからだ。ここまでの技量を持つ者は、京でも三人とはいまい。

が、暁信は別の理由でたじろいだ。

「……何故、わしの名を知っている」

「屋号が出ているであろうが、そこに」

男は軒先に顎をしゃくった。

暁信は不承々々ながらもつい納得する。

「蛇《じゃ》の道は蛇《へび》とも言う。そんなに賊を捕らえたければ、銭を積んで市中警護役の道賢にでも頼めばよかろう」

男は、洛中で名の知れた目附の悪党を、これまた当然のように呼び捨てにした。直後には踵《きびす》を返した。

暁信はその背中に問いかけた。

「おぬし、名は？」

「蓮田《はすだ》とでも、呼べ」

歩みも止めずにそう言い残し、悠然と去っていった。

その蓮田という名乗り……蓮の咲く池と、田んぼの中に棲《す》んでいる。おそらくは偽名だ。が、暁信にとっては、偽名でも本名でもどちらでも構わない。その名が、今後の暁信に関わりがあるかどうかだ。

何故かは分からない。分からないが、またいずれどこかで会うような確信めいたものが、ふと心を過《よぎ》った。

7

才蔵が白蓮寺《びゃくれんじ》にほど近い東九条の家屋に住みついてから、二十日が経《た》った。

具体的に何をせよ、とは言われていない。

「嫌になれば、いつ出て行ってもよい」道賢は笑った。「ただ、当座は行く当てもなかろう。この家の番でもしておれ」

土間の片隅にはかまどや流しがあり、一通りの煮《に》炊《た》きが出来るようになっている。

框《かまち》を上がった板間の奥に、引き戸があった。開けてみると、米や味噌、乾物といった食い物や酒がたんまりと仕舞いこんである。

夕方になると、ほぼ毎日、何人かの男が連れ立って入れ替わり立ち替わり現れる。すべて骨皮党――道賢の配下だった。

男たちはそれぞれ、大根や菜っ葉、絞めた鶏などを持ってくる。時には酒樽《さかだる》や米俵を車に載せてくることもある。そして、土間で自炊をして酒と一緒に飲み喰らう。

「おう、この前の小僧か」

「その歳で、棒の手のなかなかの使い手なそうじゃな」

先日殺し合いをしたばかりの才蔵にも、そう気さくに声をかけてくる。

彼らは自分たちの仲間が才蔵に殺されたことなど、すっかり忘れているかのようだ。同胞が死ぬのは茶飯事で、気にしないのか……その疑問を才蔵が口にすると、

「あの時はお互いさまだったからの」

「ほうよ。ぬしも仕事じゃった。気にするな」

と、あっさりとしたものだった。

土倉の用心棒たちも、似たようなことを言っていた。どうやら殺し殺されの稼業では、このような乾いた死生観は当たり前のものらしい。

ともかくも小屋で散々飲み喰らった彼らは、陽が暮れると博打《ばくち》や女郎買いに出かけていく。

洛外も近いこの界隈は、その手の細民や小悪党、遊女などが屯《たむろ》する貧民窟《くつ》である。夜も更《ふ》けてから朝方にかけて三々五々、たいがいは懐《ふところ》を空にして帰ってくる。そのまま土間や板間で思い思いに寝藁《ねわら》に包《くる》まり、昼近くに起きると、他愛もない与太話や、昨晩仕込んだ辻の噂話《うわさばなし》などを口にする。

気になることが話題に上った場合、目はしの利く者や小頭は、

「これは、道賢どののお耳に入れておかねば」

「棟梁《とうりょう》は、御存知であろうか」

などと言いながら伏見稲荷へと帰っていく。

この小屋は、伏見稲荷山に本拠を置く骨皮一党の、京洛の出先であり、市中の動きや噂を探る拠点でもあるということだった。

それにしてもあの強盗の親玉が名乗った時には、世事に疎い才蔵でも腰が抜けそうなくらいに驚いた。

骨皮道賢――。

畿内で最多の足軽を配下に抱え、洛中では知らぬもののない悪党の親玉ではないか。

昨今では、侍所所司代からその探索能力を買われ、京洛の治安を司《つかさど》る目附職になり、その配下は洛中の治安部隊になったとも聞く。

「末世とはおそろしいものよ」

と市井《しせい》の古老たちは怖気《おぞけ》をふるっていた。

そんな男が、未《いま》だに押し込み強盗を働いている。

この悪辣《あくらつ》さには、才蔵もしばらく開いた口がふさがらなかった。

それでもこの男を不思議と嫌いになれない自分がいる。

その姿形《なり》は噂に聞く「大江山の鬼」とはかくの如《ごと》しかと感じるくらいに魁偉で、恐ろしげである。事実、洛中の女子供は口々に、悪さをすれば骨皮の一味がやってきて殺し喰らうぞ、などと言っている。本人もそれを承知の上で「骨皮」という禍々《まがまが》しい——おそらくは偽名を——名乗っているのではあるまいか。

が、実際に接してみれば、市中で噂される怪物《ばけもの》のような印象からはほど遠い人物だった。

道賢は、六、七日おきにこの東九条の小屋にやってくる。

「やあ、言われもせぬのに、ずいぶんと働いたな」

最初にやってきた時は、そう笑った。

才蔵は小屋の食料をただ食いするのは気が引けた。番人としてこの小屋でぼんやりしている以外、やることもなかった。だから、埃《ほこり》まみれで散らかり放題だった小屋の中を徹底して掃除した。

「気の利く小僧よの」

道賢はもう一度笑った。

二度目に来た時は、才蔵の六尺棒を持ってきた。

「ぬしの腕を、いま一度見よう」

そう言って、自らは何の変哲もない木の棒――おそらくは小太刀のつもりなのだろう――を手にした。

小屋の裏手の草むらで、試みに立ち合うこととなった。

才蔵は父の教えを思い出した。

相手は二尺（約六十センチ）そこその小太刀、こちらは両端に薄鉄を打ちつけた六尺棒、いわば槍だ。先日の乱闘では臆《おく》するところがあり、ついこの男に後れを取ったが、双方の得物の長さでは、才蔵が絶対的に有利な立場にある。多少の腕の差があっても、尋常の勝負であれば負けることはない。それほど、小太刀と槍には大きな開きがある。

だいたい武士同士の合戦では槍や薙刀を主に使い、刀はせいぜい倒れた相手の首を掻《か》く時にしか使用しない。相手との距離を常に確保した上で戦えば、自分が負けるはずがない。

が、意外だった。

道賢は才蔵との間合いをいとも容易《たやす》く詰めてくる。棒の先端を突き出し、威嚇《いかく》してみても、道賢はその棒先をとん、ととん、と小太刀で軽くあしらい、するすると才蔵の懐まで踏み込んでくる。

す、する、すすす、するする。足捌きの音がする。

とん、ととん、とん、とんとん……。軽やかに拍子をつけて小太刀を当てる。

まただ、と思う。またこの動きだ。恐ろしく柔らかで、かつ滑らかな動き。

この巨体のどこから、こんな滑らかな動きが出てくるのか。

それでも見えてはいるのだ。動きを目で捉《とら》えてはいる。けれど、ふとした時に、その動きの拍子が変則的になる。律動の微妙な変化に体の反応が追いつかない。付いていけない。

挙句、一本も打ち込めないまま、逆に腕や首筋を、数回打たれた。

脛《すね》と脇腹にも、一度ずつ打ち込まれた。

やはり、技量が格段に違う……。

「ま、こんなところか」

道賢はそう言って、木の棒――小太刀を放り出した。

才蔵は草むらに尻餅《しりもち》をついてしまった。わずかな立ち合いとはいえ、それほど疲弊していた。

「わしの郎党程度ならともかく――」道賢も多少汗が滲《にじ》んだのか、坊主頭をつるりと撫《な》で上げながら笑った。「それ以上の相手には、われはまだ使い物にならんな」

「誰も、使い物にしてくれとは頼んどらんわい」悔し紛れに毒づいた。「郎党にしてくれとも頼んどらん」

道賢は、もう一度穏やかに相好《そうごう》を崩した。

「そう。わしもぬしを郎党に加えるつもりはない」

ならば何故、このように技量を試すのか。

つい尋ねそうになったが、言葉は呑《の》み込んだ。そう聞くには目の前の男は、空を飛ぶ雲雀《ひばり》でも眺めているかのように長閑《のどか》に見える。

三度目に来た時は、夜だった。

「今宵《こよい》は、われも付き合え」

そう言われ、道賢の手下数人と夜の辻へ繰り出した。

八条大路を西――東寺《とうじ》の方面へ近づくにつれ、人影が多くなってきた。

東寺の周辺は門前町として店も人家も密集している。そして東寺の北東には、東《ひがし》市《のいち》と呼ばれる市場の名残がある。古く平安朝の頃から市が立って久しいが、この頃には昼の食料や雑貨の出店の他に、夜には賭場《とば》も立ち、人買い、傀儡子《くぐつ》も屯し、遊女屋、酒屋も軒を連ねるようになっていた。いわば、洛中随一の悪所として栄えていた。

そのうちの小屋の一軒に、道賢は足を踏み入れた。どうやら賭場らしい。

途端にむっとする人の熱気が伝わってきた。

屋内のあちらこちらに大きな莫蓙《ござ》が敷かれ、その周りで男たちが博打に興じている。莫蓙の中央にある二つの賽《さい》……その周囲に、明銭《みん》が積まれている。

道賢の手下たちも思い思いに部屋の中に散らばっていった。

「才蔵、ぬしはわしの傍らにおれ」

道賢はそう言って、ある莫蓙の前に座った。懐からずっしりとした銭袋を取り出し、莫蓙の上に置く。途端、周囲の男たちが色めき立つ。

「道賢どの、相変わらず豪気じゃのう」

「わしらもさっそく、その分け前にあずかりまするか」

「たわけが」道賢は苦笑する。「たいがい食い物にされておる。今宵はわしが、おぬしらの懐を空にする」

男たちはどっと笑う。

「いつもそう申されているわりには、たいした勝ちにも繋《つな》がりませぬなあ」

彼らの口調からして、道賢はこの賭場でもいい顔役らしい。

博打は、四一半《しいちはん》と呼ばれるものだ。江戸期の天領などで流行《はや》った丁半博打の原型にあたる。

博打が始まった。才蔵の見るところ、周りの男たちは目の色を変えて二つの賽の数字を追っているのに、道賢は転がされた賽の目の動きをろくに見もしない。勝ち負けなどどうでもいいといった風情で銭を張り続けている。

賭《か》け事の最中、市中の噂話が時折飛び交う。昨夜、地獄辻子《じごくずし》で遊女の殺しがあったとか、最近では河内で人買いが横行しているとか、酒を積んだ荷駄隊が西国《さいごく》街道で襲われただとか、そんな話題だ。

「そういえば先日、比叡の土倉に押し込みが入ったそうじゃ」

そう近くの男が話をし始めた時、才蔵はぎくりとした。が――、

ほう、と道賢は平然とした顔で声を上げた。

「ずいぶんと度胸のあるやつよの」

と、ごく自然に話の先を促す。

なんでもですな、と男は続けた。「奪われた銭は百貫、証文もすべて破り捨てられたそうで」

となると、横にいるこの男は、才蔵が気を失ったあと、そうしたことを指図していたのか。

が、相変わらず道賢は素知らぬ顔でいる。

「収まりがつかぬのが土倉の主《あるじ》で、今も躍起になって賊の手がかりを探しているそうでございます」

「珍しいものだ」と、道賢は訝《いぶか》しげに問う。「土倉の押し込みなどよくあること。とうに諦めているのではないか」

「山法師が、比叡から借りた銭ですからの」相手は笑う。「易々《やすやす》と諦めれば、叡山や日吉《ひよし》大社の沽券《こけん》に関わるとでも思っているのではありますまいか」

「なるほど」

それからもしばらく博打が続いた。道賢は相変わらず勝ち負けにこだわらぬ素振りで、適当な賽の目に賭け続けている。少なくとも才蔵の目にはそう見えた。

屋内の隅から、ひときわ大きな声が響いてきた。

道賢がそちらに顔を向ける。つい才蔵もそれに倣《なら》った。

賭場の奥に人目を引く大男がいる。道賢と同様、明らかに堅気《かたぎ》の姿形ではない。月代《さかやき》も剃《そ》らず、おそらくはひどい癖毛なのだろう、ざんばら髪を後ろで纏《まと》めている。着ている物は野良着《のらぎ》とも小素襖《こすおう》ともつかぬひどいものだ。大勝負にでも勝ったのか、歓声を上げている。

「ちと、中座する」

道賢はそう言い、立ち上がった。才蔵も従う。

道賢は件《くだん》の男の側まで来て、声をかけた。

「馬切《うまきり》よ」立ったまま、大男の背中に声をかける。「馬切、衛門太郎《えもんたろう》」

なんじゃな、と小うるさげに男が振り向く。「人の名を気安く呼ぶな。祟《たた》るぞ」

が、その瞳が道賢を認めた途端、いかにも愉快そうに笑った。

「や、これは久しい」

「ちと話がある。よいか」

「おう」

応じつつも素早く懐に銭袋をしまい、立ち上がる。

「あやつは今宵、来とらんようだの」

馬切は一瞬、ん？　という表情を浮かべたが、「あやつ」にすぐに見当をつけたらしい。

「来とらん。たぶん今日は来ぬ」

「何故じゃ」

「昨夜、ここで見た」馬切は答える。「蓮田は、京にいる時も四、五日おきにしか姿を見せぬ」

ということは、と才蔵は思う。この男はほとんど毎晩のようにこの場所に顔を出しているのか。

ふむ、と道賢は懐手で思案顔になった。

馬切が笑う。

「蓮ノ字が絡《から》むのなら、なんぞ儲《もう》け話じゃろ」そう言って、笑みを揺らす。「なら、わしも一口のせろ」

「残念ながら、そうではない」

「本当か」

「つまらぬ用だ。人を一人、預けようと思うてな」

「誰を」

「この――」と道賢は才蔵に向かって顎をしゃくった。「小僧をだ」

才蔵は驚いた。

「そのお方は何者でござる」

道賢は苦笑する。

「おいおい、分かる」

馬切は興味深げに、しげしげと才蔵の顔を見つめる。才蔵も馬切の顔を見返した。見れば見るほど、珍妙な顔つきだった。顔の毛穴のひとつひとつから脂《あぶら》が吹き出ているかのような、ぎらついた精気を感じる。常人とは比べ物にならぬくらいに気力体力が横溢《おういつ》しているのだろう。道賢のような恐ろしげな風貌ではないが、その生命力のあまりの逞《たくま》しさゆえか、人が拠って立つ精神や倫理のありかが、その顔つきのどこにも透けて見えない。その通り名の如く、悍馬《かんば》が精力を持て余して路上をうろつき回っているような印象を受ける。

事実、この馬切衛門太郎という八条の住人は、十五世紀後半の東寺の古文書にしばしば登場する。一連の記述は、すべてが暴力沙汰《ざた》や争いごとの当事者として記録されている。気力体力を持て余した、よほどの横道《おうどう》者であったらしい。

馬切も才蔵の中に何かを見て取ったのか、ほい、ほい、と唄《うた》うように笑った。

「わしはの、またぬしとは会う気がするわい」

「は？」

「いずれ、どこぞで会うだろう」馬切は才蔵の肩を軽く叩《たた》いた。「楽しみにしておる」

その後、道賢と才蔵は博打小屋を出た。

「その蓮田とは、何者でござる」

才蔵は繰り返し聞いた。

気楽な表情で道賢が振り返る。そして苦笑する。

「蓮田の兵衛《ひょうえ》か……わしと同じく、鵺《ぬえ》のような男よ」

鵺とは古来、夜の都で禍々しい声を上げながら天空高く飛ぶ怪鳥《けちょう》とされ、凶事の前兆とされる。転じて得体の知れない者、善悪定かならざる怪物、という意味にも使われる。

「その鵺の元に、何故わしを連れて行かれる」

「聞くばかりではなく、少しは自分の頭で考えろ」

道賢は才蔵を見ず静かに言った。そして、珍しく長広舌をふるった。

「よいか。今の世には秩序も倫理もない。幕府といえども徳政《とくせい》を乱発する体たらくじや。かえって世を乱している」

道賢は歩き続けながら、なおも語った。それは偶然にも、才蔵が日頃から漠然と疑問に思っていたことと酷似していた。

土倉や酒屋、問丸は銭にモノを言わせて暴利を貪《むさぼ》り、幕府や公卿《くぎょう》は好き勝手に関所を作り、神社仏閣も様々な座から上納金を吸い上げ、それぞれの富貴《ふうき》を謳歌《おうか》するばかりである。

味噌、酒、油、材木、紙、反物など、生活に関わる大半の品に上納金が上乗せされ、洛外では一里も歩けば関銭を何度も払わされ、たちまち懐中の銭が消えていく。

ここ数年の飢饉続きでただでさえ厳しい地下人の暮らしを、さらに圧迫する。

貧しさに耐えかね、その多くは田畑や娘を売る。辻には人買いの市が堂々と立ち、上物《じょうもの》なら江口の里や室津あたりの船遊女《ふなゆうじょ》として売り飛ばされる。土地をなくした百姓は流民《るみん》になる。

畿内では大名の反乱、家督争いが相次ぎ、取り潰《つぶ》された大名家、あるいはその一族からは、今も牢人が続出し、京に流入し続けている……。

「現に、赤松牢人であるぬしの親がいい例じゃ。刀槍《とうそう》を扱うことしか能のない、あぶれ者たちよ」

道賢は淡々と言って、才蔵を見た。

「そんな兇刃《きようじん》を持つ有象無象《うぞうむぞう》がこの京に集まり、ますます治安を悪化させておる。結果、徳政一揆《いつき》、関所の打ち壊し、強奪、辻斬り、放火が頻発する。が、幕府にはそれを取り締まる組織も人材も財力もない。挙句、わしのような悪党に市中の警護を丸投げしてくる。世も末じゃ」

「……」

分かるか、と道賢はさらに静かに言った。

「そんな苦界のうねりに巻き込まれたくなかったら、自分の頭で考えろ。ぼんやり生きておると、銭と欲得がすべてのこの世の中に、たちまち食い尽くされるぞ。考えて、己の道を立てよ」

言葉の勢いもあったのかもしれない。悪党を自認する道賢は今、おそらく平素なら滅多に言わないことを口にしている。少なくとも才蔵はそう感じた。

「さて、改めて問うぞ」道賢は言った。「先ほどの賭場で、わしはぬしを明日にでも人に預けると決めた。蓮田という牢人にだ」

「――はい」

「それは何故か、考えろ」

必死に考えながら、しばし歩いた。

つまり、と才蔵は躊躇いながら口を開いた。「法妙坊暁信の手の者が、道賢どのの一味とわしが一緒にいるところを、市中で見つけるやもしれぬ」

「……ふむ」

「すると、このわしを骨皮党の狗《いぬ》であったのではないかと疑う。骨皮党と比叡の山法師は敵対し、最悪の場合、戦いになるかもしれない。それを避ける」

途端、道賢は破顔した。

「半分、当たりだ」

「半分か」

才蔵は落胆した。

そうだ、と道賢はもう一度笑う。

「それを避けるためだけなら、今ぬしをここで斬って捨てる。それで終《しま》いじゃ」

……言われてみれば、確かにそうだった。

しかし、あとの半分の理由はなんなのだろう。そもそもその蓮田という男の正体が、牢人という以外は皆目分からないではないか。

「いったい、蓮田兵衛とは何者です。悪党か、あるいは善人か」

先ほどの疑問をもう一度口にした。

道賢は、今度は顔をしかめた。

「では聞くが、ぬしから見て、わしはいったい何者だ」

これには思わず言葉に詰まる。

時には荷駄を守る傭兵《ようへい》隊長でもあり、時には合戦に出る足軽大将でもある。目附職として市中警護の任にも就いている。反面、土倉の襲撃を平然と行う盗賊の頭でもある。が、こうして敵である才蔵の命を助けたばかりか、飯を食わしてもいる。相矛盾する生き方が、この一人の男の中に平然と両立している。

才蔵の戸惑う様子を見て、道賢は言った。

「鵺に、正体などない。わしも兵衛も同じだ。そもそも善悪など、見る側の都合によって決まる。それだけのものじゃ」

「……」

「ぬしが、その目で確かめればよい」

8

「起きよ」

翌日の早朝、そう腰を軽く蹴《け》られた時、才蔵はまだ土間で寝藁に包まっていた。飛び起きて見れば、道賢が框に腰掛けていた。すでに野太刀《のだち》を腰元にぶち込み、草鞋《わらじ》を履いている。編み笠《がさ》も被《かぶ》っていた。出かける支度が整っている。

「行くぞ」

そう言い、立ち上がった。

「いずこへ」

才蔵も慌てて草鞋の紐《ひも》を結びながら問う。

「北じゃ」

道賢は土間で寝穢《いぎたな》く眠りこけている配下たちの間を抜けていく。すぐに戸口から出た。才蔵も六尺棒を持ち、素早くその後を追った。

小屋を出ると、道賢の大きな背中が、東洞院《ひがしのとういん》大路を北に向かって進んでいる。すでに半町ほど先を歩いている。

才蔵は小走りで追いつき、その横に並びかけ、思い直して、やや斜め後方を歩き始めた。

この東洞院大路を延々と北に進めば、一里半ほどで北小路に面する相国寺《しょうこくじ》の総門にぶつかる。その相国寺の脇が、この国の公方《くぼう》の住む「花の御所」である。そこで大路は途切れ、洛中も終わる。

才蔵たちの今歩いている地点からは、大路の果てを見ることは叶《かな》わない。が、はるか遠方の空を望めば、そこが相国寺だということは分かる。何故《なぜ》なら、平屋建ての家屋や寺が延々と続く洛中の北の果てに、傲然《ごうぜん》として屹立《きつりつ》する巨大な建物が見えるからだ。

相国寺の七重の塔である。単に、大塔とも言う。

その高さは三十六丈（約百十メートル）という。東寺の五重塔が十八丈であるから、そのちょうど倍の高さがある。

現代の京都タワー（約百三十メートル）を想えば、この木造建築物の途方もない巨大さが分かるであろう。三代公方、足利義満《よしみつ》による応永六年（一三九九年）の建立《こんりゅう》である。往時の室町幕府の威信をかけて建設されたものだ。

晴れた日は洛中からはむろん、洛外からも容易にそれと分かる。才蔵も油売りの頃は、時に辻に迷うと、いつもこの大塔を目印にして、その方角から自分の位置を確認していた。

たなびく春霞《はるがすみ》の中、東山連峰から上ったばかりの朝陽を受けて、大塔の鴟尾《しび》がきらきらと輝きを放っている。

その光を視界に捉えながら、二人は大路を北へと上っていく。

路上には幅八丈（約二十四メートル）もある大路の半分が、東側に連なる築地塀《ついじべい》で影になっている。朝もまだ早い。辰《たつ》の上刻（午前七時頃）くらいになったばかりであろう。

ということは、道賢は卯《う》の下刻（午前六時二十分頃）には起きて身支度を始めていたことになる。

才蔵は昨夜から妙に戸惑うところがある。

「どこまで行くのでござる」

訊《たず》ねるにも、つい丁寧な口調になっている。

「まず三条まで」道賢は振り返りもせずに答える。「そこからは西へ折れ、朱雀《すざく》大路まで行く。さらに洛外へと出る」

となると、まだ一里はあるだろう。半刻は歩くことになる。

七条、六条、四条と北上を続け、三条大路との辻で、道賢は西に曲がった。逞しい両足がのしのしと歩を進める反面、上半身は微塵《みじん》も上下しない。見事に腰が据わっている。

やはり、そうなのか――。

昨夜から、うっすらとは感じていた。

この男、今でこそ「骨皮」という恐ろしげな通り名を持ってはいるが、元々はそれなりの武家の出だったのではなかろうか……それは、卓越した剣技もさることながら、昨夜の会話の端々にも垣間見《かいまみ》えた。人とこの浮世をさらりと俯瞰《ふかん》できる素養、そして今朝の身支度を整えてから、改めて相手に声をかけるという折り目の正しさなどからも窺《うかが》える。

さらにもうひとつ思い出す。昨晩の帰路、

「ぬしの親がいい例じゃ。刀槍を扱うことしか能のない、あぶれ者たちよ」

と、才蔵に向かって実にひどい言葉を投げつけた。

普通、自分の親にまでそんな侮蔑《ぶべつ》の言葉をぶつけられれば、誰しもむかっ腹が立つものだ。だが、不思議とその感情が湧《わ》かなかった。

道賢はあの時、自分も元々はそういう無能者の出だった、という口ぶりで語っていた。だから腹も立たなかったのだ。

あのう——、

と才蔵は躊躇《ためら》いがちに話しかけた。言葉もさらに改めた。

「……道賢どのは、どういう出自でござるか」

「なに？」

「そもそもは、歴《れっき》とした家柄の侍だったのでございましょう」

すると道賢は、小気味よく笑った。

「だとしたら、なんなのだ」

「は？」

「それが今、なんの役に立つ」

「……」

「先日、ぬしが吐き捨てた通りだ。赤松の残党であろうが、家督争いに敗れた畠山《はたけやま》の支族《わかれ》であろうが、そんなものは狗の糞《くそ》だ。今のわしには何の関係もないわい」

その言い方で確信を持った。この男、やはり元々は侍だった。でなければ、こういう突き放した言い方をするはずがない。

会話はそれきり途絶えた。道賢も才蔵も、ふたたび無言で歩き続ける。

しかし何故か才蔵は、しばらくして勇気が湧いてくるのを感じた。いや、勇気というよりも、自分の将来に対するほのかな望みといったものだろうか。

昨今は、確かに道賢の言うとおり、秩序も倫理も崩壊した、なんの望みも拾えない無明長夜《むみょうじょうや》に等しい。氏素性も土地もない者にとっては、特にそうだ。

それでも道賢のような男が、すでに出てきているのだ。自分の出自にとらわれず、腕一本、才覚一つで逞しく世を渡っていく人間が、この世に現れ始めている。

その背中が、才蔵には密《ひそ》かに嬉《うれ》しく感じられた。

大宮大路を過ぎ、ようやく朱雀大路にさしかかる。

朱雀大路より西の右京は、すでに市中ではない。平安の昔は左京と共に、大路、小路、坊門が碁盤目状に設けられ整然と区画されていたが、右京はもともと水捌《みずは》けの悪い低湿地帯だったせいもあり、やがて住む者もなくなり、人家も減り、今では田畑のなかにぽつりぽつりと集落が点在する程度の洛外に過ぎない。

そのだだっ広い田畑の中を、道賢と才蔵は進んでいく。嵯峨路《さがじ》とは名ばかりの畦道《あぜみち》を、さらに西に向かう。

次第に周囲に沼沢《しょうたく》が現れ始める。田んぼの間を小川が流れ、ときにその溜まりとして沼や池が出来ている。

そんな池の畔《ほとり》の、とある茅葺《かやぶき》の屋敷の前で、道賢は足を止めた。

「ここじゃ。兵衛の住まいよ」

大きな家屋だ。母屋《おもや》の脇に納屋《なや》とも別棟ともつかぬ長屋があり、周囲は生垣と疎林《そりん》に囲まれている。背後には、こんもりとした森を背負っている。おそらく以前は、豪農か下司職《げししき》の屋敷だったのだろう。今はろくに手入れもされていないらしく、庭は荒れ放題で、屋根には雑草が生い茂っている。

おうい――。

屋敷の前に立ち、道賢は声を上げた。

「たれぞ、おらぬか」

才蔵は傍らで、右手の池を眺めている。穏やかな水面に蓮の葉が散っている。

才蔵は思う。骨皮と同様、蓮田という姓も、この一面の田んぼと蓮池の風景から取ったのではないか。

長屋の中から何人もの男女が出てきた。その人体は様々で、行商人や蔵廻り、馬借《ばしゃく》、傀儡子、はては山伏や桂女《かつらめ》、歩き巫女《みこ》のような女までいる。

才蔵は呆気《あっけ》にとられる。この者たちはその姿形から、ここの住人ではなさそうだが、平気で人の家からぞろぞろと出てくるなど、一体どういうことなのだ。

そのうちの一人、いかにも馬借風の男が声を上げた。

「これは道賢どの、お久しゅうござる」

おう、と道賢も気楽に応じる。「おぬし、蓮田の家に身を寄せておったか」

馬借は腰を低くして答える。

「相変わらず、たまにご厄介になっております」

その他の者たちも、同様に小腰を屈《かが》めて道賢に頭を下げる。

「で、兵衛はどこじゃ」

桂女が躊躇いがちに口を開く。

「まだ床におられるのではありますまいか」

その直後だった。からり、と母屋の板戸が開いた。

「起きておるぞ」

言いながら、一人の男が出てくる。中年の、すらりとした牢人風の男だった。その総髪の男は道賢の姿を認めると、目の端で笑った。

「朝っぱらから、珍しい客もある」

「今なら、おるだろうと思うてな」

兵衛は、才蔵の六尺棒にちらりと目を向けた。が、すぐに視線を道賢に戻す。

「急ぎの用か」

「出来ればの」

兵衛はうなずいた。

「上がれ。話を聞こう」そして、気がついたように付け足す。「朝飯は、すんだか」

「まだじゃ」道賢は答える。「起きてすぐ、その足で来た」

兵衛は、道賢とのやり取りを見ていた七、八人の男女に声をかけた。

「すまぬが、誰ぞ朝飯の用意をしてくれぬか。なに、昨夜の残りを掻き集めたものでよい」

存外に丁寧な物言いだった。その口調にも独特の抑揚があって、耳に心地よい。

母屋に入る。広い土間の左手に板間が奥まで延々と続いている。

この蓮田という男は、部屋を仕切っている引き戸という引き戸を、すべて取り払って暮らしているらしい。家具らしい家具もない。次の間に寝具と、長櫃《ながびつ》が一つずつあるきりだ。その長櫃に野太刀が数振り、無雑作に立てかけてある。

奥の間まで進みながら、道賢が苦笑する。

「相変わらず、殺風景な暮らしじゃの」

「別に、これ以上必要なかろう」

気楽そうに兵衛が答える。

奥の部屋の板間に、三人は座った。

才蔵は、目の前の男を密かに観察する。道賢と同種の鴉と聞いていたから、いったいどんな怪人かと思いきや、意外にも物静かな佇《たたず》まいに拍子抜けする。

むしろ容貌《ようぼう》は人並み以上に整っており、御師《おし》の手代にでもなれそうな優男《やさおとこ》と言ってもいい。が、さりげない目配りや足捌《あしさば》き、腰の据わりよう、座る瞬間の挙措《きょそ》は、やはり尋常なものではない。ふとした拍子に顔つきから滲み出る不逞《ふてい》な表情も、道賢と同質な匂《にお》いがする。

「で、用向きはなんだ」

「この小僧を……」道賢は才蔵に軽く顎を向けた。「今日から預かってもらいたい」

「ふむ？」

「というか、ぬしに呉《く》れてやる。気にくわずば、煮るなり焼くなり、好きなようにしてよい」

才蔵は少し慌《あわ》てた。

ただ、と道賢は付け加えた。

「多少の棒の手は遣う。先日、わしの配下を五人ほど廃《すた》れ者にした。うち二人は死んだ。それぐらいの腕は立つ」

兵衛は少し笑う。

「が、見たところ、際《きわ》まではまだいっとらんな」

「分かるか」

「際までいっておれば、ぬしに拾われるような羽目にはならぬ」

道賢も相好を崩した。

「確かに」

際とは何か。自分の棒の技量に関することだとは分かる。けれど、先ほどの自分の立ち姿を見ただけで、未熟だと言われているようだ。

やや不満だ。手合せもせず見ただけで、何が分かるというのか。

が、口は開かなかった。この男の正体が、まだ摑《つか》めない。

道賢は才蔵を連れてきた事情を手短かに話した。土倉の襲撃のこと、なかなかの腕ではあるが、足軽稼業《かぎよう》には向かないこと、かと言って今さら殺すのも憐《あわ》れであること、土倉の手の者が未だに盗賊の手がかりを追っていること……。

「その点、兵衛、おまえなら安心だ」道賢は言った。「世間の広いぬしのことだ。比叡との繋がりもどこぞであろう。賊を働くような一味も持たぬ。この小僧と一緒でも、やつらはぬしを疑わぬ」

「なるほど」

「留守番か、遣い走りにでも飼わぬかと思い、この小僧を連れてきた」

「うむ」

「気に入らなければ放逐するも、おまえの勝手じゃ」

兵衛は顎を撫でた。

「法妙坊の暁信、か……」

「なんだ、知っておるのか」

兵衛は苦笑した。

「知っておる、というほどのものでもないがの」

桂女が雑炊を持ってきた。土鍋《どなべ》を三人の中心に置き、三つの木椀《きわん》に中身をよそう。菜めしに鶏肉《とりにく》の入った雑炊だった。黙ったまま一礼して、桂女が去っていく。

「遠慮せず、食え」

蓮田兵衛が才蔵に向かって言った。

言われた通り、さっそく一口食った。驚いた。見た目は何の変哲もない雑炊だが、おそろしく美味《うま》い。自然、箸《はし》を動かす手が早くなる。横の道賢も両肘《りょうひじ》を高々と上げて、雑炊を掻き込んでいる。

美味かろう、と兵衛は笑う。笑うと、その両目に愛嬌《あいきょう》とも滑稽味《こっけいみ》ともつかぬ色合いが宿った。その色合いに、才蔵はなんとはなしに惹《ひ》かれた。

「これが、あの桂女の取り柄じゃ」

二杯、三杯と椀を重ね、たちまち土鍋の中身はなくなった。

兵衛は言った。

「ちと腹がくちい。少し横にならぬか」

「いかにも」

二人は板間に寝転がり、それぞれ枕手《まくらで》をつく。しかし才蔵は正座したままでいた。

杉戸を開け放った縁側から、雑草の生い茂った庭が見える。所々に花も咲いている。

道賢がのんびりとつぶやく。

「しかし、いい天気じゃのう」

「まったくだ」

と、兵衛も唄うように応じる。

この二人、やり取りから察して、古くからの知り合いのようだ。

庭先の花に集っていた蜂《はち》が一匹、さまようようにして家の中に入ってきた。

「才蔵とやら」

寝転んだまま兵衛は微笑《ほほえ》んだ。

「試みに、その蜂を打ってみよ」

一瞬迷ったが、素直に従った。六尺棒を手に取り、素早く立ち上がる。天井近くを漂っている蜂の動きを見る。しばし構え、蜂が宙の一点に留まった刹那《せつな》を狙《ねら》い、瞬時に打った。

ぽたり、と潰れた蜂が床の上に落ちる。

うん、と兵衛はうなずいた。

「やはり、の」

さすがに今度は、口が出た。

「わしのこの腕の、いったい何が、やはりなのでござるか」

「わしなら、目の隅に蜂が入った時点で、すぐに斬《き》っておる。構えぬ。蜂の動きを待たぬ」兵衛は平然と答える。「道賢なら、音がした直後には振り向きざまに斬っているだろう」

才蔵は言葉もなかった。

「それにしても、美味かったのう」

道賢が腹をさすりながら笑み崩れる。兵衛もふたたび笑いを浮かべる。

「この早粥《あさがゆ》三杯が、まずまず小僧の買い値といったところか」

「分かった」

一瞬、意味が分からなかった。

が、直後には愕然《がくぜん》とする。

先ほどの「呉れてやる」という言葉には実感が湧かなかったが、今度は違った。

おれは今、この男に売られたのか。しかも、いくら美味かったとはいえ、たった粥三杯で……。

「どれ、ちと厠《かわや》に行ってくる」

言いながら兵衛は立ち上がり、縁側の奥へと消えた。

才蔵は思わず道賢を振り返り、掻き口説くように訴えた。

「道賢どの、いくらなんでもわしの値が、早粥三杯とはひどかろう」

すると相手の鬚面《ひげづら》は、にんまりとした。

「つくづく阿呆《あほう》じゃな、おまえは」

「は？」

「よいか、誰もが最初は捨て値よ。買い手などおらぬ。ぬしもそうじゃ。生き様に芯《しん》がないからだ」

「……」

「昨夜、言うたの。自分の頭で考えろ、己の道を立てよ、と。多少の腕や才覚があろうとも、自分が立つ道をろくに考えもせぬやつに、誰もまともな値札など付けてはくれぬ。挙句、土倉の用心棒などに成り果てる。命と体を張り続け、死ぬまで他人の顎《あご》でいいように使われる」

何か言い返そうとした。だが、さらに言葉を重ねてきた道賢に遮られた。

「印地同然のわしも、わしの一味も、同じようなものじゃ。汝《うぬ》の参考にはならん。だが兵衛からなら、少しはましなものを拾えるやもしれぬ。同じ鴟でもわしとは飛び方が違う。何かを感じ、考える契機にはなるやもしれぬ」

「……」

「だから捨て値でも預けに来た。早粥三杯などと文句を言うな。むしろ、わしの骨折りに感謝せい」

そう言い切った。

9

ふう……。

道賢は大男にも似ず、とぼとぼと帰路を歩いている。腰に差している野太刀も常より重く感じ、引《ひ》き摺《ず》るようにして足を進めている。肩も変に凝っている。

むろん、そのわけは分かっている。

あの小僧には、わしを逆上《のぼ》せさせる何かがある。つまりは真面目《まじめ》になる。つい世話を焼き、多弁にもなる。かつてなかったことだ。

柄にもないことをしている。その自覚が、妙に道賢を疲れさせる。自分の恥部を曝《さら》け出した気分だ。そもそも浮浪の棟梁《とうりよう》をしているような輩《やから》が、いくら相手が小僧とはいえ、人に説教できるような立場でもない。

ふん……。

小石でも蹴るように、自分を嘲笑《ちようしよう》する。

やがて朱雀大路を横切り、洛中へと入った。大宮大路を過ぎ、堀川の辻《つじ》を半ば横切りかけた、その矢先だった。

一瞬、ひやりとした殺気を背中に感じた。

通常なら、その時点で即座に対応できていたであろう。

けれど、油断があった。朝の三条大路でまさか、という気の緩みが、わずかに反応を鈍らせた。左の二の腕に冷たい感触が走った。

……斬られた。

そう思った直後には野太刀を鞘走《さやばし》らせ、体を反転させながら視界の隅に入ってきた相手を袈裟懸《けさが》けに斬り下げていた。血飛沫《ちしぶき》とともに相手が倒れる。その背後に四人いる。倒れた男の後方から、道賢に白刃を向けている。

「何奴《なにやつ》じゃ」

言いながらも、二の腕に激烈な痛みを覚え始めていた。やはり斬られた。血が噴き出している。

が、今までの経験で分かる。傷は浅い。腱《けん》までは達していない。動きに問題はない。気分もわずかながら落ち着く。

「物盗《ものと》りなら、もう少しまともな有徳人《うとくじん》でも狙え」

しかし男たちは無言のまま、一斉に道賢に向かってくる。天に振りかざした四つの太刀が、息をそろえることもなく、てんでんばらばらに襲いかかってくる。

こんな場合ながら、道賢は思わず笑い出しそうになる。見える。その動き。ど素人《しろうと》だ。それぞれの初太刀《しょだち》が、どんな軌道を描いて襲いかかってくるかさえ、容易に分かる。

道賢は逆に間合いを詰めた。二歩、さらに三歩と死地に踏み込んでいく。

相手にはその動きが意外だったのだろう、うろたえ、太刀筋がますます乱れる。その間隙《かんげき》を突いてさらに踏み込み、正面のがら空きになった胴を横なぎに一閃《いっせん》する。返す刀で二人目を逆袈裟に斬り上げる。さらに三人目。脳天を搗《か》ち割った。

残る一人……こいつは生かしておく。刀身を相手の肩口めがけて振り下ろす。右腕が付け根からあっけなく飛ぶ。返す刀で左足の腿《もも》の付け根を一閃する。これで、こいつはもう身動きが取れない。

終わってみれば、すべてが一瞬だった。

道賢の目の前には地面に転がっている死骸《しがい》が四つ。そして右腕と左足を根元から切り落とされ、断末魔の悲鳴を上げながらのた打ち回っているいる虫が一匹……。

道賢はふう、と一息ついた。痛みが戻ってくる。やはり左の二の腕が激烈に痛む。

虫のそばにしゃがみ込み、髻《もとどり》を摑んで顔を起こす。

「分かるか、うぬはやがて死ぬ。苦しみ抜いた末、この路上でな」

そう言って、髻ごと頭を揺らす。

「が、聞くことに答えれば、すぐ楽にしてやる。即刻その首を刎《は》ねてやる」

しかし相手は無言のまま、道賢を見ている。うなずきもしない。

道賢は内心、ため息をついた。どうやらもう少し痛みが必要らしい。束《つか》の間《ま》ためらったが、太刀を男の股間《こかん》へと突き立てた。

ぎゃっ！

男が苦痛に声を上げた。それはそうだろう、男根が、ふぐりごと切断されたはずだ。

道賢はゆっくりと刀を抜く。これでさらに痛覚がひどくなる。

「言え。何故わしを襲った」

「裏切り者めが」男はあえぎながら、ようやく口を割った。「渋谷口《しぶたにぐち》の一件を、忘れたか」

すぐに思い出す。忘れるはずもない。懐《なつ》かしさに道賢は笑った。

「なんじゃ、あのときの賊か。残党か」

相手は苦痛に顔を歪《ゆが》めながらも、憎々しげに吐き捨てた。

「元はわしらと同根《どうこん》のくせに、知らぬ間に幕府の走狗《そうく》になりおって」

ふたたび道賢は薄く笑った。

「わしにはわしの、料簡《りょうけん》があるわ」

「料簡？」

そうじゃ、と道賢は優しくうなずいた。「が、残念ながら、ぬしの頭では分かるまいよ」

男は不思議そうに道賢の顔を見上げる。その顔には早くも死相が現れ始めている。

その表情に、つい口を滑らせた。

「やがて、わしら地下人《じげにん》が頭をもたげる日もやって来よう。安《やす》んじて、死ね」

直後、道賢は太刀を一閃させた。男の首が飛んだ。

ふと視線を感じる。

見ると、小路の陰からこちらを見ている数人の男がいる。乞食《こつじき》だ。道賢は懐中の銭袋を取り出しながら、彼らを呼んだ。

「おぬしら、ちと来い」

言いつつ、銭袋ごと路上に投げる。恐る恐る、といった様子で辻陰から四、五人の乞食が姿を現す。

「朱雀大路の先の空き地にでも、こやつらを埋めてやれ。これは、その駄賃だ」

「ですが、お武家さま」

乞食の一人が、血が滴《したた》っている道賢の左腕を見ながら、怪訝《けげん》そうに訊ねる。

「事の次第を見ておりましたが、初めに襲われたのはあなたさまではありませぬか。しかも多勢で」

「どうでもよいことだ」道賢は穏やかに答えた。「わしもかつては同類だった。そう思えば、憐れでもある」

そしてさらに思いつき、言った。

「こやつらの刀でも売ればいくらかにはなろう。その銭で卒塔婆《そとば》でも建ててくれ」

言い置き、道賢はふたたび東へと歩き始めた。

足の動きを止めずに袖《そで》の裾《すそ》を破り、二の腕をきつく縛り上げる。が、傷のうずきは止まらない。歩きながら、こうなるべくして、なったのだと思う。

時の将軍、足利義政には実権などない。政《まつりごと》への志も、財力も所領もない。諸大名を駕御《かぎょ》していく統率力はさらにない。

幕閣内で唯一《ゆいいつ》まともな見識を持っている者があるとすれば、将軍家の家宰《かさい》であり、幕府の財務を一手に掌握している伊勢《いせ》貞親《さだちか》ぐらいなものであろう。

そんな幕府の下部組織である侍所には、さらに何もない。

今の侍所所司は京極持清である。が、たぶんに名誉職であり、実権は、持清の重臣である所司代の多賀出雲が握っている。

が、その出雲にも、市中の治安を維持する部隊はわずかな数しかない。日々洛中を警護し、苦労して盗賊を討ち捕らえたところで、財政の苦しい将軍家からは、所領の加増はおろか格別な褒美《ほうび》も出ない。だから本国からも増援を呼ぶことが出来ない。

そこで、市中の治安を受け持つ多賀出雲と、幕府の財務を仕切る伊勢貞親の二人が語らい、洛中のならず者たちを率いていた骨皮道賢に、白羽の矢を立てた。

地下人どころか悪党の棟梁が、幕府治安機関の一翼を正式に担《にな》うことになった日本史上初めての事例である。

盗賊を探る伏士《ふくし》（密偵）として動き、捕り物がある時には戦闘員として駆り出される、というのが道賢たちの役目だった。

その大掛かりな一例が、去年（一四六〇年）の六月にあった。渋谷口を根城に、夜な夜な洛中で跳梁《ちょうりょう》していた大規模な盗賊集団を鎮圧した。

それが、先ほどの男が話していた一件だ。

闇夜《やみよ》で乱戦になり、道賢たち一味も無傷ではすまなかった。

だが、侍所から出た恩賞はわずかなものだった。いつものことだ。

その恩賞のすべてを、死んだ配下の家族と、深手を負って足軽稼業を出来なくなった者たちに分け与えた。このように報いてやらぬと、誰も勇んで死地には赴かなくなる。一方で、任務に就いた配下でも五体満足で帰ってきた者にまでは、恩賞は行き渡らない。

代りに幕府は、仕事の口利《くちき》きをしてくれた。

棟別銭《むねべつせん》の徴収や、数多《あまた》ある座を仕切っている伊勢貞親は、洛中の酒屋を始めとする座の商人たちに、

「地方から荷駄を運ぶ場合は、輸送警護の任を骨皮の一党に依頼するように」

との通達を出してくれている。

また多賀出雲も、近隣諸国で内紛があった際には、足軽稼ぎや傭兵の仕事をまめに斡旋《あっせん》してくれる。

道賢一味の実入りは以前より良くなり、配下に分け与える銭の量も増えた。さらには幕府の目附役ということで、他のならず者の徒党や洛外の悪党など、印地の集団にも睨《にら》みを利かせられるようになった。

道賢は常々思う。

あぶれ者の大将とは、腕っ節ではなく、むろん血筋などでもなく、この浮世でうま

く立ち回ることにより、徒党全員の食い扶持《ぶち》を稼げる才覚の持ち主のことを言う。

その大量の食い扶持を賄《まかな》う口利き役として、伊勢貞親と多賀出雲ほどの適任はいなかった。だから道賢は、幕閣の二人をうまく利用しているともいえる。

が、改めて考えてみれば道賢自身、人をうまく使っているのか、人に使われているのか、時に分からなくなることがある……。

この秩序も倫理も消えうせた時代にあって、伊勢貞親も多賀出雲も、悪い男ではない。頭が切れ、自分の職務には誠実な男たちだ。ろくな見返りもないのに、幕府の体制と京の治安を必死に支えようとしている。だから道賢は、彼らに悪意は抱いていない。彼らもまた、自分たちの役に立つ道賢の一味には好意的だ。

が、それは双方の利害が一致している時だけだ。

いったんその関係がこじれた場合には、地下人の道賢のことなど、何の躊躇いもなく切り捨てるだろう。彼らにとって道賢を頭目とする一味など、いざとなればすぐに使い捨てに出来る消耗品に等しい。

その上、かつての同類からは裏切り者と見なされ相当な恨みも買っている。常に脆《もろ》く危うい立場にある。

が、それでも事情が許す限りは目附職を続けていこうと決意している。

実は道賢には、胸に秘めている思いがある。

ここ数年、幕閣の伊勢貞親や多賀出雲と関わりを持ってみて、今の幕府の内部が、いかに洞《うろ》同然であるかを目のあたりにした。機能不全も甚だしい。

その原因は、はるか昔の室町幕府発足当時に遡《さかのぼ》る。

始祖である足利尊氏《たかうじ》は底抜けのお人好しで、気前の良過ぎる武家の棟梁でもあった。自らの北朝方《ほくちょう》に付いた大名にはことごとく領土を大盤振る舞いし、幕府の直轄領《ちょっかつ》はわずかに山城《やましろ》周辺にしか残らなかった。特に細川、畠山、斯波《しば》氏の三管領《さんかんれい》には、将軍家に数倍する領土と軍事力を与えてしまった。

そんな御三家が将軍の後見人として体制を支えていくという仕組みにも問題があった。彼らは自らの都合で、事あるごとに幕府の政に介入した。

幕府はその脆弱《ぜいじゃく》な基盤ゆえ、年貢《ねんぐ》からの収入に頼るだけではなく、自ら銭を儲《もう》けようとした。明と貿易を行って大量の銭を輸入し、幕府の支出という形で国内にばら撒《ま》いた。

やがて京の富裕層は銭を貯《た》め込むようになる。

幕府は、そんな土倉や酒屋、問丸、神社仏閣などには銭貸し業を奨励し、庶民にまで銭が行き渡るようにした。また、彼ら貸主と銭主からはむろん、小さな日銭屋からも役銭を取り、庶民からも段銭や棟別銭を徴収した。さらに港からは津料《つりよう》、関所からは関銭《せきせん》というように、取れるところからはすべて銭を取った。その代わりに、経済的に苦しくなった者が銭を借りるところは、いくらでもある。当然のように人も物もせわしなく動き、社会は煮え、沸騰《ふっとう》に次ぐ沸騰を繰り返す。

いわゆる銭が銭を生む、という仕組みである。

が、これはその管理体制がよほど行き届いていない限り、長い目で見ればいかに危ういかは、現代の国内外の政治を見ても分かる。

その結果が、道賢の時代のこの体たらくだった。土一揆《どいっき》が頻発し、徳政令がたびたび発令され、挙句には、この徳政令の恩恵を受ける者は、借りた額の五分の一を幕府に納めるとする分一《ぶいち》徳政令なるものまで発令する始末だった。

幕府の体制は、今では治安も経済も崩壊寸前になっている。

だが、そんな亀裂《きれつ》にこそ道賢は、自分たちのようなあぶれ者が付け入る隙《すき》もあるのではないかと考える。

この瓦解《がかい》しつつある幕府の中枢《ちゅうすう》に食い込み、職を請け負い、その利権を食い漁《あさ》り、やがては配下を少なくとも千人規模にまで拡大する。

今の三百人でさえ、京洛の常駐軍としては最大規模の戦闘部隊なのだ。千人にまで拡大すれば、おそらくは誰も太刀打ち出来ない。恐れも抱くだろう。

その武力をもって、実質的に侍所を掌握する。幕府の軍事力を外部から握り、自分たちの意のままにする……。

かと言って道賢は、それで個人の栄華を極めようとしているわけではない。

最初は、どんな変則的な形でもいい。

ともかくもこの世のどこかに、氏素性や位階や富もない地下人や牢人《ろうにん》たちが、堂々と顔を上げて闊歩《かつぽ》していける一隅を創《つく》る。その魁《さきがけ》となる。

人は、先例さえあれば存外と容易に動き出す。

誰かが辿《たど》った道を通るのは容易《たやす》いからだ。道賢たちが切り開いた道に地下人が湧くように流入してきて、やがて今の体制は山塊《さんかい》が崩れるように地滑りを起こすだろう。

ふん……。

一人、鼻先で笑う。

理想などない。善人ぶるつもりもない。かといって逆賊を気取るつもりもない。

この京で驕《おご》り高ぶり徒食するだけが能の公卿や門跡、武家貴族たち。そんな権門勢家《けんもんせいか》に胡坐《あぐら》をかいてふんぞり返っている奴らの、慌てふためいた顔が見てみたい。

いい。

おまえらなぞ特別な存在でもなんでもなく、いつどういうきっかけでその地位から叩《たた》き落されても、何の不思議もないのだということを、骨の髄まで思い知らせてやりたい。

それが、落ちぶれ果てた一族の末裔《まつえい》に生まれた道賢の意趣返しであり、ほのかな夢でもあり、暗い情念でもあった。

痛みに、ふと現実にかえる。

指先から、まだ鮮血が滴っている。きつく二の腕を縛っているにもかかわらずだ。おそらくは動脈を切られた。

痛みは我慢できるが、このままでは東九条の根城にたどり着く前に、貧血で倒れかねない。どこか近くで、止血する必要がある。

「……」

このすぐ近くに、当てはある。

かつて親しかった女が、姉小路《あねこうじ》に今も住んでいるはずだ。この時間なら大丈夫だろう。あの女は七条や八条あたりの下遊女《しもゆうじょ》とは違い、泊まりの客は取らない。客層が違う。公卿や武家貴族などは夜更《よふ》けに来て、遅くとも夜明け前には必ず帰る。それが女郎《ろう》遊びの嗜《たしな》みとされる。だから朝は、必ず一人でいる。

仮に情夫《いろ》と続いていたとしても、今はいない……それは、間違いない。

束の間、躊躇う。

気が進まない。この男にしては珍しく、多少の臆《おく》する気持ちもある。あの女へのほろ苦い思いが、未《いま》だ道賢の中には残っている。しかし背に腹はかえられない。

結局は高倉の角を曲がり、姉小路へと踏み込んだ。

10

才蔵はこの一ヶ月ほど、戸惑いっぱなしだ。

いったいこの蓮田兵衛という男の生活とは、どういうものなのだ。何を稼業にしているのか。そもそもこれが、人の常の暮らしと言えるものなのかどうか。

この男の日常は、才蔵にとってまったくの埒外《らちがい》で途方にくれた。

日々、朝から晩まで、実に雑多な人種が兵衛を訪ねてやって来る。

百姓もいれば、連歌師や放下師《ほうかし》、山伏、馬借もいる。行商人や牢人もいれば、歩き巫女、番匠《ばんしょう》のような男もいる。旅の僧もいれば、楽人《がくにん》、木樵《きこり》、はては巨椋池《おぐら》の浦人《うらびと》までやって来る。特に夕暮れになると、訪れる者が多くなる。

これらの者が、

「蓮田どのは、在宅でござるか」

と笑顔を浮かべて親しげにやって来る。兵衛が不在でもまったく気にしない。平気で別棟に入り、常備してある米や味噌《みそ》などを勝手に使って食事を作る。家主の兵衛が帰ってこなくても、構わずに泊まっていく者もいる。

最初の頃、才蔵はそういう者たちに薄気味悪さを感じていた。ずうずうしいとも思った。

けれど、兵衛は平然としたものだった。

「あの連中は、それでよいのだ。わしの知り合いであるからのう」

そう事もなげに言って、いっこうに頓着《とんちゃく》する様子がない。

しかし、兵衛自身の貯《たくわ》えがなくなっていくではないか。

危うくそう口にしかけ、思いとどまった。

この男が一人で飯を食っているところは、今まで見たことがない。この家にはいつも誰かがおり、兵衛は彼らと一緒に飯を食う。

それに見ていると、長屋の食料は不思議と減りもしないし、増えもしない。食えども食えども、常に一定量が保たれている。

さらに見ていて、分かった。

行商人たちは米を食った代わりに、売り物の残りである魚の干物や野菜を置いていく。馬借は馬借で泊まり賃として、荷駄の中から酒や油を勝手に取り出して兵衛に差し出す。また、百姓も時に米俵を荷車に載せて運んでくる。

連歌師や放下師、山伏など差し出す物を持たない者は、諸国の出来事を土産話として面白おかしく話す。どうやら泊まっていく彼らの中にも、そういう無言の貸し借りの感覚があるようだった。

現に今も、母屋の中では雑多な者が十人ほど、兵衛を中心にして車座になっている。一同が飲み食いしながら、様々な話をし、時に笑い、時に顔をしかめている。

宴もたけなわになると、放下師が芸を見せ、楽人が笛を吹く。みなが浮かれて踊り出す。傍《はた》から見れば、正体不明の浮浪の集まりと言えなくもない。

才蔵はといえば、人々の間で忙《せわ》しく立ち働いている。酒がなくなれば長屋まで取りに行き、皿や杯を出し、肴《さかな》がなくなれば味噌と菜っ葉を和《あ》えたり、干物を炙《あぶ》ったりしていた。誰に言われずとも、そうしている。

宴が終わり、泊まりの者たちが別棟に移った後で、残った肴を掻《か》き集め、これまた残り物の冷や飯に、菜汁をかけて食う。その後、後片付けもする。

兵衛はしばらくの間、そんな才蔵を黙って見ていたが、ある晩尋ねてきた。

「ぬしは何故《なにゆえ》いつも宴の輪には加わらず、そうやって後で飯を掻き込むのだ」

口を開こうとして、答えが自分の中でまとまっていないことに気づいた。

しばらくして才蔵は答えた。

「わしには、差し出す食い物がござらぬ。みなに喜ばれるような話も芸も出来ませぬ」

情けないが、事実だった。

「……単なる居候《いそうろう》でござる」

ふむ、と兵衛はおかしそうに微笑む。

「単なる居候でも、良いではないか」

「良くはありませぬ」

「何故だ」

「昔、里の禅寺の和尚《おしよう》が言っておられた。徒食する者は、馬鹿《ばか》になる。そのうちに性根まで腐り果てる、と」

だから、母屋の拭《ふ》き掃除や長屋の片付けも、自ら進んでやっていた。

兵衛はさらに尋ねてきた。

「なにゆえ性根まで腐るのか」

決まっておりまする、と才蔵は一人前に答えた。「寝ていても食える者は、頭を使わん。体も使わん。気働きもせぬ。だから、馬鹿になる。挙句、頭も体も腐っていきまする」

兵衛の笑みが深くなる。ややあって、言った。

「われは、健気《けなげ》じゃの」

わしが？　と才蔵は意外だった。

そんなことはついぞ思ったこともなかった。ただ食うために、必死に働いてきただけだ。ろくでもない暮らし。ろくでもない奉公……他人に褒められることなど、なに一つなした記憶がない。

「まあ、いい」兵衛はなおも上機嫌で言った。「明日は早出だ。河内まで行く。ぬしも付き合え」

11

翌日、才蔵が朝早く起きて長屋や母屋の戸締りをしていると、

「何をやっておるのだ」

と兵衛に笑われた。

才蔵は戸惑った。河内まで行けば、どう考えても泊まりになる。留守中に泥棒が入らぬように、しっかりと戸締りをしているだけではないか。当然のことだ。そう言うと、

「必要ない」

と、兵衛は言下に答えた。

「しかし、泥棒が――」

「泥棒など、入らぬ」兵衛は即答した。「よしんば入ったとしても、この家には盗られる物など、何もないわい」

これには才蔵もつい笑った。確かにその通りだ。母屋には長櫃と寝具の他は、何もない。

「ですが、せめて食い物のある長屋なりとも」

そう言い終わる前に、兵衛は首を振った。

「長屋も戸を閉めておくだけでよい」

「しかし……」

「わしの留守中にも、一夜の宿を乞《こ》うて訪れる者がいる。一杯の椀を当てにして来る

者がいる。気の毒だ。すぐに開くようにしておけ」

才蔵がまだ躊躇っていると、兵衛は笑った。

「盗られたからといって、だからなんだというのだ」

「は？」

「どこぞから、またすぐに集まってくる」

言っている意味が分からない。分からないが、この男は今後の才蔵にとって大事な何事かを、さりげなく言っているような気がする。

だから、神妙にうなずいた。

「……そういうものでございまするか」

兵衛はうなずいた。

「銭や食い物など、わしになくとも近しい誰かのところにあれば、それでよい。やがては回りまわって、またやって来る」

その考えに、軽い驚きを覚える。

生まれてこのかた、才蔵が見てきた大人たちのほとんどは、欲得尽くでしか動かない。自分の欲のみに囚《とら》われ、焙烙《ほうろく》で炒《い》られる豆のように目先の銭に踊らされ、狂っている……そういった世の中で、こんな鮮やかな考え方をする大人もいる。

かと言って、この男が話に聞く釈尊《しゃくそん》や孔子《こうし》のような敬虔《けいけん》な人物かと問われれば、違うような気もする。その心底は、依然として見えてこない。

それを証明するような出来事が、早くも河内への往路で起こった。

朱雀大路を下ると、南の果ての九条大路に突き当たる。九条大路を西に進んでいくと、そのまま西国街道に入る。

摂津、河内、果ては播磨や備前など瀬戸内沿いの国々へと至る西の大動脈だ。人も商人も頻繁に行き交っている。当然のように、公卿や幕府、地頭の設けた関所が短い区間に濫立《らんりつ》している。

街道の向こうに最初に現れたのは、率分関《そつぶんのせき》である。公卿の関所だ。官司《かんし》と呼ばれる役人が運営する。

どれ、と歩きながら兵衛はつぶやいた。「たまには一働き、するかの」

……何をするというのか。

そう才蔵が疑問に思ったのも束の間、兵衛は軽い足取りのまま、関所へとすたすたと近づいていく。懐《ふところ》から銭も出さずに、門番の立っている前を通り過ぎようとした。

「待たぬかっ」

果たして声が飛び、兵衛の前方を槍《やり》で遮った。

「うぬは何をしておる」もう一人の門番も威張り散らした怒声を発する。「関銭を払わぬか。払って抜けよ」

しかし才蔵の見るところ、言葉の威勢ほどには二人の腰は据わっていない。

はて、と兵衛はゆったりと笑った。

「昨今は、面白きことを聞くものよ。ここは天下の公道ぞ。何故、うぬらのような腐れ公卿の下使いに、銭を与えねばならん」

「なっ」

門番たちが絶句するのにも構わず、

「今日は良い天気じゃ。せっかくの出立《しゅったつ》に水を差すな」

言い捨て、右手で軽く槍の穂先を払った。

「下郎《げろう》っ」

もう一人が叫んで、太刀を抜きかけた瞬間だった。

あっ、と才蔵が思ったときには、兵衛は右手の門番から槍を奪い取っていた。瞬《また》く間に柄《え》を反転させ、石突《いしづき》で左の男の額を激しく突く。相手は吹っ飛び、地べたに打ちつけられた。さらに槍の柄は、兵衛の掌中をするりと滑っていく。逆方向に伸びた穂先は、右の門番の喉元《のどもと》三寸のところまで来て、ぴたりと止まった。一連の動作がすべて無理なく繋《つな》がっている。

関所の板壁を背にした相手は逃げられない。釘付《くぎづ》けになっている。

「どうじゃな」兵衛は、うっすらと笑みを浮かべる。「通すか。それともここで死ぬか」

「……と、通す」震える声で門番が言う。「いや、どうぞお通りあれ」

「で、あろう」さもありなんと兵衛は応じる。「ついでに銭も貰《もら》おうか」

「そ、それは」

口ごもった直後、兵衛は相手の股間を蹴《け》り上げた。うっ、と堪《たま》らず前かがみになった男の首筋を、今度は槍の柄でしたたかに打ち下す。この男もまた地面に転がり、動かなくなった。

才蔵は事の成り行きに呆然《ぼうぜん》としている。

後ろを振り返った兵衛が、からりと笑った。

「なにを、ぼうっとしておる」

え？　と思わず間の抜けた声を上げた。

「関の中の銭を、早《はよ》う集めぬか」

それでも才蔵がまごまごしていると、兵衛は顔をしかめた。

「ほれ、早う」

もう一度命じられ、慌《あわ》てて小屋の中に踏み込んだ。銭箱の近くにあった袋へ銭をすべて流し込む。急いで流し込みながら、ふと情けなくなる。これでは盗人《ぬすっと》ではないか。しかも天下の関所への押し込み強盗だ。捕まれば磔刑《たっけい》は免れない……。

泣き出しそうになりながらも銭を持って外に出た。門番二人は依然地面に倒れている。見たところ死んではいないようだ。

「さ、行くぞ」

兵衛は常と変わらぬ口調で言った。

「銭は、ぬしが懐に入れておけ」

さらに五町ほど西に進んだ。

道々、つい才蔵はあせあせと聞く。

「事が公《おおやけ》になれば、大変なことになりまするぞ」

すると兵衛は鼻先で笑った。

「なんじゃ、口封じに殺さなかったのが、不満か」

この反応にも絶句する。

「そ、そんなわけでは――」

「宮仕えの青侍《あおざむらい》風情《ふぜい》に、上申する性根などあるものか。お歯黒の公卿どもから叱責《しっせき》を受け、挙句、奉公を棒に振る」

兵衛は、唄《うた》うように語る。

「懐の銭のことなら案ずるな。やつらは関銭を日々ちょろまかしておるから、穴埋めするくらいの蓄えはある」

これにもまた言葉を失う。果たして自分が何を言いたかったのか、分からなくなってくる。

「それにの、万が一露見したところで、今の公卿には探索する能力も、捕まえる力もないわい。それゆえ、ゆるりとやれるところは、ゆるりとやる」

「で、ですが……」

才蔵がなおも言いかけたところで、兵衛は顎先を前へとしゃくった。

「が、次はそう易々《やすやす》とはいかぬぞ」

一町ほど先に、先ほどとは比べ物にならぬくらい堅牢な門が立っている。いくら落ちぶれつつあるとはいえ、いかにも武家の棟梁らしい公方の関所だった。おそらくは人数も揃《そろ》っている。

まさか、と思う。

続けざまに、幕府の関所まで破るのか――。

が、才蔵のさらなる戸惑いを余所《よそ》に、すたすたと兵衛は進んでいく。

関所の前に居並ぶ五人の侍は、先ほどの青侍たちとは立ち姿からして違う。槍は持たず、打刀《うちがたな》を腰元に差しているだけだ。いかにも武門の家臣らしく腕に覚えがあるのだろう、傲然《ごうぜん》と構えている。

兵衛が近づいていく間にも、その顔つきや挙措にただならぬ雰囲気を感じ取ったのか、早くも二人が鯉口《こいぐち》を切った。

警戒心を丸出しに、一人が言い放った。

「なんじゃ、うぬは」

変わらぬ歩調で進みながら、兵衛が口を開く。

「素牢人、蓮田兵衛まかり通る。憚《はばか》りながら銭はなし」

あっ、この男は――。

才蔵は愕然《がくぜん》とした。名乗りを上げたということは、取りも直さずその名が後に洩《も》れないようにする自信の表れではないか。つまりは皆殺しにする気だ。

ならぬっ、と別の一人が声を上げた。「この関を、なんと心得る」

「銭が、ないのじゃ」なおも門番たちに向かって進みながら、兵衛は不敵に微笑む。

「少なくとも、うぬらなどに払う銭はない」

果して五人は激昂《げっこう》し、抜刀して兵衛を取り巻いた。が、どういう足捌《あしさば》きをしたのか、兵衛はするすると彼らの懐まで入り込んでいく。

「こ、こいつ――」

正面の武士が刀を振り上げた刹那、兵衛は抜く手も見せずに相手を袈裟懸けに斬り下げていた。才蔵は思わず我が目を疑う。その太刀筋が一瞬、目で追えなかった。ぞっとするほどの早業《はやわざ》だ。残る四つの白刃《はくじん》の中を一合も交えることなく、兵衛がさらに刀を動かす。軽やかに足を動かし、その身を捻《ひね》る。

びっ、びゅびゅっ――。

刀身が風を切る音ではない。肉を斬り、骨を断つ音だけが不気味に響き渡る。刀は無音だ。太刀筋と刃先の入力角《にゅうりょくかく》が、寸分のぶれもない。いわゆる刀線刃筋《とうせんはすじ》が完全に一致している。空気を抵抗もなく切り裂いていく。だから、無駄な音が立たない。

びっ、びゅっ。

やはり、だ。

懸命に凝視していても、依然としてその軌道を一瞬、見失う。肌が粟立《あわだ》つほどの太刀行きの迅《はや》さだ。そして見事な太刀筋だ。刀身が無音できらめくたびに、確実に相手の頭蓋《ずがい》が割れ、首が飛ぶ。返す刀で、最後の一人を逆袈裟に深々と斬り上げた。

瞬く間に五つの死骸が地面に転がった。

「さ、銭を集めよ」

振り返って何事もなかったかのように兵衛が言う。

才蔵はもう反論する気力もなく、操り人形のようにその言葉に従う。今度は何故か
兵衛も一緒に小屋に入ってきた。

才蔵が銭を掻き集めている間、部屋の隅にしゃがみ込み、何かカチカチと音を立て
ている。

「なにをしておられる」

「知れたこと」

そう兵衛が答えたときには、手元で紙と藁屑《わらくず》が燃え始めていた。

「この目障《めざわ》りな小屋を、灰にするのよ」

言いつつ立ち上がり、窓際《まどぎわ》にあった油壺《あぶらつぼ》をぶちまけた。

ごっ、と火の勢いが盛んになる。たちまち周囲に火の手が伸び、壁を這《は》い始める。

「──」

才蔵は今度こそ心底から呆然とした。このあまりの所業に腰が抜けそうになる。よりによって幕府の関所だ。

「何をぼんやりしておる」兵衛が才蔵の袖を引く。「火の手にまかれる。行くぞ」

悠然と小屋を出て行く兵衛の背中を、才蔵は慌《あわ》てて追った。


二町ほど行って振り返った時、関所はすでに火に呑《の》まれていた。初夏の晴れ渡った空に黒々と煙が立ち上っている。

「おう、よく燃えておる」

兵衛は小気味良さそうに笑った。

が、才蔵は不安と恐怖でそれどころではない。つい縋《すが》るように聞いた。

「いったい、どういうおつもりでござる」

「何が」

「何が、ではありませぬ」その呑気《のんき》そうな口調には、さすがに腹が立ってきた。決まっているではないか。「今度こそ、御公方《ごくぼう》に知れまするぞ」

するとはにやりと笑い、

「その公方の、京洛の警護役はどこの誰だ」

その切り返しに、才蔵は絶句する。

兵衛は声を立てて笑った。

「道賢の苦い顔が目に浮かぶわい」

確かにそうだ、と感じる。

関所をありがたがり、喜んで銭を払う者などどこにもいない。むしろ、みなその存在を呪《のろ》ってさえいる。仮に一部始終を目にした者がいたとしても、侍所の役人には誰も注進などしない。

しかし道賢とその一味だけは別だろう。伏士を使って周辺で噂話《うわさばなし》を聞き込み、賊を割り出そうとするかもしれない。

けれど、賊が兵衛だと分かったら、道賢は顔をしかめるしかあるまい。何故ならば、二人は気脈の通じあう同類なのだから。それ以前に、道賢も関所のことは忌々《いまいま》しく思っているに違いないから、さらに手も足も出なくなる。

それにしても、と歩いている兵衛の横顔を見る。

この男は優しげな顔をして、そこまで見通してこんなことを仕出かすのだから、たいちが悪い。悪辣《あくらつ》とは、まさにこのことだ。

そして続けざまに、三の関と四の関も破っていく。

そのたびに刀槍《とうそう》で歯向かってくる相手の首が飛び、胴が裂ける。関所が燃える。既に才蔵の懐には抱えきれないぐらいの銭が溢《あふ》れている。人を殺して盗った銭……余計に重く感じる。また泣き出したくなる。

最後の関を破り、しばらく行ったところで、聞いてみた。

「なぜ一つ目の関は焼かずに、他はすべて焼いたのでござる」

「決まったこと」平然と兵衛は答える。「官司の関のすぐ脇《わき》に集落があった。茅葺《かやぶ》きだ。飛び火しかねぬ」

……やはり鵺《ぬえ》だ。道賢と同様、悪人かと思えば、事によっては細心な善人の顔も持ち合わせている。

十町ほど進み、ちょっとした森の木陰に差しかかった。

小さな石仏の立っている場所で、兵衛が足を止める。才蔵を振り返った。

「重かろう」

才蔵の膨らみきった懐を見て、気の毒そうに言う。

「よい按配《あんばい》に周囲は森だ」

兵衛は左右を眺めながら命じた。

「銭を埋めろ」

「は？」

兵衛は笑う。

「では銭を、河内まで引き摺《ず》っていくか」

それは、とうてい無理だ。大量の銭を持ち歩いていたら、関所破りをしましたと自ら触れまわっているようなものだ。

「森に入り、どこぞに自分なりに見当をつけて、埋めてこい」

言われた通りに、森に分け入っていく。しばらく奥へ進むと、濡《ぬ》れ落葉の中に奇妙な形をした岩が突き出ていた。その右脇の土を、六尺棒で掘り起こす。一尺半ほどの深さにまで掘った。

掘りながら、木々の間からわずかに見える兵衛を、時折り振り返る。相変わらず道に突っ立ったままだ。こちらを見ようともしない。

銭袋を四つ投げ込む。土を戻し、足で踏み固め、その上に落葉をばらまく。これでよし。

才蔵は道まで戻る。兵衛は依然として突っ立っていた。

「埋めてきました」

「ご苦労」

すんなりと兵衛はうなずく。が、埋めた場所を確かめようともしない。

「どこに埋めたか、知らなくてよいのですか」

「構わん」兵衛は答える。「必要な時、ぬしに掘り出してもらう」

「しかし、わしがこっそり持ち逃げしたら？」

「それは、それまでのこと」兵衛はさらりと言ってのける。「わしの人を見る目がなかったまでのこと。不明を恥じるのみだ。別に怒りもせぬ」

……やはり、単なる悪党ではない。

12

才蔵と兵衛は、数日かけて河内を回った。

この頃より少し前、河内の国では畠山氏の家督争いが原因で、小戦《こいくさ》が頻発していた時期があった。その騒乱に乗じて、野伏《のぶし》や盗賊が跋扈《ばっこ》していた。

憐《あわ》れなのは地元の百姓と地侍たちだ。年貢を納める自分たちの苦労は顧みられず、田畑や村を蹂躙《じゅうりん》され、時に娘を犯されまでした彼らは、戦に明け暮れる守護たちのやり様に、ほとほと愛想を尽かしていた。

そこで百姓や地侍たちは「惣《そう》」という自治組織を作り始めていた。

自衛のための武装化を進め、集落の周囲に柵《さく》を巡らし、深く堀を穿《うが》ち、川から水を引き入れる。堀には朝夕に、耕作地への往復用に跳ね板を渡し、その他の時間帯は外しておく。つまりは半城塞化《はんじょうさい》だ。なかには門の上に櫓《やぐら》を上げ、夜は常に見張りを置き、集落内部に槍や野太刀などを常備し、本格的な城塞と化した集落もあった。

それらの城塞化、あるいは半城塞化した集落を、兵衛は才蔵を伴って訪れた。

「おうおぅ、蓮田どの、久しゅうござる」

村々の名主《みょうしゅ》や沙汰人《さたにん》、若衆《わかしゅう》たちがぞろぞろと集まってきて、親しげに声をかけてくる。

宴ともなれば、村の主だった名主や宿老《しゅくろう》たちが兵衛の元に集まり、様々な相談事を持ちかける。近隣の惣との連合や、惣掟《そうおきて》や自検断《じけんだん》の見直し、年貢の地下請けのやり方、さらなる武装化の指南などを請《こ》うてくる。

それに対し、兵衛は京の情勢や、摂津と和泉の現状を伝え、時には入会地《いりあいち》の区分けや農業用水の分配など、他の惣との交渉を自ら請け負うこともあった。

特に集落の武装化に関しては、専門的な助言を行っていた。

曰《いわ》く、この外堀はさらに一間ほど幅を広げたほうが良いとか、焼き討ちや籠城《ろうじょう》に備えて、集落内には貯水池を確保すべきであるとか、櫓の高さや柵の防御能力についても具体的で細かい指南をしていた。

そんな折りに才蔵は、兵衛に感じるところがある。

この男も道賢と同様、それなりの武家の出であったのではないのか。少なくとも物《もの》頭《がしら》ぐらいは務めていたに違いない。

兵衛は、村人たちから礼の品を一切受け取らない。

「これから、こちらが世話になることもあろう。京に来た折りには、拙宅に寄られよ」

別れ際には、決まってそう言う。

当然だろう、と才蔵はおかしくなる。道中、したたま稼いだばかりなのだから、取るに足らない礼は要らないはずだ。

遊歴したのは河内だけではない。後日には、摂津や和泉にも足を伸ばした。

これらの国々でも地域ごとに惣が作られ、百姓や地侍たちには言外に、
守護など何するものぞ——。

という気概や独立心が、はっきりと見て取れた。そういう意味では、都のある山城

のほうがかえって遅れていると感じもした。

帰路にも、西国街道沿いにある京郊外の、西岡や上久世荘《かみくぜのしょう》などの主だった集落を訪ね歩く。

才蔵の生まれ育った山里には立ち寄ることがない。あまりにも小さな集落で、自治や自衛が進んでいなかったからだろう。

才蔵はむろん、それでいい。惨《みじ》めな境遇だった過去など知られたくないし、思い出したくもない。

だが、ある日のことだ。大山崎の離宮八幡宮を通り過ぎた時、思い出したように兵衛は口を開いた。

「そういえばぬしの里は、この近くであったの」

「――はい」

「久しぶりに、立ち寄りたいか」

才蔵はしばらく無言だった。

「なんじゃ、懐《なつ》かしくはないのか」

やはり、話したくない。生まれた山里の悪口は言いたくない。村人が悪いのではない。自分たち親子との折り合いが悪かっただけだ。でもそれを口に出すと、よけいに自分が惨めになる。だから黙々と歩き続けた。

そんな才蔵の様子を見て、ふと兵衛は微笑《ほほえ》んだ。道に落ちていた木の枝を拾うや否《いな》や、才蔵の右脛《すね》をぴしりと打った。

「うっ」

思わず声が出た。反射的に右足を引く。即座に左脛を打たれた。

ぴしっ。

あっ、と今度は左足を引く。兵衛はかまわずにまた右脛を打ってくる。と思ったら、ふたたび左に来た。たまらず才蔵は飛び跳ねるようにして避けようとするが、着地寸前の足を、さらに打たれる。必死に飛び跳ねながら、才蔵は訴えた。

「何故かようなことを」

なさるのでござる――と言い終わる前に、さらに兵衛は交互の脛を執拗《しつよう》に打ち続ける。

「分からぬな」兵衛は苦笑しながら、なおも木の枝を振る。「わしは禅寺の和尚ではない。うまい説法が出来ぬ」

ぴしっ。ぴしぴしっ。

「出来ぬゆえ、こうしておる。料簡《りょうけん》せい」

と、行いも理不尽ならその内容も滅茶苦茶な返事をしてくる。

が、才蔵は何故か感心する。

悪意は感じられないし、弄《なぶ》っている様子でもない。そもそもこうも穏やかな声音で言われると、不思議と反撃する気にもなれない。

それでも、脛の表面がひりひりと痛い。

痛さに堪りかね、才蔵はとうとう尻餅《しりもち》をついた。

地面にひっくり返ったまま、呆然と兵衛を見上げる。さっぱりわけが分からない。

やはり理不尽この上ない。

「立てるか」

木の枝を捨て、平然と兵衛は言った。

「立てます」

気を呑まれ、反射的にそう答えた。

よし、と兵衛は大きくうなずいた。

「では今日は、ちと寄り道をする」

そう言い残し、西国街道をさっさと歩いていく。

才蔵も慌てて起き上がり、その後を追った。

二人が進んでいる西岡は、山城の国の乙訓郡《おとくにぐん》一帯を指す。桂川以西の向日《むこう》、長岡京、大山崎まで含んだ、摂津との国境《くにざかい》まで延びる広大な地域だ。

西国街道沿いの鶏冠井《かいで》集落の近くまで来た時、兵衛は道を左に折れた。日像上人《にちぞうしょうにん》の説法石が立っているあたりだ。その昔、国難を訴えた日蓮《にちれん》の孫弟子である。

鳥居をくぐった先には、緩い傾斜の石畳の坂が、二町ほど続いている。

二人はすでに参道に入っていた。鬱蒼《うっそう》と生い茂る竹林の間を抜けるようにして参道を上り詰めると、神社の境内が広がっている。

向日神社だ。

森に囲まれた境内とはいえ、本殿、客殿、社務所などを取り巻く空気は明るい。向日山と呼ばれる小高い丘の上に建ち、木々の間から空が見え隠れし、それが境内を明るく感じさせているのだ。

「ここではの――」

本殿の前に広がる境内を眺めながら、兵衛は口を開いた。

「しばしばこのあたりの国人や惣同士の寄合いが開かれる。時に相談を持ちかけられ、わしも顔を出す」

言いながらも、境内をぐるりと取り囲む森の脇を歩き始める。社殿の西に、小さな池があった。丘の上なのに水が湧《わ》き出しているとはどういうことだろう。

さらに境内の端を森沿いに進むと、井戸があった。それと、参道がもう一つ……境内の北西部に、崖《がけ》のような急勾配を転げ落ちていく狭隘《きょうあい》な土の階段が見える。西から北へと回り込んでいくと、森の木々が疎《まば》らになる。遥《はる》か彼方、桂川から手前の田畑が透けて見える。

しかし才蔵には、この兵衛の一連の連れ回しが何を意味するのか、まだ皆目見当がつかない。

やがて北東部へと抜ける。疎林がさらに木々の数を減らし、その地形を露《あら》わにする。もっこりと盛り上がった土塁のようなものがある。高さ二、三丈（約六〜九メートル）はあるだろう。

才蔵は少し意外に思う。境内の外れに、明らかに人の手で盛り上げたらしき小山があるのだ。

前方後方墳《ぜんぽうこうほうふん》――元稲荷古墳である。が、この時代にはその呼び名すらなかった。

「登るぞ」

言い放ち、兵衛が登り始める。才蔵も続く。赤土の斜面を踏みしめていく。程なくして頂《いただき》に立つ。

立ってみて驚いた。

田畑の中をゆったりと流れる桂川の水面《みなも》はおろか、糺《ただす》の森から流れ出る鴨川のうねりまでもが眼下に遠望出来る。

当然、洛中も全域が見渡せる。九条にある東寺の五重塔から一条以北の相国寺の大塔まで、ひとつの風景として視界に捉《とら》えることが出来る。

東寺を起点とする西国街道も、広大な田畑の中に点在する集落を結びながら、この神社の鳥居まで延びてきている。

思わず隣に立つ兵衛を見た。

「なんじゃ」兵衛が問う。「なんぞ、言いたげじゃな」

この神社の要害に加えてこの地の利……さらには関所破り、惣の百姓と地侍たちとの談合、武装化の指南……。直感が囁《ささや》いていた。すべてが、一つの心事に収斂《しゅうれん》されていく。

「……やがて、手にかけるおつもりでござるか」

「何を」

「都を、でござる」

すると兵衛は、真昼の空に沁《し》みわたるような表情を浮かべた。

「おそらく、似たようなことを考えている馬鹿が、もう一人おる」

えっ、と驚愕《きょうがく》しつつ、恐る恐る聞いてみた。

「いずこに」

兵衛は東に向かって、顎《あご》をしゃくった。

「あそこだ」

顎の先を追って桂川、鴨川のさらに先を見やる。鳥肌が立った。

東山連峰でもっとも こちらに突き出した小山――稲荷山が見える。その山肌を舐《な》めるようにして下《しも》の社《やしろ》、中《なか》の社、上《かみ》の社と、至るところに参道が走っている。

伏見稲荷大社……道賢の本拠地だ。足下には南への大動脈である大和路を押さえ、この向日神社よりはるかに都に近い。当然、中の社や上の社からは、都の様子は手に取るように眼下に収められるであろう……。

直後、才蔵は激しく嘔吐《おうと》した。

そんな大それたことを密《ひそ》かに目論《もくろ》んでいる極悪人が、こともあろうに身近に二人もいる。それが、ひどく空恐ろしい――。

相手は突っ立ったまま、才蔵が散々に吐き終わるまで黙って見ていた。

ややあって、

「まあ、座れ」

そう言って、小山の頂に腰を下した。才蔵も従った。

兵衛は、しばらく眼下の水田を眺めていたが、

「見ろ、そこを」と、すぐ傍の草むらに視線を移した。「タナが咲いている」

タナ――小さな黄色い花を密集して咲かせている。蒲公英《たんぽぽ》のことだ。

「わしはの、タナが好きだ」と、話を変えてきた。「行く先々で咲いている。岩の割れ目や砂浜、乾ききった田舎道、こんなところに、と呆《あき》れるような場所でも、いくらでも見る」

才蔵は意外に思う。花を愛《め》でるような優しい心根がこの男にもあるのか。

「で、先ほどのぬしの態度だ」

と、話題はさらに急転する。

「街道での、ぬしの意固地なまでの無言の行よ」

そう言われると、返す言葉もない。いけないとは思いつつも、ふたたび黙り込んだ。

「……」

「探すのではない。作っていくしかない」

「え？」

「自分の棲《す》む場所は、ということだ」兵衛は静かに言った。「主家《しゅけ》をなくした牢人《ろうにん》の末路など、どこにいても変わらぬ。居場所などない。わしも、おそらくは道賢も、そうしたものだ」

……なるほど。

言われてみれば、確かに自分は探しているだけだった。自分の居場所を、焦《こ》がれるようにしてずっと求め続けていた。

最初は柴《しば》売りから始めた。そして里を出て京洛の油売り、つづいて土倉の用心棒、道賢の小屋の居候……だが、どこにいてもしっくりとくる身の置き所などなかった……心のどこかで幼い頃と同様、いつも周囲に馴染《なじ》めぬものを感じていた。

才蔵は改めて自問する。

単に探しているだけでは、望めないものなのか。

自分の居場所というものは、自らの手で作っていくしかないのか——。

おそらくその時の才蔵は深刻そうな顔をしていたのだろう。隣の兵衛が微笑んだ。

「どうだ。その体、しばらくはわしに預けてみんか」

束《つか》の間《ま》、戸惑う。自分はすでにこの男に売られたも同然ではないか。なのに改めて問われている、その意図が分からない。才蔵がなおも黙っていると、

「その棲む場所を半ば作ってやる。あとの半分は、自分で作れ」

「半ば作ってやるとは？」

決まっておる、と兵衛は言った。「ぬしが今持っている唯一《ゆいいつ》の技芸は、棒の手だけだ。しかもそれなりに自得しかけておる。が、わしの見るところ、まだ腕前は相当に荒い。ちゃんとした指南を受けておらぬからだ」

「……」

「その腕を、徹底的に仕込んでやる。どこに行っても通じるよう、誰にも打ち負かされぬように、一年ほどぬしに師匠を付けてやる。兵法者として世に立てるようにな。だが、死んだほうがまだましだと思うほど苛《か》酷《こく》な修業になる」

それでも才蔵は、兵法者、世に立つ、という言葉に激しく心惹《ひ》かれた。

「ただし、その鍛錬も際《きわ》までじゃ」

まただ。またこの言葉を聞いた。

「際とは、なんでござる」

「ぬしはまだ知らなくてよい。そのときが来れば、嫌でも分かる」

そう言い切られた。

「……そうでござるか」

要領を得ないながらも、才蔵はうなずいた。

「ともかく、そこまでの遣い手にぬしを仕上げる。その代わり、その後の半年から一年は、わしに命を預けよ」

「は？」

「どんなことがあろうと、わしの下知に従えというのだ。下手をすれば命を落とすかもしれぬ」

　ここでふと兵衛は苦笑した。

「が、その時はわしも死んでいよう」

「……」

「どうじゃ、この話、乗るか」

　才蔵は一瞬迷った。

　これは天魔の囁きか――。

　だが直後には、自分でも呆れるほど呆気《あつけ》なくうなずいていた。

　兵衛もうなずき返し、さらにこう言い放った。

「すべてが終わったら、あとの身の振り方は、自分で決めよ。兵法者の道を改めて選ぶも、道賢のように浮浪を集めて頭目になるも、あるいは別の道を進むも、ぬしの勝手じゃ」

才蔵はしばし考えた。そして、もう一度はっきりと声に出してうなずいた。

「はい」

兵衛は、ふたたび澄んだ笑みを見せた。

「今からでも拾える生はある。そう考えれば、生まれ落ちてここまで来れただけでも、まずまず捨てたものではない」

……天魔にしては、妙に優しい男でもある。

第二章　京洛《けいらく》の遊女

I

渋谷口《しぶたにぐち》の残党に襲われてから、一月《ひとつき》と十日が過ぎた。

その間、骨皮道賢《ほねかわどうけん》は稲荷《いなり》大社の根城で無聊《ぶりよう》をかこっていた。激しく動くと、傷口がふたたび開く恐れがあった。

試みに左腕を振ってみる。晒《さらし》は十日ほど前に取れていた。

血はもう滲《にじ》まない。あの女の金創《きんそう》が良かったのだ。道賢が姉小路《あねこうじ》の家で三日臥《ふ》せっていた間、こまめに晒を換え、そのたびに治療を施してくれた。

あの直後、件《くだん》の町家の戸を叩《たた》くとすぐ、美々しく着飾った童女が二人出てきた。血塗《ちまみ》れの道賢を見ても、顔色一つ変えない。

でくれぬか」

「芳王子《ほおうじ》を――」框《かまち》の上の板間に転がり込みながら、道賢は訴えた。「芳王子を呼ん

童女たちは奥に引き込み、主《あるじ》である芳王子が出てきた。この女もまた、傷を負った道賢を見ても眉《まゆ》一つ動かさない。代わりに目を細め、柔らかく微笑《ほほえ》んだ。

「相変わらずの修羅道を、歩まれているご様子でございまするな」

道賢も寝転がったまま、つい苦笑した。

「油断した。わしの手落ちじゃ」

芳王子は童女二人に命じた。

「そなたは桑の葉を集められるだけ集めてまいれ。出来るだけ早くじゃ。そなたは猪《いのしし》の肉を。市に行き、脂《あぶら》の多いものを買うてまいれ。急げ」

それぞれに小銭を渡すと、童女たちは表へと消えた。

芳王子は血に塗れた道賢の片袖《かたそで》を引き破る。台所から桶《おけ》に汲《く》んできた水で傷口を洗う。道賢は思わず顔をしかめる。冷水が沁《し》みる。

次に芳王子は、布で傷口の周囲の血を丹念に拭《ふ》いていった。

「すまぬな。迷惑をかける」

芳王子は、また少し笑みを浮かべた。

「二年ぶりで、ございまするな」

だが、それ以上は口を開かなかった。

と、不意に芳王子が裾《すそ》を大きくたくし上げ、道賢の傷口の上にしゃがみ込んできた。下帯も外す。白い太腿《ふともも》から、陰部が恥毛とともに露《あら》わになる。

「何をする」

思わず道賢は言った。むろん何をするつもりかは分かっていた。しかし、まさか女の身でやるとは想像だにしていなかった。

「知れたこと」

道賢の傷口の上で股《また》を開いたまま、芳王子は痴《し》れ痴《じ》れと笑った。

「尿《ゆばり》で傷口を洗いまする。さもなくば膿《う》みまするぞ」

尿で雑菌を殺すつもりなのだ。しかし道賢はなおも迷った。

「さ、早う」傷口に跨《また》がったまま、芳王子が急《せ》かした。「あの子らはじきに戻ってまいりましょう。このような姿態は、今しか見せられませぬ」

結局、道賢はうなずくしかなかった。

「頼む」

芳王子の恥毛の奥から、尿が出始めた。勢いよく迸《ほとばし》り、道賢の傷口を洗っていく。

う……今度はさらに沁みる。

やがて尿が止まった。

芳王子は傷口の周りの小水を手際《てぎわ》よく拭き取り、晒で道賢の二の腕をきつく縛った。

芳王子が火を熾《おこ》していると、童女二人が戻ってきた。差し出された猪の脂身を、火にかけた鉄鍋《てつなべ》に入れる。

「まんべんなく焼き、よく脂を出すのじゃ」

箸《はし》を持った童女にそう指示を与えながら、自らは、もう一人が差し出した大量の桑の葉を微塵《みじん》切りにする。それを小さな壺《つぼ》に押し詰め、擂《す》り粉木《こぎ》で上から押し潰《つぶ》していく。充分に潰したところで、壺を大皿の上で逆さにした。緑色の汁が皿の上にとろとろと流れ出て来る。

芳王子は鉄鍋の前で箸を動かしている童女に声をかける。

「脂は出たか」

はい、と童女は幼い声で答えた。

「肉がたいそうに小さくなりました」

芳王子は鉄鍋を傾け、桑の葉の汁が入った大皿の上に、溶け切った脂を注ぎ込む。

「冷めてゆっくりと固まり始めるまで、まんべんなく混ぜよ」

そう童女たちに言い残し、

「こちらへ」

と道賢を奥の部屋に案内した。

一番奥にある畳の部屋で、道賢は素っ裸にされた。夜具が敷かれ、その上に寝るように指示される。

道賢はしばし戸惑う。躊躇《ためら》いの心が働く。

今では、自分はこの女の情夫《いろ》でもなんでもない。しかもここは客を取るための部屋で、最も陽当たりがよく、風通しも良い場所ではないか。自分がここにいる間、この女は客を取れない。

そんな逡巡《しゅんじゅん》を察したのか、芳王子は薄く笑った。

「今さら躊躇うくらいなら、初めから頼って来られまするな」

「……」

「さ、御寝《ぎょしん》なされ」

芳王子は、童女が運んできた出来たての膏薬《こうやく》を傷口に塗っていった。止血の効果がある。

「すまぬな」寝転がったまま、道賢は詫《わ》びを繰り返した。「血が止まり次第、わしは出て行く」

「お戯《たわむ》れを」

晒を巻き付けながら、芳王子は片眉を上げる。

「この傷の深さでは、数日は動けますまい。動くと、傷口が塞《ふさ》がりませぬぞ」

「しかし――」

そう言いかけた道賢を、芳王子はやんわりと遮った。

「身を委《ゆだ》ねると決めたなら、とことん相手の厚意をお受けなされ。正直におなりあれ」

……そんなふうにして、あの家で三日間を過ごした。

朝夕の二度、芳王子が飯を運んでくる。その都度、晒を換えて膏薬を塗っていく。

二日目の夕刻には、その姿や挙措《きよそ》を見るたびに、傷の痛みにもかかわらず疼《うず》くものを感じた。

自分はこの女にまだ惚《ほ》れているのだ、と浅ましくも自覚する。

三日目の朝には、いかんとは思いつつも勃起《ぼっき》していた。

生業《なりわい》柄、鋭敏に察した芳王子は、道賢にひそと語りかけた。

「あなたさまは動かずともよろしゅうございます。私が上になり身を動かし、精を抜いて差し上げましょう」

「――いや」さすがに道賢は断固として言った。「それは困る」

「なにゆえに」

「おぬしは今、兵衛《ひょうえ》の情婦《おもいもの》ではないか」つい禁句を口にした。「それは、さすがに出来ぬ」

するとは芳王子は、

「お固いこと」と言いながら、ゆるゆると笑みを浮かべる。「かりに知られたとしても、あのお方はお気になさりますまい」

つい赫《か》っと腸《はらわた》が煮えた。

確かに兵衛なら、道賢がふたたび芳王子と寝ても、ただ笑って済ませるだろう。

――それは手負いの道賢には、良い慰めになったであろうな。

そんな戯言《ざれごと》の一つも、余裕でほざくかもしれない。かといって兵衛がこの女に惚れていないわけではない。

兵衛には、分かっている。

誰かを好きになろうと、やはりその相手は、どこまでいっても自分の所有物ではない。相手の感情も好悪《こうお》も、その当人だけのものでしかない。何を考えているのか、こちらには分からない。

いや……そもそも自分が考えていることすら、本当のところは本人にさえもはっきりとは分かっていないのだ。人とは、そういうものだ。常に無知の知を抱え、生きている。わしもむろん、そうだ。

自らでさえ分からない心の動きは、季節ごとに野に咲く花のように移ろい、変わり続ける。一時は交わっても、いつしか離れていく。永久《とこしえ》に人の内にとどまるものは、何一つない。

そこまでをわきまえた上で、兵衛は自分の感情に強烈な枷《かせ》を嵌《は》めて暮らしている。

くそ——やはり忌々《いまいま》しい。

「だからこそ、余計に嫌なのじゃ」

そう、悔し紛れに毒づいた。

芳王子はそんな道賢の様子を、涼しげに見守っていた。

その日の夕刻、無理を押して芳王子の家を出た。このままずるずるといれば、今度こそ誘惑に負けそうな気がした。

今、道賢は一人で微笑む。

やはり、いい女ではある。兵衛にしてもそうだ。しかし、それ以上のほろ苦さと苛《いら》立《だ》ちも依然として感じる。

「……」

十日ほど前、西国《さいごく》街道の関所が次々と破られたと聞いた。いや、関所破りどころではない。番人たちは斬《き》り殺され、銭は奪われ、建物も燃やされている。これでは関所潰しもいいところだ。

不思議なのは、東寺口の率分関《そつぶんのせき》だけは襲われなかったことだ。

道賢にはその時点で、おおよその見当が付いていた。

当世の官司《かんし》ほど意気地のない者はない。朝廷の権威を笠《かさ》に下々《しもじも》には威張り散らす反面、腕っ節の強い剛《ごう》の者が現れると、たちまち腰砕けになる。おそらくはすぐ賊の脅しに屈し、銭袋を渡した。

が、他の関所の侍どもはたぶん抗戦をした。結果、斬り殺され、関所も焼かれた。

関所破りをした者の狙《ねら》いも分かる。銭目当てもあるだろうが、官司の体たらくを満天下に晒し、朝廷や幕府の権威など怖《おそ》るるに足らず、と知らしめようとした。そんなところだろう。

侍所《さむらいどころ》も聞き込みをしているが、当てにはならない。

庶民は誰一人として関所の存在など快く思ってはいない。いっそ潰れればいいと呪《のろ》っている。目にした者がいたとしても、侍所の役人には口を割らないだろう。

道賢は、西国街道沿いに育った配下を、伏士《ふくし》として東寺口《とうじぐち》以西の地域に放った。縁故を頼って、確かな話を集めるのだ。

数日して、興味深い話があがってきた。てっきり盗賊の集団かと思いきや、意外な話であった。すらりとした牢人《ろうにん》風の男と旅装の小僧の二人が、焼け落ちる関所の向こうから現れたというのだ。しかも同じような状況が、二度見られている。

そして小僧は、両端に薄鉄《うすがね》の付いた六尺棒を持っていたらしい。

それでもう道賢には、牢人と小僧の正体が分かった。

あの野郎――。

猛烈に腹が立つ。

またださ。今度もまた、面白半分に関所潰しをしおってからに。

そこで探索を中止させた。

「もうよい。他の者にも引き揚げるように言え」

幸いにもその報《しら》せをもたらした伏士は、最近はずっと稲荷山に籠《こも》りきりで、才蔵《さいぞう》のことは知らない。が、探索に放った配下には才蔵を見知っている者もいる。六尺棒の話を聞けば、すぐに才蔵だと思い当たり、兵衛の仕業《しわざ》と気づくかもしれない。早く揉《も》み消しておいた方がいい。

「急げ。急ぎ戻るように言え。探索は止めじゃ、と」

業腹《ごうはら》だが、兵衛にはまだ生きておいて貰《もら》わねばならぬ。

あやつが何を企《たくら》んでいるのか、道賢は具体的には知らない。知らないが、それでもおぼろげに察することは出来る。

兵衛は洛中《らくちゅう》洛外を歩きまわり、人脈を広げ、人と人を結びつけている。おそらくは世を震撼《しんかん》させるような種を、着々と仕込んでいる。

その目論見《もくろみ》自体は、むしろ道賢も小気味よく思っている。

だが、こうも荒っぽいことをしばしば繰り返されると、所司代の多賀出雲《たがいずも》が主君の京極持清《きょうごくもちきよ》を動かし、近江《おうみ》からまとまった軍勢を呼び寄せて、取り締りに乗り出す可能性があった。

現に多賀出雲からは、そんな相談も受け始めている。

が、それは道賢にとって不都合だ。だからそのたびに反対した。

「ご無用でござりまする」と、膝《ひざ》を突き合わせて具申した。「恐れながら、仮に呼び寄せられたと致しましても、その殿ばらがたには、我ら伏士のような卑《いや》しき者の真似《まね》事《ごと》は出来ますまい」

「そうは言うてもの……」

「ご無用になさりませ」道賢は重ねて言った。「京極さまのご出費《ついえ》が徒《いたずら》にかさむだけにござりまする。さらには、国許を離れた殿ばら方のご不満は、日を追うごとに増すばかり。いつそれが暴発し、かえって治安を乱す元にならぬとも限りませぬぞ」

そこまで押せば、多賀出雲はいかにも武家貴族の出らしく、道賢の具申に鷹揚《おうよう》にうなずく。

「……ふむ。やはりそのようになるか」

過日にもそんな問答を続け、今のところは多賀出雲の意向をなんとか押さえ込んでいる。

幕府には、まだしばらくは眠ったままでいて欲しい。

惰眠を貪《むさぼ》ったまま、洛中の治安維持はこの道賢に一任されている状態が望ましい。

その間に、わしら一味はさらに肥え太るのだ――。

そこまでを考えて、道賢は孫八《まごはち》を筆頭とする分隊長の小頭《こがしら》六人を呼んだ。

「御頭《おかしら》、なんでござりましょう」

「ちと、市中に赴く。数日で帰る。早ければ明日だ」

言い置いて、上《かみ》の社《やしろ》を出る。

兵衛を訪ね、釘《くぎ》を刺しておかねばならない。

中《なか》の社の隠し棚から、銭袋をひとつ、懐《ふところ》に放り込んだ。

……どうせ道中、通りかかる。先日の返礼もしておこう。

が、それが本心なのか、あるいは立ち寄る言い訳なのかは、自分でも分からない。

3

伏見《ふしみ》稲荷山を下り、洛外――右京にある兵衛の屋敷に、昼過ぎに着いた。

兵衛も才蔵も不在だった。別棟に長逗留《とうりゅう》しているという御師《おし》の大夫《たいふ》によれば、一昨日から出かけたままだという。

いつ帰ってくるのかと聞いたところ、さあ、と要領を得ぬ返事だった。

「数日で戻られることもございます。されど、長ければ十日ほどご不在のときもあるようで」

「大夫どのは、よくこちらには立ち寄られるのか」

へい、と大夫は小腰を屈《かが》めた。「手前は伊勢《いせ》から参っておりますが、京に出てくるたびに、いつも蓮田《はすだ》さまのご厄介になっております」

大夫は伊勢神宮の御師だった。この頃すでに伊勢神宮の名は全国に知れ渡っていた。大夫は伊勢神宮の功徳《くどく》を神符《しんぷ》として、東海から近畿《きんき》に至るまでの諸国を、あまねく売り歩く。この大夫が専《もっぱ》ら山城周辺を回っているとしても、途中で長島や津、帰路には伊賀や甲賀、あるいは大和路など、近畿の主だった都市はくまなく行脚《あんぎゃ》していることだろう。

その意味のことを聞くと、大夫は笑った。

「蓮田さまは様々な国の話を何よりも喜ばれます。それがまた手前どもには嬉《うれ》しくもあり、なにかと気安くこちらのご厄介になっている訳でもございます」

ここにも馬借《ばしゃく》や車借《しゃしゃく》などと同様、全国を股にかけて商売をしている者がいる。

さらに言えば、そもそもなくても生活には困らぬ神符のようなものを、村々を訪ねて売り歩くことが商いとして成り立つ時代になってきているのだ。

ともかくも、ここで一両日兵衛の帰りを待つことに決めた。

道賢は母屋《おもや》の戸板を開け放し、板間にゴロリと横になって時を過ごした。

陽が暮れてくると、行商人たちが次々と一夜の宿を乞《こ》うて兵衛の屋敷にやって来る。みな、思い思いに酒や味噌《みそ》などを持ち寄ってくる。晩飯を作るのを分担し合い、一通りの食事を調えると、母屋に集まり、板間で宴を始める。

道賢も誘われて一座に加わった。

宴席の肴《さかな》は、各地の話だ。

曰《いわ》く、伊勢の畠山《はたけやま》氏でも河内《かわち》と同様、家督争いで小戦《こいくさ》が絶えぬそうな。曰く、丹波《たんば》路《じ》でも次々と関所が増え、十里の間に五十文も関銭を取られて難儀した。大和では、本来は興福寺の衆徒に過ぎなかった筒井《つつい》氏、越智《おち》氏、十市《とおち》氏、箸尾《はしお》氏などの国人《こくじん》たちが次第に力を付け、寺の所領を侵蝕し始めているらしいなどなど……。

念のため、脇《わき》の桂女《かつらめ》に聞いてみた。

「兵衛がいる時も、このような話をしておるのか」

そうでござります、と桂女は答えた。「むしろいらっしゃる時ほど、盛んに諸国の話が飛び交います」

「何故《なにゆえ》かの」

「蓮田さまは、そのような話をたいそうお喜びになりますので」

やはり、と道賢は確信を深める。

兵衛は意図的に、各国の現状を見聞している者たちが気軽に訪ねてきやすい場所を作っている。この宴は情勢を知る場であるのだ。

現に道賢もこの夜に聞いただけで、もし都で土一揆《どいっき》や打ち壊しが起こった際、幕府から軍の出動要請があったとしても、畠山氏や興福寺支配下の僧兵は、即時には対応出来ないと分かった。

翌朝、朝餉《あさげ》を共にしたあと、行商人たちが思い思いに出立《しゅったつ》すると、道賢は一人になった。

手持ち無沙汰《ぶさた》になり、板間に寝転んだ。

縁側の先の荒れ果てた庭を、ぼんやりと眺める。

躑躅《つつじ》の老木は根元を苔《こけ》に覆《おお》われ、周囲は雑草が生え放題で、跳び石も青草の中に見え隠れしている。おそらくは蛇や蜥蜴《とかげ》も盛んに這《は》っていることだろう。奥の池は半ば泥に埋もれ、わずかに残る水面は水草で覆われている。手入れもされていない。が、これはこれで野趣を感じる庭園と見えなくもない。

あの男はあんな関所潰しをしでかしたあとでも、またどこぞの国をほっつき歩いている。いつになれば帰ってくることやら。わしがこの一件の尻拭《しりぬぐ》いにどれほど追われたか、考えてみたことはあるのか。

ふと思いつく。もしや、と感じる。

立ち上がって部屋の隅へ向かい、長櫃《ながびつ》の蓋《ふた》を開ける。折り畳んだ小素襖《こすおう》の上に、書状が一通あった。

「道《どう》の字へ」と、表に書いてあった。道の字……つまりは道賢宛《あて》だ。

さっそく書状を手元で広げた。

六月ふつかより　他国へと参り申し候《そうろう》
十日ばかり不在にて候
過日の騒動　思う故《ゆえ》あってのこと
堪忍《かんにん》し　火消しのほど　よろしく頼み入り候
兵《ひょう》

あの馬鹿《ばか》めが、とつい失笑する。道賢が怒鳴り込むことを見越して、こんな書置きをしていた。しかも、厚かましく関所潰しの揉み消しまで依頼してきている。

今日は六月の四日だ。つまり兵衛は、あと八日間は帰ってこない。このままここで待っていても仕方がない。

ご丁寧にも長櫃の脇に、硯《すずり》と筆が置かれてある。

なにやら愚弄《ぐろう》されている気がしないでもないが、硯に水を入れ、墨を擦った。筆を取り、書状の裏に書き付ける。

こたびの次第　当方はなはだ不都合にて候
身のふるまひ　以後慎まれたく　くれぐれ申し置き候也
道

そこまでをさらさらと書き、知らぬ間に正座をしていた自分に気づく。道賢のこんな折り目正しい姿を伏見にいる配下たちが見たら、さぞやおかしがることだろう。だが、幼少期に受けた躾《しつけ》は、こんな境遇になっても、どこかで顔を出すようだ。

そんな記憶を断ち切るようにして、小素襖の上に返事を投げ置いた。

まあ、いい――。

兵衛にしてやられたが、過ぎたことは過ぎたこと、今さら元に戻せるものでもない。

長櫃の蓋を閉める。硯と筆を元の位置に戻す。

会えてはいないが、これで用は済んだ。

家屋の戸板をすべて閉《た》て、戸口の引き戸も締め、屋敷を後にした。客人たちが泊まる別棟はそのままにしておいた。

一面の野の中を東に向かって歩いていき、朱雀《すざく》大路を通り越す。三条大路へと足を踏み入れる。

初夏の空は、相変わらず晴れ上がっている。が、道賢の心にはまだ迷いがある。

しゃり、しゃり、

と、懐中の銭も静かに揺れている。

「……」

しかし、烏丸《からすま》小路を過ぎた頃には、腹を決めた。

やはり、礼は礼として済ませておくに限る。

東洞院《ひがしのとういん》大路を過ぎ、高倉小路の角を曲がった。芳王子の家の前に着く。

生垣に竹の花入れが吊《つ》るしてある。花は挿していない。つまりは今晩、客の予定はないということだ。

生垣の間を抜け、家屋の前に立つ。玄関の引き戸を開ける。香の匂《にお》いがかすかに漂っている。

すぐに二人の童女が出てきて、道賢を認めると、無言のまま奥へと消える。

ややあって芳王子が姿を見せ、目尻《めじり》だけで微笑んだ。

相手が何かを言おうとする前に、道賢は口を開いた。

「今日は、礼に参った」框に銭袋を取り出して置いた。「過日は、まことにありがたかった」

すると相手の顔から微笑が消えた。

「ご無用なことを――」芳王子は心外そうな口ぶりで言った。「あなたさまとは、そのような関係ではございませぬ」

別れた今もまだそんなことを口にする。だからこそ余計に始末が悪い。

が、その言葉は呑《の》み込んだ。言えば、この女はさらに機嫌を悪くするだろう。

「ともかくも、礼をしたかった」そう繰り返す自分の言葉が、何故か言い訳めいて響く。「よって立ち寄った。では、これにて」

踵《きびす》を返そうとした道賢の袖を、芳王子がひたと摑《つか》む。

なにをする――そう言いかけて振り向くと、芳王子と視線が合った。目元が青い。

明らかに機嫌を損ねている。昔に惚れた弱みで、つい道賢は怯《ひる》む。

「こうして出迎えた私に、恥をかかせまするな」

根太《ねだ》に杭《くい》を打ち込むような口調で、芳王子に諭された。

結局は童女二人に促されるまま、奥にある小部屋の板風呂《いたぶろ》に案内される羽目となった。

我ながらだらしがないと思いながらも素っ裸になり、蒸気の立ちこめる部屋に入っていく。

それにしても贅沢《ぜいたく》なものだ、と道賢は感じ入る。

風呂といえばこの当時、蒸し風呂のことだった。しかし家屋にこの設備を持っていたのは公卿《くぎょう》や在京の武家貴族、平民では土倉《つちくら》や酒屋など、有徳人《うとくじん》に限られている。

大釜《おおがま》が二つあり、そのひとつからは蒸気が濛々《もうもう》と立ち昇っている。焼け石を大量に入れ、沸いた湯を注ぎこむ。湯はさらに沸き立ち、小部屋は蒸気で覆われる。室温もむっとするほどに上がっている。

もうひとつの大釜は、水だ。以前に何度も使ったから知っている。井戸から汲み上げてきた冷水を満たしてある。

毛穴という毛穴から汗が噴き出る。熱さに耐えられなくなってきたら、冷水を手桶に汲み、頭から一気に被《かぶ》る。二度、三度と立て続けに被る。冷水との温度差に、肌がぴりぴりとする。全身の毛穴も神経も一気に収縮する。

ふたたび蒸気に塗れ、ゆっくりと肌と筋肉を弛緩させていく。この一連の行為を、何度か繰り返す。

気分が良い。全身がほぐれ、頭の中も陶然としてくる――。

4

芳王子と出会ったのは、四年前のことだ。

いや、それ以前からあの女のことは、見知ってはいた。

京は、その地域も世間も広いようでいて、ごく狭い。また、庶民の娯楽と言えば辻々《つじつじ》の噂話《うわさばなし》が一番である。

そんな洛中で「三条の浮かれ女《め》」と言えば、芳王子を指すことは京童《きょうわらべ》でも知っていた。それほど高名な遊女であった。

道賢も、その姿を何度か見かけたことがあった。行装も美々しく、童女二人を付き従え、ゆっくりと大路を歩いていく。

「それにしても物持ちじゃな」

いつの時だったか、辻の行商人が漏らす声を耳にとめた。

「家は、どこぞの盗人に入られぬのであろうか」

「何を仰《おお》せある」隣の女が呆《あき》れた風に返す。「芳王子の家に踏み込むなど、公方《くぼう》や天子を敵にまわすと同じこと。いくら盗人でも、この京洛に身の置き所がなくなりましょう」

その意味は、道賢にも知れた。

公卿や在京の守護ら武家貴族を上客に持つ芳王子の家を襲えば、おそらくは彼らが報復に出る。幕府や朝廷を動かし、なんとしても賊を捕らえようとするだろう。

それに物持ちとは言っても、所詮《しょせん》は遊女の身上である。土倉や酒屋とは規模が違う。それほどの危険を冒して踏み入っても、得るものが見合わないのは、賊たちにも分かり切っている話だ。

ともあれ、そんな人々の好奇の眼差《まなざ》しの中を、芳王子は平然と練り歩いていく。

たいした度胸だ、そして厚かましさだ、と道賢も妙に感心したものだった。

いくら高名な浮かれ女でも、遊女であることには変わりがない。市井《しせい》の者から見れば、半ばは羨望《せんぼう》、そして半ばは蔑《さげす》みの対象でもある。それなのにこの女は顔を上げたまま、大路をゆったりと歩いていく……。

その年の夏だった。

月明かりはあるが、いかにも洛中らしく、じっとりと蒸れた夜更《よふ》けだった。高倉の暗がりに、男どもが群れているのを見かけた。くぐもったような女の声が聞こえる。

どうやら女の口を押さえたまま、数人がかりで手籠《てご》めにしようとしているらしい。道賢は分限者《ぶげんしや》の家に招かれた帰路で、多少酔っていた。やや物憂《ものう》くもあったが、さすがに目附という役目柄、そのまま通り過ぎることも出来ず、太刀を抜いた。

女を犯す男どもへの礼儀など、道賢は持ち合わせていない。声もかけず、背後から斬りかかった。二人の首を瞬時に刎《は》ね、残る一人も背中から脊髄《せきずい》もろとも割ってやった。

血塗れの死骸《しがい》の中で、女は地面に横座りになったまま、黙ってこちらを見上げている。

「このような夜更けに、女子が一人で出歩くものではない」

太刀を鞘《さや》に収めながら、道賢は静かに言った。

「家まで多少あるようなら、わしが送ってやろう」

女は裾を払って立ち上がり、

「まことにありがとうございまする」

と、意外にも落ち着いた声で、丁寧に頭を下げてきた。

「近くの者です。ほんのそこまでと思った私が迂闊《うかつ》でございました」

ふむ、と道賢はうなずいた。

「以後、気をつけられよ」

すると女は、何事もなかったかのように不意に微笑んだ。

「骨皮どので、ございますね」

虚を突かれた。今度は道賢が押し黙る番だった。

月明かりの下、しげしげと女の顔を覗《のぞ》き込む。驚いた。あの芳王子ではないか……。

「何故わしの名を知っている」

自分の人相も含めて、と聞いたつもりだった。

相手はまた微笑んだ。

「以前に、何度かすれ違いました」

「いずこで」

「三条の大路で二度。二条で一度でございます」女の答えは明晰《めいせき》だった。「それ以前にも、四条高倉で遠くよりお見かけしたことがございまする」

物覚えの良さに驚くと同時に、思わず自嘲《じちょう》した。

やれやれ、と。

「わしの悪名も、そこまで高くなったか」

「ご冗談を」すかさず芳王子は返してくる。「お袖を汚されておりまする。ともかくもすぐそこまで。我が家へ。まずは代わりのお召し物を」

自分の袖元を見た。酔っていて気づかなかったが、確かに返り血が跳ねている。

「さ、こちらへ」

それが、芳王子との出会いだった。

5

時折り戸が開いて、童女二人が焼け石と井戸水を運び込んでくる。一人が焼け石を湯の釜に入れる。さらに蒸気が沸き立ち、室内の温度も上がる。

もう一人は、ぬるみかけた水を手桶ですくい、沸騰《ふっとう》して水位の下がった釜へと移していく。同様に嵩《かさ》の減った水の釜に、運んできた冷たい井戸水を注ぎ込む。今度は水の温度が下がる。

道賢はひとり笑う。この温度差。刺激の落差。心憎いばかりの配慮だ。あの女の床の営みと同じだ……。

四年前の最初の晩も、芳王子は道賢をまず板風呂に誘《いざな》った。その後、自然な成り行きで同衾《どうきん》した。そして驚愕《きょうがく》した。男女の交わりとは、かくあるものか、と。

道賢は三十年近くも生きてきて、その実《じつ》を露ほども知らなかったことを強烈に思い知らされた。

「焦《あせ》ってはなりませぬ。手足から力を抜き、身を委ねなされ」

芳王子は道賢の上に跨ったまま微笑みかけ、臍《ほぞ》から下を前後にゆったりと動かしていく。

「男女の道も、芸事と変わりませぬ。急いて快を求め、激しく腰を振るなど、下《げ》も下でござりまする。牛馬と変わりませぬ」

そう囁《ささや》きながら、道賢のものを膣奥《ちつおく》の突起で弾いてくる。五、六回そうするだけで、芳王子はすぐにいきそうになる。が、常にその手前の、全身に痙攣《けいれん》が走る寸前で、やんわりと動きを止める。よほど熟練《てな》れている。

かと思えば、道賢の男根を絶妙な角度をつけて出し入れする。芳王子には、射精に近づいた際の微妙な怒張の具合が分かるのだろう。寸前になると、また挿入の角度を変え、刺激する位置をごくわずかにずらし、相変わらずのゆるやかな拍子で腰を動かし続ける。

すると不思議なことに、射精の波がわずかに遠ざかる。その間も芳王子は道賢の部位のいたる所に執拗《しつよう》に刺激を加えてくる。

男根には、射精寸前に感じる激しい快楽のみが、絶えず残り続けている。その痺《しび》れが、心地良い血の流れと共に全身に広がっていく。

しばらくして、道賢が上になった。

分かりまするな、と芳王子はまた微笑む。

八分目までいけば、あとはゆるゆると。

そう囁いた。

「急いてはなりませぬ。急いては、生の甘味は分かりませぬ」

わしの生きようを、暗に窘《たしな》めているのか。

生き急ぎ、死に急ぐことが定めの、ろくでもないこの印地《いんじ》稼業《かぎょう》のことを言っているのか。しかし、今のおれはこの渡世《とせい》しか叶《かな》わないではないか——。

不意に芳王子が、道賢の頰を下から両手で挟み込んだ。

「余計な事はお考えあるな」

「……」

「ただ、お感じあれ」

芳王子がまた上になる。道賢はふたたび苛《さいな》まれるような波状の攻めに遭う。

これだ……。またこの動きだ。この旋律。この感触だ。

ただ交わるだけでは妙味はない。価値を生まない。そんな女の替わりならどこにでもいる。肉の交わりのどこに価値があり、何が銭を生むのかを、この女は心憎いほどによくわきまえている。

そして一刻《とき》以上、その射精寸前の快楽の状態は続く。道賢は男ながらも、悶《もだ》え狂いそうになる。泣き出したくなるほどの気持ちよさに陶然とし、脳髄の中まで異様な享楽《きょうらく》の粘液で満たされ、最後には何も考えることが出来なくなる——。

ふと、過去の記憶から我に返る。

板風呂から上がると、廊下に控えていた童女から無言で麻の小袖を手渡された。

小袖に腕を通しながら、つい失笑した。

男など、みないざとなれば他愛もない。仔犬《こいぬ》のようなものだ。事実、こうしていいように芳王子の掌《てのひら》の上で踊らされている。少なくともおれはこの女の前では、快楽の犬同然になる。

童女に促され、奥の間に通された。

障子にあたる白い光で、畳の部屋がほんのりと明るい。香の匂いが漂っている。

道賢はその光を避け、部屋の隅にゆっくりと胡坐《あぐら》をかいた。

6

道賢は芳王子を助けて以来、その家をしばしば訪れるようになった。

困ったことに、道賢がいくら銭を渡そうとしても芳王子は頑として受け取ろうとしなかった。

「道賢どのは、私にとって客ではありませぬゆえ」

では命の恩人だから、こうして会って、寝てくれるのか。

そう聞くと、芳王子は白々と笑った。

「いくら命の恩人でも、好ましく思わぬ限りは、そうそう肌は合わせられませぬ」

それはそうだろう。自惚《うぬぼ》れではなく、道賢も内心で納得したものだ。

ある日のこと、芳王子は急に膝を正し、深々と頭を下げた。

「どうぞ私めを、道賢どのの女《め》にしてはいただけますまいか」そして続けた。「なにやらこう、つらつらと考えてみまするに、やはりあなたさまからは銭はいただけませぬ」

道賢は苦笑した。

弄《なぶ》られている。正直、そう思った。

道賢が銭に拘《こだわ》るのは、ともすれば相手に溺《おぼ》れそうになる自分を律して、お互いの関係にはっきりと線引きをしておきたかったからだ。

道賢自身、芳王子の身を請け合えるような安穏な一生を送れないことは自覚している。いつ命を落としてもおかしくはない印地稼業だ。芳王子もどこぞの有徳人に身受けされれば、むしろ幸いだろう。

だからこそ、客と遊女の関係に留めておいたほうが、ゆくゆくは双方のためになる。

そのことはお互いに分かりきっている。

敢《あ》えてそういう区切りを付けておかなければ、こういう立場の男女は痴情が縺《もつ》れ、堕《お》ちるところまで堕ちて行きかねない。行き着く先は、嫉妬《しっと》という名の地獄の釜の底だ。

だが、この女は今、そのことを充分に分かった上で銭を拒んでいる。口調こそ謙《へりくだ》ってはいるものの、私の情夫になれと言っているも同然ではないか。自分と会っていない時は、他の男と寝ているだろうという想像と苦痛を背負えと言ってきている。むごいことを言う女だ、と感じた。

が、結局は苦い笑みとともに受け入れた。惚れた弱みだ。そして、そういう自分の気の弱さをやや持て余す。

もっとも、この芳王子との関係は、道賢の稼業にも益することが多々あった。寝物語に芳王子は、公卿や武家貴族、門跡、商家の旦那《だんな》衆たちが話していたことをしばしば聞かせてくれた。その中には物持ちの土倉や酒屋、寺社が仕切っている専売品の運搬、どこの大名家で家督争いが起こりつつあるかなどの話題もあった。

それらのネタを元に、道賢は一味を率いて立ち回り、専売品の運搬警護や足軽稼ぎなど、実入りのよい新たな稼ぎ口を摑むことが度々あった。

反面で、芳王子と会わぬ時はやはり苛立ちを覚えた。

今宵《こよい》もまた、銭のやりとりをして男と寝ているのか。いくら稼業とはいえ、時には気持ち良く感じることもあるだろう。やはり、性根は売女《ばいた》に過ぎないのではないか。

そう思うと、常に気持ちがささくれ立つ。部下のほんのちょっとした不手際にも、つい怒鳴り声を上げたりした。

そういう時、今までとは明らかに違うおのれを自覚した。

道賢は、そのいかつい外見に似合わず鷹揚な性格で、滅多に人に対して怒ったことがない。余程のことでないと、カッとなったり、声を荒らげたりしたこともない。子どもの頃からそうだった。

二年が過ぎたある夏の日、芳王子から打ち明けられた。

申し訳ありませぬ、と。

「もうあなたさまとは、お付き合いできませぬ」

聞けば、心憎い男ができそうだと言う。できたのではなく、できそうだから別れてくれと言う。

これにはさすがに道賢も頭に血が上った。逆上しかけ、腸が煮えくり返った。正直、この女との関係に疲れ始めてもいた。

わしをなんだと思っている、おまえの気分や都合で易々《やすやす》と動くモノではないわ――。

女を殴ったことは未《いま》だかつてなかった。が、この時ばかりは一瞬手を上げそうになった。

目の前の芳王子は正座をしたまま、畳につくほど頭を下げ続けている。丸まった背中は微動だにしない。すでにこの場で半殺しにされる覚悟は出来ているようだ。

　その肝のすわった態度に、道賢は鼻白んだ。

　怒りがゆっくりと萎《しぼ》んでいく。代わりに尋ねた。

「客か」重ねて問うた。「客の、一人か」

　頭を下げたまま、芳王子はかぶりを振った。

「お客さまではありませぬ」さらに続ける。「以前にも申し上げましたが、私は客には惚れませぬ」

「では、誰だ」

　芳王子は再び無言になった。

「誰かの」

　道賢は繰り返した。

　芳王子は顔を上げた。訴えかけるような目つきだった。

「その名を申し上げても、相手には害を加えぬと、お誓いいただけまするか」

　道賢はしばし迷った。この女をここまで真剣にさせる男……嫉妬や屈辱よりも、若干その男に興味が湧《わ》いてきた。

　少し考え、また口を開く。

「そやつは知っておるのか、わしのことを」

芳王子はうなずいた。

「何故」

「私が、申し上げました」

おそらくはそうであろうと分かりきっているのに聞いた。

「寝たのか。そやつとは」

「事の成り行きで、三日前に一度」

……なるほど、と今度は急激に腹の底が冷えた。

二年越しの情夫であるわしのことは相手に言えても、知り合ったばかりの男の名は、害を加えぬと誓わぬ限りは告げられぬという。しかも、もうすでに寝ているのだ。

否《いや》も応もない。事後の了承を、道賢に取り付けているに過ぎない。

もし芳王子と道賢との間に、真実に近い何らかの結びつきがあったとすれば、それは彼女が銭を貰わぬ限り他の男とは寝ないという約束事によって、ようやく成り立っていた。道賢の我慢も苛立ちも、そのか細い糸によって吊るされ、辛うじて切れずにいた。

ふむ――。

この女が口を割らぬのなら、それはそれでやりようがある。

男が名乗り出ることを、すればいい。

道賢は、まだ頭を下げ続けている芳王子の腹の下に、そろりと足の甲を入れた。そのまま少し足を上げ、芳王子の腹部に触れた瞬間、急激に力を加えて蹴《け》り上げた。

直後、芳王子の体はふわりと宙を舞った。そのまま壁まで素っ飛んで行き、背中から叩《たた》きつけられる。畳の上にうつ伏せになって転げ落ちた。内股《うちまた》が無様に開き気味になっている。今度はその股間《こかん》に腕を差し入れた。掌が腹部に触れたところで、掬《すく》い上げるようにして投げ飛ばす。芳王子は宙で裏返り、ふたたび背中から壁に激突し、畳に落下した。

大丈夫だ、と道賢は思う。相手に触れた瞬間には、ほとんど力を加えていない。そこから急激に力を入れて掬い投げているだけだ。だから、骨や内臓に損傷を与えることはない。顔や頸部《けいぶ》から逆さに落ちるような投げ方もしていない。

臀部《でんぶ》を、同じ要領で蹴り上げる。芳王子がつんのめるようにして反転し、今度は仰向けになる。上半身を起こしかけたところを、また押すようにして足蹴《あしげ》にする。肩から壁にぶつかる。ふたたび身を起こしかけた相手を、やんわりと突き飛ばす。優しさではない。自分の気の弱さだ。うんざりだ。

が、これだけ壁や畳に打ち付けられれば、衣服に守られている皮膚は破れずとも、満身が無残に内出血を起こしているだろう。

そして、ここまで鞠《まり》のようにぽんぽん投げつけられても、芳王子は部屋から逃げ出そうともしない。声一つ上げず、道賢のなすがままにされている。

ただ、最後にはさすがに動けなくなったらしい。それでも相手の名は口にしなかった。感心なものだ。皮肉でなく感じた。

と同時に、自分の仕様《しざま》にもほとほと愛想が尽き果てた。

道賢は芳王子を見下ろしたまま、

「すまぬな。今まで世話になった。堅固で暮らせ」

そう静かに言い捨て、芳王子の家を出た。

7

その後の数日間、本拠である伏見稲荷山の上の社でごろごろとして過ごした。

自己嫌悪《けんお》は依然として激しく感じる。どうしてあういう愚劣なことを仕出かしたのか、自分でもよく分かっていない。芳王子が自分の元に戻ってくるとも思っていない。

しかし、何を考えていたにせよ、あのやり様《ざま》しか自分を納得させる方法はなかったのだと思い直す。

……予感があった。

あれほどまでに体のいたるところをぶつければ、四、五日は痛みが引かない。

その男は、おそらく服の上からでも芳王子の動きのぎこちなさに気づく。

服を脱がせればなおさらだ。痣《あざ》だらけの体を目にするだろう。

あの女があそこまで弄《なぶ》られても口を割らぬ相手とは、いったいどういう男なのか。

しかも、道賢のことは知っていると言う。当然、市中での自分の評判も耳にしているだろう。それでも芳王子と寝ている。

単に馬鹿なのか……いや、商売柄、嫌というほど男というものの性根を見てきたはずの芳王子が、道賢の怒りを買ってでも惚《ほ》れた相手だ。きっとそれなりの男だろうという確信は揺るがない。もし自分が同じ立場なら――それがどういう形であるにしろ――想《おも》い女を散々に打擲《ちようちやく》されたけじめを付けに、元情夫の根城に乗り込んで行く。

むろん、やって来ない可能性もある。

それはそれとして過ぎたことだと片付け、悶着《もんちやく》を避ける可能性もある。

さて、どう出てくるか。

ようやく悟る。一人で乾いた笑い声を上げる。

つまり、わしは見てみたいのだ、その男を。裏切られたという怒りもさることながら、そのために芳王子を散々な目に遭わせたのだ。

女を寝取られた嫉妬よりも、今はその相手がどれほどのものかを見てみたいという好奇心のほうが勝っている。ろくでもない。性根まで極道者に成り果てている。

果たして三日後のことだった。

上の社でぼんやりと過ごしていた道賢の元に、下《しも》の社から伝令がきた。

聞けば、素牢人《すろうにん》風の男が一人、道賢を訪ねて来ているという。

寝転んだまま道賢は聞いた。

「そやつ、何用じゃと言うておる」

「ほの字の話だと伝えてもらえば分かる、と申されておりました」

来た、と思う。

「名乗ったか」

はい、と伝令は答えた。「蓮田兵衛と申される御仁でござりまする」

うむ、と道賢は内心、軽い驚きに包まれる。

同時にやはり、と思う。やはり初耳ではなかった。ここ数年、京洛や河内の惣《そう》などで、ちらほらと耳にする名前だ。いずれも悪い評判ではない。どの男たちも「蓮田どの」と軽い敬意といささかの怖れを含んだ口調でその名を口にしていた。

それどころか道賢自身、八条の賭場《とば》でこの男を一度見かけたことがある。むっとする熱気の中、どの男も四一半《しいちはん》の賽《さい》の目に血眼になり、面《つら》の皮を脂《あぶら》でぬるぬると光《てか》らせている。そんな中、一人乾いた顔を晒《さら》して平然と銭を張り続けている男がいた。

なんとなくその横顔が気になり、隣の客に「あれは、誰じゃ」と問うた。

ああ、とその客は答えた。

「蓮田さまでございまするよ」

「何をしておられる御仁じゃな？」

すると隣客は意味ありげに笑った。

さあ、と。

「何をなさっておいでかは、存じ上げませぬ」

あるいはこの男、とぼけているのかもしれぬ……しかし道賢は、その可能性も含んだ上で尋常に受けた。

「――さようか」

すると相手は道賢をもう一度ちらりと見て、

ただ、と付け足した。「拙者は、あのお方には、ちと恩義がございましてな」

ほう、とわざと驚いた反応をしてみせた。

「どのような恩義かの」

「前に、持ち金がなくなったのに張り続けましてな」

隣の男は苦笑する。こんな賭場に出入りしているわりには、気性のさっぱりしていそうな笑い方を見せる。

「負けが込んで、危うく斬《き》られるところを助けていただきました」

「力ずくでか」

なんの、と男はさらに苦笑いを浮かべた。

「銭袋をひとつ頂きました。『呉《く》れてやる』と申されましてな」

これには驚いた。

「貸すではなく、呉れてやる、と言ったのか」

相手はうなずく。

「左様でございます。後日ここでお会いした時、銭を返そうとしても、受け取ってはもらえませなんだ。『呉れてやったものは要らぬ』と」

道賢はしばし考えて聞いた。

「そちの生業《なりわい》はなんじゃな？」

「堅田《かただ》の馬借で、伝助《でんすけ》と申す者でございます」相手は答えた。「以来、蓮田さまとは昵懇《じっこん》にさせていただいております」

「なるほど」

「よろしければ、ご紹介いたしますが」

「いや。今はいい」

翌日、道賢は試みに、稲荷山の手下に問うた。

「この中で、蓮田兵衛を知っている者はおるか」

その場にいた五十人ほどのうち、二、三人がおずおずと手を挙げた。

「どこで知り合った」

堅田の馬借と同様、負けが込んだ挙句に金を恵んでもらったり、一宿一飯の恩義に与《あずか》ったりしたのだという。

道賢は顔をしかめ、改めてその男どもを眺め回した。いずれも悪党稼業にしては、どことなく憎めぬ愛嬌《あいきょう》があり、道賢が密《ひそ》かに目をかけている配下だった。

その中には、小頭に取り立てる前の孫八もいた。

案の定、孫八はそわそわした。相も変わらず擦れていない部分があり、どこか人が良い。おそらくは道賢と蓮田の関係がどういうものであるかを、自分なりに思案している。

それゆえに道賢は、ゆくゆくは小頭に取り立てようと考えていた。血で血を洗う渡世だからこそ、最後にはその人品が信じるに足ると思われなければ、配下は付いて来ないものだ。

伝令の報《しら》せに一瞬迷ったが、近くにいた孫八に言った。

「ぬしが、蓮田を案内してまいれ」

その時点で、道賢の中で迷っていた気持ちが片側に動いた。

「わしは、下の見晴《みはら》し場《ば》に一人でおる」

上の社まで登って来るのに、四半刻《しはんとき》はかかる。

本殿で会うのもいいが、なんとはなしに気が進まなかった。陽の当たらぬ室内は、お互いの気分を沈殿させる。上座と下座の区別もある。何かと煩雑《はんざつ》だ。

上の社から参道をやや西に下ると、雑木林を切り拓《ひら》いた平地がある。

見晴し場だ。その名前の通り、京洛の全容を眼下に一望できるように、部下に命じて切り拓かせた。南は東寺から北は相国寺《しょうこくじ》の大塔まで、手に取るように遠望できる。視界が開けていて、気分も良い。

そこの切り株のひとつに腰を下ろした。

やがて、孫八に伴われて蓮田がやって来た。

七月の初めである。参道を延々と登り続けてきたせいだろう、総髪の額に、うっすらと汗が光っていた。男にしておくには惜しいほどの美丈夫だ。弓なりの眉《まゆ》の下、切れ長の目に強い光がある。初見には自分より歳下《としした》に見える。

が、この手の整った顔立ちの男は分からない。意外に自分と同年代ということもあり得る。

「もういいぞ、孫八。ぬしは去れ」

切り株に座ったたまま、道賢は言った。

蓮田が一人残った。道賢の座っている切り株から一間ほど先で、やや小首をかしげたまま、こちらを見ている。

敵意は感じない。むしろ妙な親近感さえ伝わってくる。

道賢は小脇から水の入った竹筒を取り出し、蓮田に向けて放った。飛んできた竹筒を、すんなりと片手で受け止める。

やはり、と感じる。その咄嗟《とっさ》の動きに無駄がない。

「喉《のど》が渇いたろう」この頂上まで登ってきて、という意味を込めたつもりだった。

「まずは、それでも飲め」

蓮田は少し微笑《ほほえ》む。

「では、遠慮なく」

言い終わると、竹筒の蓋を取り、美味《うま》そうに飲み干した。

その隔意のない様子に、つい苦笑した。

「肝《きも》の太いことだ」道賢は皮肉を込めて言った。「女を寝取った挙句、ここまでのこのこやってくる。わしの手下どもに囲まれて、膾《なます》にされるとは思わなんだか」

竹筒の蓋を閉め、のんびりとした声で蓮田は答えた。

「まあ、思わなかったな」

「何故じゃ」

「その程度の男なら、いくら足軽でも三百からの配下は付いて来ぬ」

こいつ、と思いながらも、またうっかり笑ってしまった。

そして、そんな自分にげんなりとする。

いかん。おれはまずい反応をしてしまっている。相手は知ってか知らずか、このおれを持ち上げるようなことを言っている。話法の常として当然、その持ち上げに乗った人間は腰が浮いてくる。

笑みを消し、敢えて愚劣な言葉を続けてみる。

「じゃがの、わしのことを知りながら、人の女を寝取るというのは如何《いかが》なものかの」

今度は蓮田が、やんわりと笑った。

「あの女は、誰のものでもなかろう」

「ふむ?」

「芳王子は、誰のものでもなかろう」と繰り返した。「あの女は誰の施しも受けぬ。誰にも囲われぬ。頼らぬ。以前から一人で生きてきた。これからもそうだろう」

うむ、と道賢はついうなずいてしまった。この男の言う通りだ。むしろ道賢のほうが稼業で世話になり、施しを受けてきた。一方、芳王子は道賢の情婦になっても得れるものはほとんどなかったはずだ。

芳王子にあったのは、道賢に対する想いだけだ。そんな女を、腹いせ半分、試み半分に散々に打擲した。

そこまで考え、ますます分が悪くなった自らを自覚する。

くそ――寝取った男の理屈に納得しかけて、どうする。しかも厄介なことに、この男にわずかながら好意のようなものさえ覚え始めている。間抜け極まりない。

もう一度、挑発してみる。半ばは本気、そして半ばは、相手の骨柄を試したいという気持ちもあった。

「それでもの、わしは今も腹が煮えておるわい」

「それは、すまぬ」今度はすんなりと謝ってきた。

「ただ詫《わ》びて、済むと思うか」

「それはそれ。別に覚悟はつけて来ておる」

ようやくこちらの調子になってきた。よし。道賢は話の流れでさらに攻める。

「斬られるつもりで来たか」

「そこまでお人好《ひとよ》しではない」相手はあっさりと否定した。「わしを斬りたいなら、相手にはなる。斬り捨てたほうが残る。そのつもりで、ここまで来た」

道賢も笑った。売った喧嘩《けんか》に乗ってきた。そしてこの男、たいした自信だ。なおも笑いながら立ち上がり、刀を抜いた。

「では、やってみるか」

餅《もち》でも食うように気楽に言うと、蓮田も静かに太刀を抜いた。

双方、一間半ほどの距離を置き、対峙《たいじ》した。

意外にも、相手は上段に大きく構えを取ってきた。

馬鹿な、と道賢は思う。胴回りは隙《すき》だらけだ。刀身は存外重い。見たところ相手の刀は二尺五寸（約七十六センチ）ほど、二斤《きん》（約一・二キロ）はあるだろう。その重さゆえ、上段に構えた太刀は、どうやっても真下にしか振り下ろせない。その太刀筋が読める以上、こちらはどうとでも受けは出来る。

こいつ、ど素人《しろうと》なのか……。

そう道賢が思った直後だった。

陽光を受けて輝く刀身は微動だにしないのに、不意に蓮田の体が陽炎《かげろう》のように揺らめいて見えた。――いや、揺れてはいない。それでも体の軸が揺れているように錯覚する。

分かる。両足への体重のかけ方を、ごくわずかにだが前後左右へと動かしている。体幹の重心が随時に変化している。そして、重心を移動させながらも、太刀先は依然として寸分も動かない。一切の予兆を見せない。信じられないが、重心の変化により、おそらくは上段からも左右自在に打ち分けることが出来る。

道賢は我知らず、全身の肌が粟立《あわだ》っていた。中段正面の構えから、摺《す》り足で左足を前に動かす。右足の踵《かかと》で踏ん張りをきかせる。じわじわと刀を斜めに、体《たい》も横斜めに構え直してゆく。最初の一合は、なんとしても受ける。つまり初太刀を外すしか方法はない。

急に蓮田の上背が伸びたように錯覚した刹那《せつな》、凄《すさ》まじい殺気と共に、剣先の陽光が一瞬消えた。

動いた。来る——。

恐怖に目が眩《くら》みそうだった。それでも感じていた。ここで死地に一歩踏み込まなければ斬られる。間合いを詰めなければ、相手の刀身をさらに自由にさせてしまう。怖れを押し殺し、一歩、前に踏み込む。

刀身の動きは見えなかった。それほどまでに迅《はや》かった。それでも道賢は、無意識のうちに防御の拍子を変えられていたのだろう。相手は逆に、その太刀行きの迅さゆえ、対応出来なかった。

きんっ——。

気がつけば、かろうじて鍔元《つばもと》で相手の刀身を受けていた。目の先五寸（約十五センチ）ほどで、鋼《はがね》同士が激しく当たった。こげ臭い匂いが鼻を突く。

蓮田の顔が目の前にある。何故《なぜ》か不機嫌そうな顔をしている。この技量になってから、初太刀を外されたことは絶えてなかったのだろう。

笑ってやれ。

こちらの余裕を見せてやる。

食い縛るようにして歯をむき出し、蓮田に笑いかける。

技では負けても、腕力にだけは自信がある。力負けしてなるものか。

じわじわと相手の刀を押し上げていく。接している二つの刃先。両方とも見るも無残に刃毀《はこぼ》れしている。接点は当然、その窪《くぼ》みから動かない。動きようもない。双方の力が加わり、ぎ、ぎぎ、と耳障《みみざわ》りな金属音を立てる。刃先の接点が徐々に迫り上がっていく。

力の押し合いに、ついに蓮田が根負けした。自ら刀を撥《は》ね上げると同時に、大きく後ろに跳躍した。刀を脇《わき》に引き、呆れたように蓮田は言った。

「たいした馬鹿力《ばか》だ」

道賢も刀を引き、苦笑した。

「馬鹿は、余計であろう」

改めて、剣をゆったりと斜めに構え直す。

力では勝った。ふたたび気力が横溢《おういつ》してくる。一合目さえ受けられれば、あとの勝負は五分と見た。むろん二度目は、初手で斬られる可能性も大いにある。あるが、所詮は印地の稼業だ。犬死にはいつでも覚悟している。これほどの相手なら、仮に斬り殺されても恥ではない。

道賢は誘うように口を開いた。

「どうじゃな、いまひとたび」

いや、と蓮田はあっさりと刀身を鞘に収めた。

「初太刀を外された。また外されるかもしれぬ」

「何故じゃ」道賢は思わず問いかけた。「殺されかけたのは、むしろわしのほうだろう」

蓮田は一瞬うつむき、それから顔を上げた。

「わしにはの、今のおぬしを確実に打ち負かす自信がないわい」

道賢はその妙な諧謔味《かいぎゃくみ》に、少し笑った。

「自分が勝つと分からぬ限り、勝負はせぬと申すか」

当然だ、と蓮田は顔をしかめた。

「無駄死になど、ご免だ。ましてや今は、おぬしの腹立ちに付き合って剣を抜いたまでのこと。そんな立合いに、二度も命は賭《か》けられぬ」

それでようやく腑《ふ》に落ちた。

自分が対峙した時と同じように、相手もこちらの構えの変化を見て、容易ならざる敵だと悟った。だから最初の太刀行きの迅さにすべてを賭けてきた。外されたら命を落とすかもしれないと覚悟していた。

同じだったのだ。この男もまた必死に恐怖を押し殺しながら、わしの誘いに乗ってきた――。

まだ不機嫌な様子で、蓮田は口を開いた。

「どうだ。これで腹立ちは収まったか。気が済んだか」

うむ、と道賢は苦笑した。「すまぬ。悪ふざけの度が過ぎた」

「まったくだ」蓮田は当然のようにうなずく。「やはり印地の大将よの、因縁のつけ方も手馴《てな》れたものだ。柄が悪いこと、この上ない」

道賢は感じる。

こいつは女を寝取った代償を支払いに、ここまで来た。そのために命を張った。自分の中にあった黒い霧のようなものが晴れて行く。もう、充分だろう。

「詫びに一杯、どうだ」

「よかろう」

二人揃《そろ》って、上の社に足を向ける。

しばし歩き、ふと道賢は聞いた。

「あれか。芳王子にぼやきか恨み言でも聞かされたか」

相手は軽く笑った。

「あの女が、そんなことを口にすると思うか」

道賢は黙った。その通りだ。

「昨晩のことだ。今日は添い寝は出来ませぬと言いおった」蓮田は言った。「頑としてわけを言わぬ。挙措《きょそ》もぎこちなかった。もしやと思い、押さえつけて衣服を剝《は》いだ。首から下は打ち身だらけだった。それでわしはあの女の口を割らせた」

「……」

「芳王子は、わしに向かってぬけぬけと言いおったわい」

蓮田は道賢を見たまま、目の端で笑った。

「道賢どのは、最後までお優しゅうございました。どんなに腹を立てても、顔だけはお打ちになりませなんだ、とな」

……消え入りたいほどに恥ずかしかった。

「その通りだと、わしも思う」蓮田は言葉を続けた。「ぬしが本気で殴れば、あの女など、とうに死んでおる」

さすがに道賢も苦い顔をした。

「弄りおるわ」

「馬鹿め」蓮田はすかさず返してきた。「弄られたのは、むしろこちらのほうじゃ」

……そこまでを昨日のことのように思い出した。

道賢は部屋の隅で、ふたたび座り直す。

ふむ——。

8

私は、いったい何をやっているのか……。

板風呂《いたぶろ》で湯気に塗《まみ》れながら、芳王子は思う。

相手は迷いながらも、やはり嫌がっているのだ。そんな男を説き伏せるようにして寝たところで、今さらどうなるのか……自分でも分からない。

ただ、今はそうしたいという気持ちがあるのみだ。

そもそもこの世に正しいことなど何ひとつないのだから。

生まれ落ちた時から、そんな混沌《こんとん》の時代の中で育った。

この世に浮浪として大量に出回っているのは、なにも赤松家の牢人だけではない。

そして、男だけでもない……。

芳王子は南近江の、とある地侍の家に生まれた。やがて彼女の一族は、国人衆の旗頭で守護でもある六角満綱《ろっかくみつつな》の嫡男持綱《ちゃくなんもちつな》と、次男時綱《ときつな》との家督争いに巻き込まれる。文安元年（一四四四年）のことだ。

いずれかを擁立しようとする連枝《れんし》衆や国人、地侍同士の内紛が一年にわたって繰り広げられた。結果、弟の時綱が父の満綱と兄の持綱を自害に追い込み、いったん乱は収束した。芳王子の一族は、勝利した時綱の側だったらしい。

ところが、満綱の三男である久頼《ひさより》が、幕府の後押しを受けて相国寺の僧籍より還俗《げんぞく》し、新たな後継者争いに名乗りを上げた。久頼は北近江の守護・京極持清の軍勢と共に現れ、時綱を自害に追い込んだ。さらなる内紛と粛清は、文安年間（一四四四～四九年）の足かけ六年もの間、厭《あ》くこともなく続いた。

芳王子の一家は、父と兄三人を京極勢の侍に殺され、所領も久頼側の有力被官《ひかん》に奪われた。母子で南近江から無一文同然の身で逃げ出した。

京まで逃げては来たものの、さりとて食う当ても縁故もない。行く場所もなく、すぐに鴨川は三条河原の乞食《ほいと》と成り果てた。

三条河原には当時、数千から、多い時には万にものぼる流民や餓民が溢《あふ》れ返っていた。彼らの住処《すみか》である苫《とま》小屋も、河原の石ころの上に所狭しと犇《ひしめ》いていた。

この大量の流民は、室町中期にしばしば畿内を襲った飢饉《ききん》に因《よ》るものだが、守護の嫡子相続制度がまだ確立されていなかったせいでもある。

有力武家の親族内で家督争いが頻発し、それが小競《こぜ》り合《あ》いから国を挙げての内紛にまで発展する。

また、京の近隣では——ちょうど芳王子の故郷である南近江がそうであったように——幕府が自分たちに友好的な相続者を立てようとして、家督争いに嘴《くちばし》を容《い》れ、周辺国に軍勢を出すよう要請することもあった。

最悪は、国同士の戦いとなる。百姓は田畑を蹂躙《じゅうりん》され、国人や地侍も必然的に争いに巻き込まれる。負けた一族は殺され、良くても国を追われる。

さらには別の要素もある。

鎌倉時代の後期には、出雲や石見《いわみ》の大量の砂鉄を原料とした踏鞴《たたら》の製鉄技法が広まり、従来は木製だった鋤《すき》や鍬《くわ》などの農機具が鉄に変わった。農地開墾の効率が飛躍的に上がった。

これにより農民が力を付け、小作人を郎党として武装化し、新たなる地侍や国人層に成り上がっていった。さらに守護たちが、彼らを新興の被官として取り込む。当然のように、それまでの守護の一族と被官同士の力関係も変わり、ここにもまた紛争の火種が生まれた。領国内で争いが多発し、勢力争いに負けた者たちは食い扶持《ぶち》を求め、津々浦々から京を目指して上って来る。

特筆すべきは、鎌倉や江戸の世では幕府と朝廷が東と西に分かれていたが、この室町時代だけは京に同居していたことだ。

京が政治経済の中心で、唯一《ゆいいつ》の大都市であった。

農業生産の飛躍的な増加により、余剰米が世間に出回り始めていた。三代将軍の義《よし》満《みつ》以来、日明《にちみん》貿易で明から銭貨を大量に輸入し続けたこともあり、新興の富裕層はその余剰米を明銭に換えて蓄え始めた。それが土倉や酒屋、問丸などの金融業や、馬借や車借などの輸送業の発展に繋《つな》がっていく。

その結果、鴨川の河原では大量の流民たちが常に餓《う》え死にしている一方で、市中には過度の飽食で大太りに太り、両脇から奉公人に支えられなければ満足に歩けぬというう土倉の女主人なども実在した。または酒屋の手代に過ぎぬような分限の小僧が、年に一度の祭りのために平気で絹の衣装を拵《こしら》える。こうした富の偏在も、狭い京洛の随所で生まれていた。

そのような時代の京に、童女の芳王子は流れ着いた。

有徳人《うとくじん》や小金持ちの中には、芳王子母子の泥埃《どろぼこり》に塗れていても元は卑《いや》しからざる身分であったろう小袖《こそで》に袴《はかま》姿を見て、ごくまれに憐《あわ》れんで、小銭を恵んでくれる者もいた。

時には分限者や時宗の徒が、河原に持ち込んだ大鍋《おおなべ》で炊《た》き出しをして、餓民に粥《かゆ》などを振舞ってもくれた。

それでも母は、ほどなくして餓死した。育ち盛りである芳王子に、自分の粥まで与えていたからだ。

芳王子は孤児になった。ありようは浮浪児だ。

母親が死んで以来、餓えはさらに激しさを極めた。

泥垢《どろあか》に塗れて擦り切れ、襤褸《ぼろ》同然の衣を引き摺るようにして、食べ物を求めて京洛の大路小路をうろついた。破れ築地《ついじ》の中の廃園に生えている木の実、地に落ちたまま腐りかけた果実、柔らかそうな雑草、分限者の家屋の裏手に捨てられた食べ残し……口に入れてみて、食べられそうなものは何でも食べた。犬猫や鳥の死骸《しがい》を焼いている雑人《ぞうにん》の群れに混じって、その肉を分けてもらったこともある。焼いた動物の肉が美味いということを知ってからは、朱雀大路の向こうの湿地帯で、蛇や蛙《かえる》、蝗《いなご》や蛹《さなぎ》なども手づかみで捕まえ、自ら火を熾《おこ》して食べた。どんなに気持ち悪い見た目だろうが、食べ物に変わりはない。平気だった。

餓えを凌《しの》ぐのに必死で、自分を惨《みじ》めだとも悲しいとも思わなかった。

だが、それも冷たい秋風が吹く頃までだった。

草木は枯れ、小動物も消え、容易に食べものを見つけられなくなった。土倉や酒屋の裏手で蹲《うずくま》っていても、残飯は手に入らない。三条河原に戻っても、餓民の数はますます増えていて、炊き出しの粥にも滅多にありつけない。

空に路上に雪が舞い始める季節になった。

空腹に耐えかね、とうとう道端に倒れた。三条大路と猪熊《いのくま》小路が交わる辻だった。

どれくらいそうしていただろう。体力の限界を迎え、しばし気を失っていた。

気が付けば、脇腹を小突かれている感覚があった。

「これ――」

囁《ささや》くような声が聞こえ、脇腹をまた軽く蹴られた。

「起きよ」

なんとか身を起こし、視線を上げると、そこに華やかな衣装を纏《まと》った女が立っていた。

相手は目の前にしゃがみ、芳王子の顔を覗《のぞ》き込んできた。ぼんやりと見つめ返す。

女はしばし芳王子の顔を見つめて、微笑んだ。

「そち、名はあるのか」

まき、と芳王子は答え、繰り返した。「名は、まきでございまする」

その言葉遣いを聞いて、女の笑みはさらに深くなった。

「おまきと申すか」

「はい」

「武家の子じゃな」

まきは一瞬躊躇《ちゅうちょ》し、小さくうなずいた。

「ここに、餅が二つある」自分の懐《ふところ》を指しながら、女は言った。「これより東に、堀川の流れがある。そこで、顔や頭をよう洗ってくるのじゃ。体もじゃ。さらに服も洗い、汚れを取れ」

「……」

「綺麗《きれい》になってここまで戻ってきたら、餅を一つ、進ぜよう。場合によっては、二つともやろう」

女はもう一度まきを見て、どうじゃな、おまき、と優しく微笑みかけた。

まきは激しくうなずいた。この少し先に、川が南北に流れているのは知っていた。

それが堀川というのだろう。

ともかくも、すぐに女の言う通りにした。三条大路を土塀沿いに進み、堀川の畔《ほとり》に出た。目の前に、いかにも冷たそうな浅い瀬がある。

少し考え、まずは衣服を脱いだ。素っ裸になった。まだ初潮も迎えていない。陰部さえ見えなければ、遠目には男女の別は定かではない。薄汚れたただの浮浪児にしか見えない。

川底にそっと足を踏み入れる。直後、足首から気が遠くなりそうなくらいの冷たさを感じた。それでも我慢した。水をすくい、顔をごしごしと両手で洗った。さらには水に頭を浸《つ》ける。冷たいどころではない。樽《たる》や桶《おけ》に溜《た》まったままの冷水ではないのだ。凍えるほどの流水が頭の回りを絶え間なく流れ続けている。痛い。激しい痛みを覚える。それでも餅は食べたい。髪を両手で洗い続ける。

いたい、痛い。痛い――。

両目からぽろぽろと涙がこぼれ出ては、堀川の流れの中に消えていく。

まきはそれでも体を洗い続けた。小袖も袴も洗い終えた頃には、体が芯《しん》から冷え切っていて震えが止まらなかった。

衣服を強く絞り、ふたたび身に付けた。

急いで猪熊小路の辻《つじ》に戻ると、女はまだそこにいた。

一間ほど前で立ち止まったまきを見て、ふたたび微笑んだ。

「やはり、よい顔立ちじゃ」言いつつも、懐から包みを取り出した。「素直でもあるようじゃな。服の汚れもよく落ちておる」

結び目をほどき、餅を一つ取り出しかけ、思い直したのか包みごと差し出してきた。

「二つとも、お食べ」

まきは嬉《うれ》しさの反面、戸惑った。咄嗟に周囲を見回す。

腰を掛けて食べる場所が、どこにもない。地べたしかない。

女はそんなまきを見て、ますます目尻《めじり》を細くした。

「いかに餓えても、立ち食いはせぬ、と申すか」

ならば呉《く》れぬと言われたら、どうしよう……。

まきは迷いつつも、包みを持ったままうなずいた。

女は、しばしその様子を黙って眺めていたが、

「……もしそうしたいなら、私の住まいに来てもよい。家で食べればよい。そちの勝手じゃ」

そう言い残し、ゆったりと踵《きびす》を返した。

　まきは慌《あわ》ててその後を追った。追いつつも女の名をおずおずと尋ねた。

「葛城《かつらぎ》じゃ」

　女は投げ捨てるように答えた。変わった名前もあるものだと感じていると、女はまきを見て自嘲《じちょう》の笑みを浮かべた。

「昔の名は、忘れた」

　以後、まきは葛城の住まいで暮らすようになった。

9

　分限者《ぶげんしゃ》らしき男たちが、昼に夜に葛城を訪ねてくる。

　華やかな小袖を与えられたまきは、客の世話を務めることになった。上がり框《がまち》で出迎え、板風呂に案内し、着替えを用意し、寝所まで案内する。

　いくらまきが子供でも、男たちが何の目的で葛城の許《もと》にやってくるのか、おおよその見当はついた。

　それでも寝所で何をしているかを具体的に想像できるほどには、年も世間知も長《た》けてはいなかった。

葛城は家事を手伝わせる傍ら、まきに筆と硯《すずり》と和紙を与え、読み書きと算術を教えてくれた。

「おまきよ、おまえが将来どうなるにせよ、知っておいて損ということはない」

読み書きができるようになると、大和文字の書物を頻繁に読まされた。『枕草子《まくらのそうし》』『徒然草《つれづれぐさ》』『方丈記』、それに今様《いまよう》の歌詞を集めた書籍も読んだ。

まきが一度声に出して読み、葛城がその意味を訊《き》いてくる。分からない箇所があれば、葛城が丁寧に嚙《か》み砕き、教えてくれる。

けれど、一つ一つの言葉の意味は分かるのだが、それら文脈の全体が表わす大人の世界は、幼いまきにはまだ摑《つか》みかねることが多かった。

まきがやや飽きてくると、葛城は言った。

「今は、すべてを理解することは叶《かな》わぬであろう。ただ、私がかように申していたことだけは覚えておけ。分からなくても繰り返し読むのじゃ。感じるだけでも良い。やがて大人になれば、嫌でも分かるようになる」

また、こう諭してくる時もあった。

「若さなど、儚《はかな》いものだ。誰もがすぐに老いて、腰も曲がり、歯も抜け、白髪になる。体も肌も萎む。つまりは、減っていく」

「……」

「じゃがの、一度身に付けた知恵は、減ることがない。どこぞからお迎えが来る最期《さいご》の時まで、心の内で反芻《はんすう》と醱酵《はっこう》を繰り返し、その人を支える。萎まない。むしろ増えて、豊かなものになっていく」

よく分からないながらも、自分の先々のために言ってくれているのだ、ということは切々と伝わってきた。だから、その後は懸命に書物の文字を追った。

また、葛城はまきをしばしば市中に連れ出した。物売りや小屋で商売をしている女たちを指し示し、

「あれは大原女《おはらめ》、薪《たきぎ》を売る者たちじゃ」

「薫物《たきもの》売りじゃ、香《こう》を量り売りしている」

「あれは灯心売り、女が老いてからの商売じゃな」

と、その生業について説明した。

「桂女《かつらめ》じゃ、鮎《あゆ》や鮎鮨《あゆずし》などを売っている。魚売りじゃな」

そして桂女の説明をした時は、苦笑して一言付け加えた。

「私と同じ生業をする時も、多々ある」

比丘尼《びくに》や白拍子《しらびょうし》、巫女《みこ》、女楽人《がくにん》も似たようなものだ、とも言った。必要に応じて、

いつでも春をひさぐ、と。

「それが良い悪いということではない。みな、食うために必死なのじゃ」

その頃には、まきも充分に承知していた。葛城は数多《あまた》の男と床をともにし、それで生計を立てているのだと……。

それでも実際にどんな行いをしているのかは見たことはなかった。

葛城は客と床をともにするだけでなく、月に四、五回ほどは有徳人の寄り合いに呼ばれて舞い、今様などを唄《うた》い、笛を吹いて、芸事で座を賑《にぎ》わすこともやっていた。

葛城に拾われてから六年が経《た》った。まきは初潮を迎えた。十四歳の秋だった。

まきは離れの部屋に呼ばれ、畳の上に正座させられた。

改まった口調で葛城は言った。

「奥の寝所にはの、誰も知らない小さな覗き孔《あな》がある。普段は塞《ふさ》いである」

それからしばしまきをじっと見て、ふたたび口を開いた。

「私と客が寝所に入ったら、そっと隣の部屋にお入り。私が何をしているのか、その孔から見るのじゃ。決して声を出したり、物音を立ててはならぬ」

寝所に行くと、床の間の暗がりに大人の親指ひとつ分くらいの小さな孔が空いていた。通常は同じ大きさの丸い板を嵌《は》め込んである。

隣室からその板を外し、まきは見た。これまで葛城が寝所で何をしていたのかを。

衝撃だった。

男女の目合《まぐわ》いとは、もっと雅《みやび》で妙《たえ》なるものかと想像していた。でも、これが現実なのだ。銭で買われる女の現実なのだ。

見たくなかった。おぞましい。目を背けたい光景だった。吐き気がする。

自分にはいつも優しい葛城……。

嗚咽《おえつ》を洩《も》らすまいと、必死に口元に手を当てていた。涙がこぼれ出た。

それでもまきは見続けた。見るべきだと思った。

自分は、これで食べさせてもらっている。自分が使っている硯や筆、紙、書物……市井《しせい》の女には、とうてい買えないものだ。何不自由ない生活をさせてもらっている。拾われてから六年もの間、葛城が体を売ることにより、まきの暮らしは成り立っていた。

まきは、最後まで見続けた。

「辛《つら》かったか」

そんな痴態《ちたい》を数回にわたって見させたあと、葛城は穏やかに問いかけた。

まきは、ただうなずいた。堪《こら》えようと思っても、涙がまたこぼれ落ちた。

葛城は、そんなまきをしばらく眺めていたが、やがて静かに話し始めた。

「みな、何かを売って生きている。物や芸事、自らの労を売って生きている。じゃがの、遊女は体だけを売っているのではない。体と一緒に、大事な何かも売り渡しているる。誰に、というわけではない。その何かは、男に身を切り売りするごとに擦り減り、捩《ねじ》れ、乾涸《ひから》びていく。私の中の何かがだ。それを感じるから、そちは涙を見せる」

まきは、まだ泣いていた。

「そちにも、いつかは私の生業を知ってもらおうと思っていた」葛城は構わず続けた。

「目を背けたくもなろうが、もう少しの間、我慢して見続けておくれ」


年が改まり、まきは十五になった。世間では充分、大人として扱われる年齢だ。

葛城に尋ねられた。

「まきよ、そちはこの先、どうしたい。何になりたい」

「……」

「私の生業を真似《まね》るも、あるいは他の生き方を選ぶも、そちの勝手じゃ」

分限者の下働きに出るもよし、行商や売り子で身を立てるもよし、奉公に出たいのならば口は利《き》いてやろう、とも言った。

そして優しく語りかけた。

「そちの人生じゃ。そちが決めよ」


十日ほど、懸命になって考えた。

出した結論は、葛城のように遊女として身を立てることだった。

理由があった。以前、葛城は、若さなど儚いものだと語った。彼女も歳を取り、いつかはこの稼業《かぎよう》から足を洗う。

その時は私が、老いた葛城の面倒を死ぬまでみていく。この命は葛城に拾ってもらった。親も同然だ。

けれど、今の世にある女の生業のほとんどは、自分ひとりを食べさせていくのが精一杯で、とても葛城の世話までは出来ない。となるとやはり、分限者相手の遊女しかない。老いていく葛城と今後も一緒に暮らしていくためなら、周囲から犬売女《いぬばいた》と呼ばれることも充分に覚悟の上だった。

そのことは葛城には言わなかった。

言えば葛城は、必ず反対するだろう。だから単に、

「わたしもおかか様のようになりまする」と答えた。

　本当の気持ちを押し隠したまま、言葉を連ねた。

「生きていくこと……そのことを考えるにつけ、いつも思い出されるのは、この京に逃れてきた頃の、激しい餓えの記憶でござりまする。あのような恐ろしい思いは、二度としたくはありませぬ」

　さらに語った。

　今、市中で見かける物売りの女たちは、決して裕福そうではなく、どんなに懸命に働いたとしても、日々の食べ物にも事欠くような暮らしだ。だから、しばしば身を売る。

　かと言って分限者の下働きに出たところで、一生そのままで終わるか、主人に見初められても囲い者にされるのが関の山で、これまた女という部分を売るに等しい。ならば最初から遊女でも、何も変わらないのではないか……女一人で独立して生きられるだけでも、まだ良いのではないか、と……。

　葛城は一瞬、痛ましい表情を浮べた。

「遊女の房事がどのようなものであるかは、さんざん見たであろう。嫌でもあったろ

う。それでも、やるか」

　まきは、うなずいた。

「この生業は地獄ぞ」葛城は念を押した。「他人からは、『あれよ、畜生道に堕《お》ちた女よ』と嘲《あざけ》られる。それでも、平気か」

「覚悟は、出来ておりまする」

　長い沈黙のあと、そうか、と葛城はつぶやいた。

「ならば私は、なにも言うまい」

　そしてひとつ深い溜息《ためいき》をついた。

「もっとも、この世に金も土地も親族すらも持たぬ女が、誰にも頼らず一人で暮らしていくには、この道しかあるまい……そんな思いは、私にもある」

　そう、誰に言い聞かせるともなくつぶやいた。

　ややあって、気を取り直したように告げた。

「これからも私の目合いを、三月《みつき》は見続けよ。今からはそちの修業のためじゃ。まずはその目で、男という生き物を喜ばせる技を身に付けよ。そして気持ちを慣れさせよ」

「はい」

「同時に、笛や舞などの芸事も一通り仕込んでいく。昔教えた今様も、主だったものは諳《そら》んじてもらう。殿ばら方の宴に呼ばれたときのためじゃ。芸事を磨き、遊女としての格を上げよ」

まきの目を覗き込み、言い添えた。

「もし途中で気が変ったなら、それはそれでいい」

「……」

「いつでもやめてよい。よいな」

まきはうなずいた。


芳王子、と名乗るようになってから三年後、葛城が不意に姿を消した。

芳王子は数日間、気がふれたように市中を探し回った。

それでも葛城は見つからなかった。

ふと思い立ち、寝所の踏込床《ふみこみどこ》の板を外してみた。

床下の小箱には、芳王子と葛城が貯《た》めてきた銭を砂金に替えたものが、何袋も詰まっている……はずだった。

砂金袋は八割方なくなっていた。葛城が体を売って貯めてきたものだ。残った袋の上に、巻き紙が載っていた。

　おまきへ

と達筆な文字が書かれていた。
すぐさま文を手に取り、震える指先で開いた。優しい語り言葉で書かれた文を、貪《むさぼ》るように読んだ。

かはゆく惜しき　おまき
おまへは　わが子も同然であつた
そして今　じゆうぶんに育つた
だからこそ　わしは去る
この家は呉れる
案ずるな　わしを探すな
おまへはもう　誰に頼らずとも生きてゆける
その思ひをうちに秘め　生きよ

　か弱きものを　助けよ
　愛《かな》しく想《おも》ふ相手には　抱いてもらへ
　つかの間でも　おまへの渇きを癒《いや》してくれる
　　　　　　　　　　　　　　　　　たづ

たづ。初めて知る葛城の実の名だった。

無我夢中で幾度か読み返したあと、まきは文を胸に抱いて、泣いた。畳を搔《か》き毟《むし》るようにして、一晩中泣き続けた。

以来、涙をこぼしたことはない。身も心も芳王子になった。

10

……ふう。

気がつけば、体中から汗が噴き出していた。板窓を開け、室内の蒸気を抜く。手拭《てぬぐい》で体の汗を拭《ふ》いていく。

水を浴びて、また拭き取り、風呂を出た。小袖を身に付け、奥の寝所に向かっていく。

引き戸を開けると、道賢がそこにいた。部屋の隅に体を寄せ、ちんまりと座っている。姿形《なり》こそ厳《いか》ついが、まるで仔犬《こいぬ》のようだ。

芳王子はつい微笑む。

別れても愛《いと》しく思う相手が、ここにもいる。

道賢も芳王子を見上げて、少し笑いかけてきた。が、すぐに脇の野太刀を手に取り、すっと立ち上がった。

「すまぬ。やはり、ぬしと寝ることは出来ぬ」

言いつつ、太刀を腰元にぶち込む。

芳王子はやや取り乱した。何か言おうとした。が、先に道賢が口を開く。

「兵衛には兵衛の料簡《りょうけん》が、わしにはわしの料簡がある。今さらそれは変えられぬ。変えようとも思わぬ」

はっとするほどのその澄んだ表情に、芳王子は気圧《けお》された。

何かを言いたい。けれど、言葉にならない。

ではな、と道賢は部屋を出る時、軽く会釈《えしゃく》をしてきた。

「縁あれば、またいつか会うこともあろう」

そのさらりとした口調。そうなのだ。いつも本当の別れは呆気《あっけ》ないほどに唐突で、さりげない。相手にはもう、迷いがないのだから。

目の前で音もなく引き戸が閉まった。道賢の足音が廊下を遠ざかっていく。みしみしと重い響きだが、それでも足取りは軽い。

気が抜けた芳王子は、ぺたりと畳の上に座り込んだ。

不意におかしくなり、一人で乾いた笑い声を上げた。しまいには腹部を押さえて笑い転げた。

十四の秋から、葛城の目合いを半年ほど見続けた。さらにはそれ以前から、やって来る男たちを出迎え、もてなすことを六年間やってきた。そのたびに男たちの顔つきと、態度と姿形を目にしてきた。

みなそれなりの分限者らしかったが、男などひとたび裸になれば、地位も出自も富も、何の関係もないということを思い知らされた。実際の目合いは興ざめするほどに品下《しなさ》がる者がほとんどだった。見ていてもうんざりで、まったくやり切れない。

品格や気高さを求めているのではない。

むしろ男女の交接は、特に銭の介在する房事など、いかがわしく淫靡《いんび》で、肉欲に憑《つ》かれたようなものになって当然だろう。

だが、ごくまれにだが、その淫《みだ》らな所作の中にも、画幅の中にある精神の高鳴りに目を奪われるような、気韻の漂う男がいた……。

行いそのものは同じなのに、どこかが少しずつ違う。

その所作の違いの連なりが、全体の印象を大きく変えていく。

そしてそういう男には、房事の前後の振る舞いや表情などにも、必ずどこかに共通する雰囲気があった。

何故だろう。

芳王子として数多の男と寝るようになってからは、さらにそれが見えてくるようになった。

仕事がら、男というものの何がそういう差異を作るのかを、肌から血が滲《にじ》むように真剣に考えるようになった。

一年が経ち、二年目に入った頃には、いっそうはっきりと見分けられるようになった。

時折り存在するそんな男たちに共通するのは、ふとした所作に漂う、ある種の甘みだ。

骨柄が優しい、あるいは純良、ということではない。それは甘みには繋がらない。

もっと鋭く高く、秋空のようにからりと澄み渡っており、その仕種《しぐさ》や表情、言葉を見聞きした瞬間に、はっと胸を突かれるようなものだ。

彼らに共通して内在していたものは、独自な精神の格調だ。

世間の常識や物差しで良いも悪いも関係ない。あくまでも個々人の心の中にある格調、あるいは行動の規範のようなものだろう。

その己の規範なり規矩《きく》を持った者だけが――不思議と逆説的に――その言動や佇《たたず》まいに、ある種の甘みが醸《かも》し出されてくる。

しかし、何故それが甘みとして出てくるのか……考えに考えた。

三年目を迎えた頃、さらに腑に落ちるものがあった。

詰まるところ、甘みとは、その時々の出来事に対する感じ方や思考の肌理《きめ》が、次第に細かくなることから生まれる。それが何気ない動作へと醗酵《はっこう》していくものなのだ、と……。

それは遊女である自分の、身分とすら言えない分限を考えても分かる。

人生とは選択する瞬間の連続で、この銭の世が沸騰《ふっとう》する都にあっては、さらにその変遷が激しい。加速度をつけて早くなる世の移り変わりに、否応《いやおう》もなく人々の暮らし、生き方は巻き込まれていく。

今までの生き方を頑《かたく》なに変えようとしない者は、生まれながらよほどの富貴《ふうき》にでも恵まれていない限り、たちまちその奔流に巻き込まれ、餓えて路頭に迷う。

生きていくために遊女になるのも勝手なら、浮浪の頭目になるのも勝手ではある。だが、そこには自分の選択においてという己への責任が、常に重くのしかかってくる。自らが選んだ人生……言い訳が利かない。利きようもない。神仏のせいでも他人のせいでもない。自分からは、言い逃れようもない。

そして、その選択が果たして正しいかどうかも分からないうちに、さらにその次の選択を迫られる。その選択の連続……後戻りはきかない。当然だ。時は、逆行してくれないのだから。

さらに言えば、己の生き方の規範と世間が認める良識とは、必ずしも一致しない。しばしば相反する。その狭間《はざま》の中で、常に引き裂かれる自分がいる。

それでも生きていくためには、背反する物差しを自分の中で時に割り切り、時に溶け合わせ、上手《うま》く折り合いをつけていく他ない。その矛盾する幅の中に、自分を収めていくしかない。生きていくしかない。必然、様々な事象に対する反応の機微を、細やかに上げていくしかない。

そしてそれが表層に出れば、立ち居振る舞いのごくわずかな変化となって現れる。

そのごくわずかな変化の連なりが、やがては全体として、決定的な印象の差を生む。

それが、ある特定の人間のみが持ちうる甘みとして感じられるのだ、と。

ちょうど、そのことが実感として呑《の》み込めた頃だった。

三条大路で、初めてある人物を見かけた。

「あれよ、骨皮の一党がおいでになる」

と、辻の誰かが言った。何気なく、そちらのほうを振り向いた。

一目見て、誰が首領かは分かった。

それだけで、もしや、と感じるものがあった。

遠目にも、その男の歩いて来る姿のみは、周囲の者からはっきりと浮き上がって見えた。

そして近づいてくるにつれ、ますます確信を深めた。

道賢は、見るからにいかついけき男たちを数人付き従え、大路の真ん中をゆったりと練り歩いて来る。その体つきや風貌《ふうぼう》は市中の噂《うわさ》に聞くとおり、いかにも魁偉《かいい》で恐ろしげだった。

にもかかわらず、その肩口から立ち上る雰囲気や、さりげない所作、ふと遠くを見《み》遣《や》る顔つきに、かつて見たこともないほどの濃厚な甘みが漂っていた。

正直、腰を抜かさんばかりに驚いた。

これほどはっきりとした甘みを醸し出している男が、この世に存在するとは思ってもいなかった。

と同時に、ある側面では納得もした。ああいう男でなければ、いくら浮浪の徒でも三百からの男たちは命を預けぬであろう。

ふと、葛城の置き文の最後の条《くだり》が思い出された。

か弱きものを　助けよ
愛しく想ふ相手には　抱いてもらへ
つかの間でも　おまへの渇きを癒してくれる

芳王子はその頃、二人の童女を育て始めていた。自分と似たような過去を背負い、浮浪児にまで堕ちていた子供たちだった。

葛城と同じことをしてみて、彼女が伝えようとした意味が分かりかけてきた。たとえ血が繋がっておらず、手間はかかっても、幼子《おさなご》を育てるという行為は、自分をゆっくりと、そして静かに癒してくれる。

だが、もうひとつ……。

うんざりするほど男たちと寝てきた結果、心の奥底に次第に溜っていく汚泥《おでい》のようなものは、どう足掻《あが》いても拭い去ることができない。そしてその汚泥は次第に乾涸び、罅《ひび》割《わ》れていく。

男によってできた渇きは、男で満たす他ない。だが、どんな男でもいいというわけではない。下手な男を相手にすると、さらに泥に塗れる。

本当に愛しく想う相手が欲しい。相手の肌に触れ、つかの間でもその渇きを癒されたい。

何度か道賢を見かけるうちに、その想いはいっそう強くなった。

銭金など要らぬ。あの男に会いたい。口をきいてみたい。気がつけば、密《ひそ》かにそう念じている自分がいた。

「……」

実は、道賢に暴漢から救われたのは偶然といえば偶然だが、必然でもあった。

さる有徳人の宴席に呼ばれたとき、近々道賢もその主人に招かれることを知った。

市中警護役の首領を接待して、万が一の折には何かと力になってもらおうという心積もりが、彼ら土倉や酒屋の主人たちにはあった。

芳王子は主人から、さりげなくその日取りを聞きだした。

だから、その晩の戌《いぬ》の下刻に、芳王子は夜道の危険も顧みず、用もないのに件《くだん》の商家の周りをうろつき回っていた。

結果、賊には襲われたが、だからこそ芳王子の願いは現実になるべくしてなったとも言える。

それからの一年は、夢現《ゆめうつつ》のように過ぎた。それほどまでに道賢にのめり込んだ。少なくとも芳王子はそうだった。心に溜まり続けていた澱《おり》も淀《よど》みも、道賢と寝た晩から少なくとも数日は、まるで嘘《うそ》のように掻き消えてしまう。身も心も軽くなる。

が、その頃から道賢の表情が、少しずつ冴《さ》えなくなっていることに気づいた。その言動に漂う濃厚な甘みに、時おり苦いものが混じるようになった。

優しい男なのだ、と感じた。

道賢は苦悩している。苛立《いらだ》ち、疲れ始めている。そして、そのわけも分かる。

稼業とは言え自分がほかの男と寝ることが、その事実をふとしたときに思ってしまうこと自体が、この男の気持ちをひどく痛めつけ、苦しめている――。

……分かってはいる。初めから分かり切ってはいたことなのだ。

分限者相手の遊女と、悪党の首領として出会った。いつ命が果てるとも知れぬ暮らしの道賢に、私の明日は約束できない。ならば私は、この生き方を続けるしかない。そのことが道賢にも分かっているから、苛立ち苦しんでも本人は愚痴一つ洩らさない。

けれど、そんな道賢の表情を見るにつけ、芳王子は自分とその生業《なりわい》に激しい嫌悪《けんお》を覚えた。いっそ清水の舞台からでも身を投じて、死んでしまいたいような衝動にも駆られた。

かと言って、出会ったことに後悔はない。道賢を求めたことへの後ろめたさもない。むしろ出会わなかったら、あのまま消えたほうがましだったとさえ、今では思える。しかし、現実に苦しんでいる道賢の姿を見るのは、常に身を切られるように辛かった。実際、道賢からは出会った頃の磊落《らいらく》さと、ふとしたときに見せる言動の切れが、明らかに失われ始めていた。

印地の首領など、塩味の濃い男にしか務まらぬ極道稼業の最たるものだ。数多《あまた》の配下を食わせていく立場なら、なおさらだろう。

そんな男の魂から徐々に塩気が抜けていくことが、道賢にとってどういう末路を意味するのかは、芳王子にも容易に想像できた。

別れたくはない。けれど、この男のためを思うなら、そろそろ身の引きどきなのではないか――。


そんな折りに、蓮田兵衛と出会った。

有徳人の宴席の一つで、偶然見かけた。

客たちの前で舞を披露しながらも、芳王子は内心、驚きを抑えるのに懸命だった。

蓮田もまた座っているだけで、その佇まいから濃厚な甘みを醸し出していた。

けれど、同じような甘みでも、道賢のそれとはまた違う種類のものだ。それは一見しただけで分かった。

暑い夏の日に、熟れた桃を食《は》むような甘さが道賢だとすれば――だからこそ、その野放図な甘みに芳王子も我を忘れて夢中になったのだが――この蓮田は、山中深くの岩肌にひっそりと咲く皐月《さつき》の蜜《みつ》のようなものだろう。朝露とともに開いた花弁から滴《したた》り、見る者をその香りを含めてじわりと酔わせてくれるような甘みを感じる。反面、人界から離れ、容易に人を寄せ付けぬ雰囲気もあった。

どうやら蓮田は、来客の中でもその土倉の主人がもっとも大事に遇したい相手であるようだった。しかし、見るからに素牢人《すろうにん》という風情の蓮田を、何故《なにゆえ》そこまでもてなす必要があるのか……。

宴が終わった帰路、蓮田に送られることとなった。夜道の一人歩きは危険だからと、土倉の主人が計らってくれたのだ。

が、それと共に主人は、芳王子が屋敷を出る時、そっと銭袋を摑ませてきた。

——つまりは、そういうことだ。

しばらく二人は、夜の大路を黙りこくったまま歩いた。

何か話したほうが良い。これからこの男と寝るのだから、お互いの気分をほぐしておく必要がある。

そう思ってはいたものの、結局は言葉が出てこなかった。隣の男が醸し出す雰囲気に気圧され、どうにも気楽に口を利けない自分がいる。

と、蓮田が唐突に話しかけてきた。

「そなたの家までは送る。が、その懐の銭は、あとで亭主に返してくれ」

「はい？」

すると蓮田は、ちらりと芳王子を見て微笑《ほほえ》んだ。

「わしはの、あやつの銭ではおぬしを抱けん」

「何故で、ございましょう」

ようやくそう一言返すのが精一杯だった。

蓮田はそのわけを淡々と話した。

「今宵、わしは上久世荘《かみくぜのしょう》の百姓どもの仲立ちとしてあの土倉に行った。奴《やつ》らが借りている銭の、利子の交渉じゃ」

「と申しますと？」

「土倉の貸し出しの条件だった月に六分の利子。これを、わしは四分まで下げさせようとしている。年にして二割四分の減額じゃ。それなら上久世荘の百姓どもも、収穫後になんとか元の銭と併せて支払える」

「ですが、あのお方がそれをお呑みにならなかった場合は？」

芳王子がそう尋ねると、蓮田はふたたび目の隅で笑った。

「百姓どもが逃散《ちょうさん》するかもしれん。収穫後の作物もすべて持って逃げる。土地は土倉のものになっても、あやつには当座、元の銭すら一文も入らぬ」

「……」

「あるいは自棄《やけ》になった百姓どもが、あの土倉を襲うかもしれん。証文を焼き尽くし、銭を奪い取る」

「まさか」

「采をふるう者さえおれば、土倉の一軒を潰すぐらいわけもない」蓮田は軽く言ってのけ、芳王子の顔を見た。「言っている意味が、分かるか」

芳王子はうなずいた。つまりはこの男が、いざとなれば率先して押し込みの首謀者になるということだ。

「じゃから、仲立人のわしをなんとか撫《な》で転がそうとしておる。が、わしはその手には乗らぬ。上久世荘の者どもを裏切るような真似は、死んでも出来ぬ」

この男、やはり違う。頼むに足る、と感じた。

「そういうわけだ。面倒をかけるが、あやつに銭を返しに行ってくれ」

「よろしゅうございます」

やや感動しながら、芳王子は答えた。

それからふと不思議に思ったことを聞いてみた。

「蓮田さまは、仲立ちを稼業にしておられるのでござりますか」

「まさか」蓮田は簡潔に答える。「好きでやっておる。銭などもろうてはつまらぬ」

芳王子はさらに驚いた。

「ですが、お金を稼がずに、どうやって暮らしておいでです」

蓮田はやや首をかしげた。

「なんと申せばよいのか……まあ、銭などどうでもよい」

「は？」

「わしのところになくても、誰かのところにあれば、それでよい。むしろ、けっこう楽しく暮らしていける」

　意味がよく分からなかった。

「どういうことでござりましょう」

　蓮田は呑気《のんき》そうに笑った。

「銭など、使わぬ限りはただの鉄《かね》じゃ。銭そのものは食えぬし、体が温まりもせぬ。代わりに食い物や住むところが回ってくれれば、それでよい」

　あぁ、とその瞬間に芳王子は感動を新たにした。その言葉の通りだ。そしてこの男は、実際にそういう生き方をしているのだろう。

「頂いたものは明日の朝、返しに行ってまいりまする」

　が、その直後に自分の口を突いて出てきた言葉には、あとから思い出しても心底呆《あき》れてしまった。

「その代わりと言ってはなんでございますが、この芳王子の願いも聞いてはいただけませぬか」

怪訝《けげん》な表情を蓮田は浮かべた。

「なんだ？」

「あなたさまに是非、ご相談申し上げたきことがございます。よろしければ後日、拙宅までおいでいただくわけには参りませぬでしょうか」

三日後、蓮田はやって来た。

芳王子は道賢と自分の間柄を、出会いから含めてすべて打ち明けた。そして今、相手が次第に弱っていく様子を見るにつけ、やはり別れたほうがいいのではないかとも思うが、どうしても踏ん切りがつかないのだ、という心情まで吐露した。

束《つか》の間《ま》黙り込んだあと、蓮田は口を開いた。

「何故わしに、そんなことを打ち明ける」

「あなたさまには、道賢どのとひどく似た匂《にお》いが致します」芳王子は正直に答えた。

「物事を同じように捉《とら》えることもあるのでは、と。ですから、ご相談させていただきました」

するとと蓮田は莞爾《かんじ》と笑った。

「骨皮の、道賢か――」

が、その後はまた黙り込んだ。

たいしたものだ、と芳王子は思う。

この男も当然、道賢の市中での評判は聞き及んでいるだろう。それが目の前の女の想い者だと聞いても眉《まゆ》一つ動かさない。道賢の人物そのものに関しても、寸評一つ加えない。

ややあって、蓮田は小素襖《こすおう》を脱ぎ始めた。あれよあれよという間に褌《ふんどし》一丁の姿になった。その結び目まで解きかける。

「なにをなさっておいでです」

「見たままじゃ」

蓮田は言い放ち、ついには褌を取り去った。男根がだらりと露《あら》わになる。

「今からぬしと目合う」

「はい？」

「わしに乗り換えよ。道賢には好きな男が出来たと言え」

「なんと――」

「それが、やつのためじゃ」

「しかし……」

「ひどいと思うか」

蓮田は依然、芳王子の目の前に男根を晒《さら》したまま、柔らかい口調で問うてきた。

「道賢の身になれば、むごい所業と思うか」

言いつつも、芳王子の小袖《こそで》の帯に容赦なく手をかけてきた。

「……思いまする」

芳王子はかろうじて小声で答えた。

すると蓮田は、小気味よく笑った。

「むごい女でもよいではないか。それが道賢のためになるなら、いくらでもあやつの恨みを買え」

……何故だろう。散々無体なことを言われ、手籠《てご》めにされかけているというのに、何故か抗《あらが》う気にならない。その声音や、柔らかな口調に滲むこの男のありようの何かが、芳王子に抵抗をする気を萎《な》えさせてしまう。

半身を脱がされ、下帯に手をかけられた。

「遊女など化外《けがい》の者じゃ。道賢やわしも同様。それを置き忘れて互いに惚《ほ》れるが、そもそも間違いの元よ」

「……」

「善人でいたいか。別れた男からも、よき相手だったと思われたいか」

「それは――」

思わず口にしかけ、蓮田の言う通りだと思い、またしても何も言えなくなる。

蓮田はふたたび優しく笑った。

「好きな男に、半端な哀れみなどかけるな。道賢の如《ごと》き男にlike、なおさらじゃ。手痛く裏切ってやってこそ、あやつのような男には立つ瀬もある」

ですが、とようやく芳王子は言った。

「あなたさまは、私の生業をお気になさらぬのでございますか」

せぬな、と蓮田は言い切った。「わしは、人並みな心など持たぬ」

「……」

「わしはいずれ、おぬしの前から姿を消す。三年か、遅くとも四年後だ。それまでの付き合いだと思えば、好きにはなっても惚れはせぬ」

そう、何かを蹴飛《けと》ばすかのように言い切った。

そこまでを思い出して、芳王子はまた一人で笑った。

骨皮道賢。が、惹《ひ》かれたのは甘さにではない。それは表層に出てくる結果に過ぎない。

私と同じく通り名だけで生きている。出自は関係ない。懸命に血の汗をかきつつ、今を生きる。それが彼のすべてだ。だから、実の名など必要としない。

そんな男だからこそ、道賢に心惹かれた。一時《いっとき》でも私の渇きを癒してくれた。

蓮田もまた、そうだ。何の後ろ盾もなく徒党も組まず、通り名だけで世の辻に立っている。その意味では道賢と同じか、それ以上に苛烈《かれつ》に生きている。

しかし今、蓮田に抱く気持ちは、道賢のときのような熱い一筋の想いではない。

お互いの居場所を分かっているからこそ、時には近づき、時には遠のく。

そんな関係でも、道賢とはまた違った形で心地よく渇きを癒してくれる。

蓮田は道賢の代わりではない。道賢もまた蓮田の代わりにはならない。

けれど、それが何だというのだ。

私も私でしかない。誰かの代わりにはならないし、なれもしない。掌《てのひら》に新しく何かを掬《すく》えば、今までにあったものは、指の間から必ず零《こぼ》れ落ちていく。

生きるとはおそらく、そういうことだ。

感謝しよう。二人の荒ぶる行く末を、武人の守護神、摩利支尊天《まりしそんてん》に日々祈ろう。それが今、私に出来る唯一《ゆいいつ》のことだ。

第三章　唐崎《からさき》の老人

I

六月も半ばの、蒸し暑い夕刻のことだ。

才蔵《さいぞう》と蓮田《はすだ》兵衛《ひょうえ》は、摂津《せっつ》河内《かわち》の遊歴から京の屋敷へと戻ってきた。いつものように別棟の前では行商人たちが屯《たむろ》している。

それら男女と軽く挨拶《あいさつ》を交わし、母屋《おもや》に入り、奥の部屋へと進む。と、兵衛は途中にある長櫃《ながびつ》の前で足を止め、蓋《ふた》を開けた。

中に入っていた書状を手に取り、突っ立ったまま開く。才蔵の位置からは文字までは読めなかったが、遠目にも妙な文だった。紙の裏表に文字が書き込んである。察するに、兵衛が書き置きしたものの裏に、相手が返事をしたためたらしい。

兵衛は一読して破顔した。

が、それを眺めている才蔵には何も言わなかった。

しばらくして、土間に一人の馬借《ばしやく》がやって来た。よく目にする堅田《かただ》の馬借だ。どういう経緯か、この馬借は骨皮道賢《ほねかわどうけん》とも懇意のようだった。

「蓮田どの、これを唐崎の翁《おきな》からお預かりして参りました」

そう言い、懐《ふところ》から文を出す。唐崎とは、近江海《おうみのうみ》（琵琶湖《びわこ》）の西岸、日吉《ひよし》大社より南に半里（約二キロ）ほど下った場所にある。

「ご苦労じゃったな」

兵衛は礼を言いながら文を開ける。

最後まで読むと、口を開いた。

「伝助《でんすけ》よ、おぬしはいつ出立《しゅったつ》する」

「明日の朝で」

「では帰路、唐崎の古老に返事を渡してくれぬか」

「おやすきことでござります」

兵衛は長櫃の中から和紙を取り出し、さらさらと何事かを書き付けた。伝助に渡す。

「もし古老が水車小屋におらぬときは、置いてきてもらうだけで良い」

「かしこまりました」

翌日の朝、行商人たちが出立すると、兵衛は鍬《くわ》を片手に、才蔵を連れて裏庭に回った。大きな三本杉の右手まで来て、そこで止まった。

「ここだ」

言いつつ、才蔵に鍬を手渡した。

「この場所を二尺ほど掘れ。銭が二十貫（約七十五キロ）ほど埋まっておる。掘り出し終えたら井戸場へと持っていけ。泥をすべて洗い流せ」

驚いた。かつ意外でもあった。

日頃から銭や物などに頓着《とんちゃく》せぬわりには、そんな大量の銭を埋めていた。この男の仕様《しざま》にしては、なんとなくそぐわぬような気がした。

才蔵の怪訝《けげん》そうな顔つきから察したのだろう、兵衛は軽く笑った。

「関所潰《つぶ》しや何やらで、いつの間にか貯《た》まっていた。別に要りもせぬから埋めておいた」

やはり、ろくでもない銭だった。しかも使いもせぬのに、この前と同じように銭を奪っていたのだ。

「さ、早う掘れ」兵衛は繰り返す。「掘って、銭の泥を洗い流せ」

「はい」

才蔵はそれから半刻《はんとき》かけて二十貫の銭を掘り起こした。幾度かに分けて大笊《おおざる》で井戸場まで運び、井戸水で洗い続けた。すべての銭を洗い終わった頃、兵衛がやって来た。

「よし。次にあそこの筵《むしろ》の上で銭を日干しにせよ」

しかし、銭二十貫といえば、大の大人が優に一、二年は遊んで暮らせるほどの大量の銭だ。いったい何に使うというのか。

黙っていることに耐え切れず、とうとう才蔵は聞いた。

「ですが、なにゆえにこのような大量の銭が必要なのでございます」

馬鹿《ばか》め、と兵衛は苦笑する。「忘れたか。ぬしにおよそ一年、稽古《けいこ》をつける話を。この銭はその間、師匠となる古老に払う手間賃じゃ」

そう言われ、驚愕《きょうがく》する。

「その棒術の流儀はの、今より三百年ほど前の源平の頃に興《おこ》った。竹生島流《ちくぶしまりゅう》という。文字通り、近江海の竹生島が発祥の地じゃ」

この棒術の祖は、難波平治光閑《なんばへいじみつのり》という摂津出身の武将である。源平合戦も初期の治《じ》承《しょう》年間（一一七七〜八一年）、合戦の最中だった光閑は、薙刀《なぎなた》の刀身が根元から折れて柄《え》だけが残るという危地に陥った。薙刀という武器が単なる棒になった。が、その棒を振り回して改めて敵に立ち向かうと、意外や使い勝手が良い。柄のほどよい長さと相まって、その両端のどちらでも突く、打つ、払うという攻撃が自在に出来る。結果、群がる敵を散々に蹴散《けち》らした。光閑はこの僥倖《ぎょうこう》を、以前に竹生島で修練を積んだ時の弁財天の思し召《おぼしめ》しであるとし、さらに棒扱いに磨きをかけ、竹生島流と名づけた。

「されど、この流儀はいつの頃からか畿内《きない》を離れ、今では遠く出羽《でわ》の国にて伝承されておるだけらしい。が、発祥である近江にも、この古流棒術に自ら工夫を加え、際《きわ》にまで達した古老がいる。汝《うぬ》を、そこに連れて行く」

際……あるいは極《きわ》か。いずれにしても、またこの言葉を聞いた。これで三度目だ。

才蔵は躊躇《ためら》いがちに尋ねた。

「そのおかたは、お強いのでございますか」

兵衛は、笑ってうなずいた。

「一度、戯《たわむ》れに立ち合ったことがある。見た目はよぼよぼの爺《じじい》だが、およそ化け物じみた強さだ。わしごときでは、到底歯が立たん」

これにはさすがに仰天した。兵衛の腕をもってしても、太刀打ちできないというのか――。

と同時に、危うく涙ぐみそうにもなった。

今まで生きてきて、いったい誰がここまでの厚意を自分に示してくれたことがあっただろうか。

兵衛は才蔵の感極った様子を見て、失笑した。

「そう、嬉《うれ》しがるものではない」

「と、申しますと」

「修業に入れば、二度や三度くらい、これは死ぬかと思うだろう。実際に命を落とすやもしれぬ。それぐらい、稽古は惨烈を極める」さらには、「もっとも、わしが文にて是非そのようにして欲しいと頼んでおいた。万が一に死んでも、それはそれで構わぬ、とな」

そう、無慈悲なことを穏やかに口にする。

「ははあ……」

銭の日干しは、量が量だけに、その日の夕刻までかかった。泊り客が来る前にいったん母屋の奥に仕舞い込み、翌日の朝、客がいなくなった頃に出立となった。

目の前に、十貫ずつ銭を詰めた樽《たる》が二つある。

「ぬしを鍛える銭だ」兵衛は当然のように言った。「ぬしが運べ」

才蔵は戸惑った。両天秤《てんびん》を担《かつ》ぐ仕事は散々やってきた。だが、その重さが桁違《けたちが》いだ。

わずかな距離ならともかくも、これを遠路まで持ち運ぶのは無理だ。

おそるおそる聞いてみる。

あのう、と。

「これを、近江まで運ぶのでござるか」

「なにを寝呆《ねぼ》けたことを――」と兵衛は顔をしかめた。「今の世には、もっと便利な方法がある。市中まで十町（約一・一キロ）運べ。そこで割符《さいふ》に替える」

「さいふ？」

今度は兵衛が驚いた。

「なんじゃ、おぬしは商家に奉公しておいて、割符も知らぬのか」

そう言われて、ようやく思い出した。

「なんとはなしに、聞き覚えはございます」

「情けない奴《やつ》じゃ」半ば呆《あき》れ顔で兵衛は言った。「土倉《つちくら》や問丸《といまる》など、割符屋も兼業でやっておる場合が多いと言うに。そんなふやけた性根じゃから、市井《しせい》の用心棒などに落ちぶれ果てる」

「面目ありませぬ」

割符とは、為替《かわせ》のことである。発祥は鎌倉時代にまで遡《さかのぼ》る。そもそもは遠隔地まで年貢《ねんぐ》を運ぶ手間を省くために発達した制度だが、庶民にも銭が行き渡ったこの室町中期の頃になると、専門の割符屋が畿内を中心に発達し、商人や分限者《ぶげんしゃ》たちは、大量の銭を運ぶ代わりにしばしばこの割符屋を利用した。

才蔵は六尺棒の両端に大樽をさげて立ち上がった。樽も含めれば二十貫以上の重さに、さすがに一瞬よろめいた。棒が鎖骨にきつく食い込み、背骨も激しく軋《きし》む。

が、歩き始めてみれば、なんとか十町ほどは持ちそうであった。

途中、洛中《らくちゅう》へと至る路傍に、真新しい土盛りがあり、卒塔婆《そとば》が建っていた。その土盛りの大きさから見て、数人の遺体が埋められているのであろう。場所柄からして、埋葬者と死者は縁もゆかりもないのだろうと推察される。

世の中も捨てたものではない、と才蔵が稀《まれ》に感じるのは、こんな時だ。

このどうしようもない苦界《くがい》にあって――それがどんな経緯から埋められたにしても――赤の他人を埋葬し、情けをかける者がまだ存在するのだ。

そんなことを考えながら、才蔵は兵衛の後を追い、よたよたと進んでいく。

むろん才蔵には、その土盛りと卒塔婆が、道賢が乞食《こつじき》に銭を与えて建てさせたものだとは知る由《よし》もない。

「重かろう」

朱雀《すざく》大路を横切った時、ふとおかしそうに兵衛は声をかけた。

「いささか」

言葉少なに才蔵は答える。

「我慢せい」兵衛は言う。「見る者が見れば、おぬしの必死に踏ん張った歩きようから、中身は銭だと分かる。もし賊が襲ってくれば、身軽なわしが斬《き》って捨てる」

「……」

三条堀川の角に、「笹屋《ささや》」という屋号の割符屋があった。そこで二十貫の銭を、堅田にある「彦六《ひころく》」という割符屋決済の割符に替えた。

「なんの、他ならぬ蓮田どののご依頼でございます」笹屋の主人は腰を低くして笑った。「手間賃などいただけませぬ。『彦六』も同じでございましょう」

どうやら兵衛は、割符屋にも相当に顔が利《き》くらしい。

「それは、ありがたい」

そう言って、手間賃を引かれず、まるまる銭二十貫の割符――書状を懐に入れた。

さらに二人は、三条大路を東へと進んでいく。

「しかし、あれでござりまするな――」

一気に身軽になった才蔵は、つい感心するように語りかけた。

「手間賃も取られぬとは、蓮田さまはやはり、たいそうなお顔であられまするな」

「わしは、そのようなたいそうなものではない」兵衛は淡々と答える。「それにの、手間賃など取らずとも、割符屋は割符屋で儲《もう》けを出せる仕組みになっておる」

……言っている意味が分からなかった。才蔵の怪訝そうな様子を見て、兵衛は苦笑した。

「からくりが、分からんか」

「……」

「あの割符屋は当然、問丸も兼ねておる。銭貸しじゃ」

「それが？」

「聞くだけでなく、たまには自分で考えろ」そっけなく兵衛は言う。「おのれでこの世の仕組みを考えぬ者は、死ぬまで他人の遣い走りで終わる」

あ、と思う。

まただ。また同じようなことを言われた……言葉こそ違え、道賢も似た内容を口にしていた。

「……」

粟田口《あわたぐち》を過ぎ、勾配《こうばい》のきつく狭い山道を登りながらも、才蔵は懸命に考えた。

なんとか答えらしきものが出たのは、蹴上《けあげ》の坂を山科《やましな》に向かって下り始めた頃だった。

「つまり、こういうことでござりますか――」

割符屋に誰かが銭を持ち込む。だが、それはすぐに右から左へと流れるものではない。ある程度の期間は――誰かが他の店の割符を持ち込み、その書状を銭に替えるまでは――蔵の中に積まれたままだ。

例えば、そういう銭が百人分、千人分と集まっているとする。すぐには換金されぬ銭が常に一定期間、それも膨大に店にはあることになる。それを元手として貸し出せば、銭主への利払いもなく、その利子の分は丸々自分の儲けになる。

そこまでをおぼつかない口調で語り、

「――と、いうことでござりまするか」

おそるおそる聞いてみた。

「正解だ」と兵衛は簡潔に答えた。「昨今、割符屋が流行《はや》るのは、そういう理由もある」

蹴上の坂を下り切り、山科の盆地に入った。

兵衛と才蔵は東海道をなおも東へと進んでいく。

逢坂山《おうさかやま》の手前にある追分《おいわけ》の集落が近づいた時、兵衛は街道を外れた。左手の狭隘《きょうあい》な間道《かんどう》へと分け入っていく。その進路が、才蔵には意外だった。

「逢坂関は、越えぬのでございますか」

山城と近江の国境にある逢坂関といえば、美濃の不破《ふわ》関、伊勢の鈴鹿《すずか》関と並んで天下の三関と呼ばれている。いずれも京と各地を結ぶ交通の要所にある。特に逢坂関は京洛の人間には馴染《なじ》み深く、

　　これやこの行くも帰るも別れては知るも知らぬも逢坂の関　　蟬丸《せみまる》
　　夜をこめて鳥の空音ははかるともよに逢坂の関はゆるさじ　　清少納言《せいしょうなごん》

と古歌にも詠《よ》まれている。

兵衛は逢坂山を迂回《うかい》して近江へと入るらしい。

「間道を通って、小関《こぜき》越えをする」

狭まる山道に入っていきながら、兵衛は答えた。

「関所潰しは、しばらく止める」

「何故《なにゆえ》に」

「分かっておろう」兵衛は目の端で微笑《ほほえ》んだ。「頻繁にやると、幕府や公卿《くぎよう》以外にも、怒り出す奴がおる」

道賢のことだ。

二人は鬱蒼《うつそう》とした山道を登っていく。勾配もきつい。背中にじんわりと汗が浮いてくる。

「で、先ほどの話だ」兵衛は歩きながらも口を開いた。「割符屋が流行る理由は、分かったな」

才蔵はうなずく。

「では聞くが、そもそも銭とは、何だ」

「はい？」

「言い方を変えよう。銭の本性とは、何だ」

思わず言葉に詰まる。

銭は銭だ。それ以上でもそれ以下でもなく、単にそれだけのものではないのか……。

挙句、答えた。

「食べ物や衣類に替えられるもの」

「違うな」兵衛は言下に否定した。「それはあくまでも用途に過ぎぬ。本性ではない」

才蔵が戸惑っていると、兵衛はまた少し笑った。

「ぬしが先ほど答えた中に、手がかりはある」

今度はさらに難問だった。

懸命に考え考え歩いているうちに小関峠を越えた。はるか彼方《かなた》に近江海が見える。山城から近江の国へと入ったのだ。

山道は急な下りになった。と、小石がつま先に触れた。コロコロと転がっていき、止まる。

……。

なんとなく気になり、その小石のところまで来て、軽く蹴ってみる。石は今度は飛ぶようにして激しく転がり、路傍の雑草の中へと入り込んだ。草の葉をさわさわと揺らし、止まったようだ。

——止まる。転がる。動く。そしてまた留《とど》まる。

が、留まったままでは誰にも気づかれもしないし、周囲に何の変化も及ぼさない。単なる石ころだ。事実、偶然蹴るまでは、才蔵の視界にも入っていなかった。

……待てよ。

関所も、通行料として日々銭が貯まる。その銭は関所に留まったままでは、この世に何の益ももたらさない。だから、関の持ち主である公卿や守護の家に運ばれていく。そしてまた、銭は彼らによって使われ、何処《いずこ》かへ流れていく。動く。同様に、割符屋や問丸、土倉の銭も動き続ける。

留まらない。動き続ける。動く。

考える。必死に考え続ける。

「あの――」

そう口を開いた時には、すでに近江随一の商都である大津《おおつ》の湊《とまり》を右手に過ぎようとしていた。

「動くことでございますか」

「何が」

「人と人との間、あるいは人と物の間を、絶えず行き交うことでございますか」

すると兵衛の笑みは、先ほどよりさらに深くなった。

「もそっと簡潔に言え」

またしばらく考え、銭の本性を突きつめる。余分な要素を取り除く。

才蔵は答えた。

「回転です」繰り返す。「銭の本性とは、回転にございます」

「当たりじゃ」

兵衛は破顔した。

「たとえばわしが埋めておいた二十貫の銭。埋めっ放しにしている限りは、ただの鉄《かね》よ。何の価値もない。銭であって銭ではない。わしが死んで誰もその在《あ》り処《か》を知らねば、やがては錆《さ》びて泥にまみれ、永久《とこしえ》に無価値になる。銭は回転を繰り返すことによって、初めて世に生きる。銭になる」

なるほど、と才蔵は納得する。

「そのことが無意識に分かっているからこそ、人は持っている銭を動かす。銭によって人が動き、物も動く。それが今の世の流れでもある。挙句、どうなると思う」

さらなる質問に、すぐに答えられない。

が、今度は兵衛のほうから答えを示した。

「銭が世を動かす。この世を地の底から沸騰《ふっとう》させる。煮え滾《たぎ》った水に渦が起こるが如《ごと》く、雲上で胡坐《あぐら》をかいている奴らが地べたへ、地べたを這《は》いずり回っている者たちが雲上へと、入れ替わっていく」

「まさか」

いや、と兵衛は頭を振った。「今すぐにではない。今すぐにではないが、いずれ必ずやそうなる。これまでの世のようにはいかぬ。おそらくは十年のうちに未曾有《みぞう》の大乱が起こる。守護は落ちぶれ、寺社も勢力を失い、新たに勃興《ぼっこう》してくる土豪や地侍、豪商などに所領を蚕食《さんしょく》される。身分という身分のほとんどが、雪崩《なだれ》を打って潰れ、埋もれていく」

「……」

「わしが、その先鞭《せんべん》をつけてやる。以前にも申したが、思うに道賢も、似たような絵図を思い描いているに違いない」

2

大津の湊から坂本方面へと、岸辺沿いに二人は北上していく。

初夏の風が近江海の湖面をわたって東から吹いてくる。歩いていく二人の袴《はかま》や袂《たもと》を揺らす。打ち寄せる波の音。首筋の汗も熱も奪われていく。心地よい。

半里を過ぎた頃から、西近江路を行き交う人の姿も人家も、次第に少なくなった。

一里を過ぎた頃には、道には人影もなく、周囲に人家もまったく見えなくなってくる。

右手には、真砂地《まさごじ》の湖岸が続いている。太陽の照り返しを受け、真っ白な輝きを放っている足先が、目にも痛い。

「このあたりの地名を唐崎という」

なおも歩き続けながら、のんびりと兵衛がつぶやく。

その白い岸辺の行く手に、一本の老松《おいまつ》が見えてきた。

遠目にも、あたりの天地を覆《おお》うほどの巨木である。この世のものとも思えぬほどの大きさだ。その一本だけで、小さな森を形成しているようにも見える。

老松に近づくにつれて、さらにその様相がはっきりと見て取れた。

永年の風雨に根元は浸食され、砂地から浮き上がり、いわゆる根上《ねあが》りになっている。通常の松の幹ほどの太さもある枝が四方八方に伸び、捩《ねじ》れ、かつその重みに耐えかね、大蛇がのたうつように垂れ下がって、地表を覆っている。

「そしてこれが、唐崎の松じゃ」

巨大な老松を見上げながら、兵衛が語る。

「聞くところでは、千年ほども経《た》っているらしい」

ああ、と才蔵も幼少期に禅寺で習った、この松を詠《うた》った古歌を思い出した。多少の感慨もあり、つい口にする。

「唐崎の、松は扇の要《かなめ》にて、漕《こ》ぎゆく船は墨絵なりけり」

兵衛が苦笑する。

「古今集、紀貫之《きのつらゆき》か」

と、その出典を言い当てる。

才蔵はうなずいた。なんとはなしに嬉しくなり、もう一首、古歌を詠ずる。

「楽浪《ささなみ》の、志賀の辛崎《からさき》幸《さき》くあれど、大宮人《おおみやひと》の舟待ちかねつ」

「万葉集。柿本人麻呂《かきのもとのひとまろ》じゃな」

つまりは、それほど有名な松であった。「唐崎の松」の呼び名は舒明《じょめい》天皇五年（六三三年）にまで遡ると言われているから、命名されてからでも八百年以上は経っている。

ちなみにこれより約百年後の戦国末期、この古木はついに寿命が尽き、朽ちて倒れる。

当時それを惜しみ、わざわざ湖北の余呉《よご》から松の大木を運んで来て、新たにここに植えた男がいる。齢《よわい》四十過ぎで織田家に召し抱えられるや否《いな》や、瞬《また》く間に異例の出世を果たし、数年後にはこの唐崎から坂本周辺の領主になって、日本で初めて湖水が石垣を洗う坂本城を築いた男でもある。

名を、明智十兵衛光秀《あけちじゆうべえみつひで》という。彼もまた、詠った。

われならで誰かは植ゑむ一つ松心して吹け志賀の浦風

が、これはまた後世のこと……。

ともかくも才蔵は、二つの古歌をすぐに言い当てた兵衛を、しばし見つめる。やはり、と思う。この男も、それなりの素養を叩《たた》き込まれてきたのだ。以前に話した時にも感じた。間違いなく、歴《れっき》とした家柄の出なのだ。

「あのう――」

気づけば口にしていた。が、やや躊躇う。

「蓮田さまは元々、どのようなお方だったのでござりまするか」

兵衛は素っ気なく答える。

「知らぬなあ」

「ですが――」

なおも言い募ろうとした才蔵に、さらに被《かぶ》せてくる。

「そのようなこと、どうでもよかろう」

これまた同じだ、道賢と。過去を、その感傷や憐憫《れんびん》も含めて捨て切っているのだ。そう感じた直後だった。

「まったくじゃ」

のんびりとした声が、人影も見えぬ老松の根元から湧《わ》いた。

ぎょっとして振り返る。

松の枝先が揺れたかと思うと、下生えから生き物がごそごそと這い出てきた。襤褸《ぼろ》を着たその生き物は、杖《つえ》を突きながら立ち上がり、やがて人の姿をとった。

老人はまず兵衛を、次に才蔵を見て笑った。

「たかが棒振りを習うに、歌も出自も関係あるか」

兵衛が苦笑する。

「ご老体、相変わらずのようじゃな」

ふん、と老人は鼻先であしらう。

「兵衛よ。そんな呼び方は、わしに一度でも打ち勝ってからにせい」

「これは、失礼」やや持て余すように兵衛は返す。「しかし武芸は、勝ち負けだけではござらぬのではないかな」

この阿呆《あほう》、と老人は歯のほとんどない口で笑った。「棒術は、勝ち負けじゃろが。

だからぬしは、こんな小僧をわざわざわしのもとまで連れてきた。寝言は一人前に人にモノを教えられるようになってから言え」

何か言い返そうとした兵衛が口ごもる。

珍しいこともあるものだ、と才蔵は感じる。たかが会話とはいえ、この兵衛が気後れしている。

それにしてもこの老人、凄《すさ》まじいほどの襤褸姿だ。体と一緒に、着ている衣服もみな朽ちてきているという印象を受ける。

かと言って不潔ではない。臭《にお》いもしない。あまりにも老体で脂《あぶら》も抜け、毛穴という毛穴から体臭も出尽しているのかもしれない。これでいて立ち合えば今の兵衛より格段に強いということに、新鮮な驚きを感じる。

老人はまた才蔵を見た。が、すぐに視線を兵衛へと戻した。

「銭は、持ってきたか」

「むろん」

兵衛は答えつつ、懐から書状を取り出した。割符だ。老人に手渡す。

「銭二十貫。堅田の割符屋で、いつでも銭に替えられるようになっておる」

「うむ」

老人は自ら問いかけておきながら書状の中を見もせずに、懐に仕舞った。ふたたび才蔵を一瞥《いちべつ》する。

「見たところ、まずまずの腕のようじゃな。足腰も出来ておる」

と、才蔵には耳心地よく響く言葉を口にし、

「が、それ以上ではない」そう軽く言い放った。「どこぞの用心棒ぐらいなら、そこは務まる程度の腕にしか過ぎん」

まただ。兵衛と最初に会った時も似たようなことを言われた。情けないことに、その見立ては自分の過去と照らし合わせても、まったく正しい……。

しかし、何故だ。立ち姿だけで、自分の腕をどうしてそこまで見抜くことが出来るのか——。

その疑問を口にしかけたところで、兵衛が問いかける。

「一年ほどでモノにはなりそうか」

「ふむ……」

「できれば十月《とつき》ほどで仕上げてもらえれば、ありがたいのだが」

老人は値踏みするように才蔵を見つめる。

「——死ぬほどの目に遭わせてもよいと、書いておったの」

兵衛はうなずく。

「ただ、出来れば、本当には死なぬように頼む」

「戯《たわ》けたことを言う」老人はせせら笑う。「兵衛よ、ぬしにも分かっておろう。その切所《せっしょ》を何度も潜《くぐ》り抜けてこそ、腕は上がる。死ぬ時は死ぬ。十月ほどで仕上げるのなら、なおさらじゃ。料簡《りょうけん》せい」

一瞬躊躇い、兵衛は肯《うべな》った。

「分かった。こやつが儚《はかな》くもそうなった時は、諦《あきら》めよう」

才蔵はその返答に、少し慌《あわ》てた。

「では、それで良いな」老人は念を押した。「この小僧の命、今よりわしが預かった。来年の四月まで、生かすも殺すもわしの勝手とさせい。また、死んでも銭はもらう」

才蔵はますます慌てる。

「それで結構」

兵衛が了承するなり、老人は才蔵に向き直った。

「よし。小僧、まずは口を開けよ」

「は？」

「よいから、大きく口を開けよ」老人は繰り返す。「見たところ顎《あご》の線が狂っておる」

不承々々《ふしようぶしよう》ながら、言われた通りにした。

途端、老人の両手が視界いっぱいに迫ってくる。才蔵の上顎と下顎を摑《つか》み、これ以上は無理というところまで抉《こ》じ開けてくる。顎の付け根が痛い。

あうぅ……。

才蔵は意味不明のうめき声を上げるしかない。見上げている先には、入道雲と青空しか見えない。

「ほうほう、思った通りじゃ」

顔の下半分から、老人のつぶやきが聞こえてきた。

「右奥に親知らずが生えてきておる」含み笑いと共に、さらに続ける。「道理で嚙《か》み合わせがずれとるわけじゃ」

直後、顎が楽になった。老人が両手を放したのだ。

と思うと、妙な道具を取り出してきた。鍛冶屋《かじや》が使う火鋏《ひばさみ》だ。炉で火入れし、真っ赤に焼けた刀身を摑むときに使う。火箸《ひばし》とも言う。

まさかと思う。横にいた兵衛もたじろいだ様子で、口を開いた。

「御老《ごろう》、何をするつもりじゃ」

「知れたこと」

老人は痴《し》れ痴《じ》れと笑った。次の瞬間には再び才蔵の顎を掴んだ。

「な、なにを……」

「開けよっ。口を」

一喝され、うっかりまた口を開けたのが不覚だった。あっという間に火鋏を口の奥に突っ込まれる。右の奥歯が強烈な勢いで左右に振られた直後、ぐいっ、と引っ張られた。

ごりっ――。

同時に、ぷちっと何かが音を立てた。中を伝う神経が切れ、奥歯が抜けた。

あうっ……。

一瞬の後、噴き出した血の味と共に凄まじい激痛が口内を襲った。才蔵は思わず喚《わめ》き声を上げ、両膝《ひざ》を突いた。痛みに耐えかね、真砂地の上を転げ回る。

痛い。もう、尋常な痛みではない。脳髄にまでがんがん響く。

「むごいのう、御老よ」

この所業にはさすがに、兵衛もつい怯《ひる》んだようだ。

「何を、眠たいことを言うておる」

老人は火鋏を投げ捨て、白い地べたの上で七転八倒している才蔵を、平然と見下ろす。

「よいか、才蔵とやら。敵が一人、あるいは二人や三人ならばよい。腕さえ立てばよい。じゃがの、数多《あまた》の敵にたった一人で打ち勝っていくには、技量だけでは足らぬ。そんな修羅場でも戦い抜けるようにしてくれと、この兵衛から頼まれた」

白い真砂地に、口から溢《あふ》れ出してくる真っ赤な血が、点々と染《し》みを作る。

「踏ん張りじゃ。歯の力じゃ。食い縛り続ける嚙み合わせが肝要じゃ。それがしっかりと合っていてこそ、今よりはるかに踏ん張りが効く。力も長く続く。これよりの修業も同様。じゃによって、稽古を始める前に抜いた」

言っている意味が分かるような、分からないような……それでもいきなりは、あまりにも無体ではないか。時が経つにつれ、痛みはさらに増してくる。

横に立っていた兵衛もしばし、そんな才蔵を気の毒げに見ていたが、

「御老、ちとよいか」

そう言って老人を湖の波打ち際まで誘う。

二人はぼそぼそと立ち話を始めた。

その間も奥歯の抜けた痕《あと》がどくん、どくん、と脈打つたびに痛む。痛みと情けなさに、つい涙がこぼれそうになる。

ややあって、

「なんじゃと」

と老人は大きな声で問い返した。

いや、と兵衛は頭を振る。「そこまでの覚悟でやってもらうなら、最後にはむしろ、これのほうがいい。性根を据えたかどうかも分かる」

そんな不気味な答え方をした。

「まあ……ぬしが言うなら、そうしよう」

老人が渋々ながらうなずくと、兵衛もうなずき返した。

「では、才蔵に挨拶をして帰る」

そう言い捨て、すたすたと才蔵の元にやってきた。

なおも痛みに耐えかね、砂地の上に四つん這いになっている才蔵の前に、しゃがみ込む。

「しっかりせい」

そう微笑みながら、才蔵の目を覗《のぞ》き込む。

「さすれば、わしは去る。来年、寒さが緩む頃に相見《あいまみ》えよう」

「……」

「達者でいよ」

何故かは分からない。才蔵は今度こそ本当に泣き出した。

二月生活を共にした中で、自分はいつの間にかこの男にすっかり懐《なつ》いてしまっている。そんな男が急に去ってしまうことがひどく寂しく、かつ、のっけからこのようなむごい仕打ちをする老人の元に一人置き去りにされる、その先行きの心細さに耐えられなかったのかもしれない。

兵衛はそんな才蔵の泣き顔を見て、苦笑した。

「馬鹿め。泣くやつがあるか」

言いながら、使い古した六尺棒を才蔵の前にそっと置く。

「そうそう。春までに、考えて答えを出しておけ」

「……何の、でござる」

「この世にはの、銭よりもさらに動くものがある」兵衛はにやりと笑った。「わしは、それをもってこの苦界に戦いを挑む。その答えを、修業中に見つけておけ」

3

唐崎の松から西は、のんびりとした水田が広がっている。

その一面の水田の中に、古い水車小屋がぽつりとあった。

周囲の水田への揚水、精米、穀類の粉挽《こなひ》きなどに使われ、どうやら老人は、この小屋で寝起きし、水車の管理を請け負うことにより、近隣の農民から日々の糧《かて》を得ているらしかった。

兵衛が去った翌日、老人は言った。

「よいか、才蔵。刀槍《とうそう》や薙刀など数多ある武器の中でも、その使い手によっては六尺棒こそ、最強の武器と心得よ」

そう、声高らかに言い放った。

才蔵はやや戸惑った。

確かに棒術で身を立てようと決心はしたが、さりとて六尺棒が最強の武器だとはついぞ思ったことがない。子供の頃からごく身近に使っていたので、自《おの》ずとその扱いに長じたに過ぎない。

なおも才蔵が薄ぼんやりとしていると、

「哀れな奴じゃ」老人は呆れた。「突く、打つ、払う……しかもそれが常に手の内で自在になる。己《おのれ》がたまたま馴染んだ棒が、武器として最も有用なものであったという、この幸せが分からぬか」

と恩を着せるように迫ってくる。

ですが、と仕方なしに才蔵は応《こた》えた。「刀はともかくも、長さでは槍《やり》に分があるのではございませぬか」

すると老人は、納屋《なや》の奥からおもむろに一本の錆槍《さびやり》を取り出してきた。二間（約三・六メートル）柄の槍だ……ようは、六尺棒の倍の長さがある。

「これで打ちかかってこい。ぬしの棒は、わしが使う」

これは、と才蔵は密《ひそ》かに思った。これはむしろ、いい機会だ。願ったり叶《かな》ったりである。

疑っているわけではないが、そもそも昨日から不思議だったのだ。

兵衛や道賢には、その所作を垣間見《かいまみ》ただけでも、濃厚に伝わってくる威《い》があった。立ち居振舞いからもじわじわと気圧《けお》されるものを感じる。つまりは、それほどまでに強い。

が、老人にはそういった圧迫感は皆無だった。吹けば飛ぶような痩軀《そうく》で、しかも、昨日からさりげなく見ていると、時おりその足取りも若干おぼつかない。

むろん、あの兵衛が言うくらいだから、老人は確かに棒の手の達人ではあるのだろう。しかし二人の立ち合いは、いったい何年前のことなのか……今でもその時と同じく、化け物のように手強《てごわ》いのか。見るからによぼよぼではないか。

庭先で、二人は対峙《たいじ》した。

あろうことか老人は、才蔵と二間ほどの距離を置いて立った。

ちょうどその長さの槍を持つ才蔵にとっては、まさしく恰好《かっこう》の間合いと言っていい。少しでも槍を伸ばせばすぐに老人を突くことができる。一方で相手の棒は、どうあがいても才蔵の体には届かない。

これではまるで、自分を殺せと言っているに等しいではないか。

さすがに才蔵は躊躇った。

「どうした」

老人はのんびりと口を開く。

「早《はよ》う、打ちかかってこい」

「し、しかし……」

言いかけて才蔵は言葉を失う。相手は棒を杖のように地面に突いたまま、まだ構えてもいないではないか。

「この阿呆が」老人は顔をしかめた。「遠慮は無用じゃ。ぬしのような半端者《はんぱもの》に討たれるわしと思うか」

言われてつい、槍を突き出した。その穂先が相手の胸に吸い込まれる——。と感じた直後、老人は片手に持った棒を、すい、と斜めに動かした。穂先が棒に当たり、軌道が逸《そ》れる。槍は、老人の脇《わき》を虚《むな》しく抜けていく。

六尺棒の下部は、地面に接したままだ。ただ棒を斜めにしただけだ……それでも躱《かわ》された。

もう一度、今度は少し本気になって突く。

老人はまた、棒を斜めに動かすだけで槍の軌道を逸らす。棒は相変わらず地面から離れない。

……ややむきになった。

二度、三度と続けざまに槍を突いた。突く場所もその度に変えた。頭、腹、太腿《ふともも》。が、いずれも老人は棒を左右に揺らすだけで、ひょい、ひょい、と無造作に穂先をあしらう。依然として棒の先は地面に接している。しかもまだ片手しか使っていない。

思わず我が目を疑う。信じられない。

何故か、むっとしてきた。

槍を構えたまま、一歩踏み込む。今度は完全に本気だ。全身に力が漲《みなぎ》ってくる。胴を突き、頭を打ち、足を払おうと、激しく槍を繰り出していく。加えて攻撃の範囲も広げる。肩、脛《すね》、腕。右から左、上から下へ……。

ようやく老人は両手で六尺棒を摑んだ。才蔵の間断ない攻撃を、いかにもつまらなそうな顔つきで躱し続ける。

馬鹿にしている。完全に舐《な》められている——。

才蔵は躍起になり、己の限界まで動きを早めた。が、老人は二間の距離から一歩も動かずに、打ち込みを躱し続ける。

必死になって攻撃を仕掛けながらも、才蔵は一瞬、その相手の動きに見惚《みと》れてしまう。

柔らかい。その動作。すべてに無駄がなく、流れるように繫《つな》がっている。春風に吹かれる柳の枝のように、さらりさらりと槍先を受け流していく。

いつしか息が上がり始めていた。両腕も石臼《いしうす》のように重くなってくる。ここまで長く立ち合うのは初めてでもあった。背中を汗が伝うのが分かる。

一方で、老人は相変わらずの風情《ふぜい》だ。自らはいっさい攻撃を仕掛けず、淡々と防御に徹している。才蔵のほうがはるかに疲弊している。

なおも槍を繰り出しながら、先ほどから感じていることがもう一つある。

――変だ。

この妙な感覚はなんだ。何かが、奇妙に感じられる。

手首と掌《てのひら》に強い違和感を覚える。打ち込んだ直後、束《つか》の間《ま》だが腰も微妙に泳ぐ。渾《こん》身《しん》の力を込めているのに、何故かその力がわずかの差で逃げていく。

その誤差の感覚が、常につきまとう。何かが、ずれている。だから余計に腰が疲れてくる。

ふとある事実に思い当たり、愕然《がくぜん》とする。

これだけ激しく打ち込んでいるのに、槍先が棒に当たった衝撃が、一度も掌に伝わってこない……。

ようやく気づいた。

老人は槍が当たる瞬間、その勢いを六尺棒でやんわりと殺している。

だから一瞬、自分が考えていた力の落としどころが、微妙にずれる。結果、じわじわと腰に来る――。

鳥肌が立つ。まるで神業《かみわざ》だ。才蔵の動きを、その切所を、完全に見切っている。兵衛の言葉を思い出す。

——およそ化け物じみた強さだ。わしごときでは、到底歯が立たん。

確かに誇張ではない。事実その通りだ。

才蔵は必死だった。腕がちぎれ、骨も砕けよとばかりに槍を繰り出す。ますます汗が噴き出る。

やがて、

「もう、よかろう」老人はさも退屈したように口を開いた。「おぬしの念仏踊りなど、これ以上見たところで時間の無駄じゃ」

それでも才蔵は無言で槍を繰り出し続けた。半ば依怙地《いこじ》になっていた。

……物心がついた頃から、ずっと棒の手の鍛錬を自分なりに積んできた。そして棒も槍も、扱いの基本は変わらない。だから、槍を手にしても、才蔵はそれなりの技量で扱えているはずなのだ。

なのに、だ。実際には一度も攻撃を受けていないのに、自分はもうこの様《ざま》だ。五十ほども歳《とし》が開いた老人相手に、技量、気力、体力、そのすべてにおいて負けている。ひと突きも出来ずにいる。

くそぅ――。

ここでせめて一矢《いっし》報いなければ、自分がこれまで鍛え育《はぐく》んできたものが、その根幹から崩れていくような気がしていた。

老人は頭上から襲ってきた槍をまたやんわりと受けると、

「もう止せと言うに。聞きわけの悪い奴じゃな」

そう、うんざりとした口調でつぶやいた。

直後、どこをどう動いたのか、いとも容易《たやす》く才蔵との間合いを詰めてきた。滑るようにして目前まで迫る。気づけば槍の内に老人は入っていた。

この間合いだとかえって槍の長さが仇《あだ》になる。持て余す。なす術《すべ》がない。手の内で使えない。

老人は才蔵の目の前で、にっと笑った。

「な、じゃから最強だと言うたろ」

六尺棒が、ということだろう。

言い捨てるや、すっと棒を出してきた。激しくはない。だが異様に迅《はや》い。避け切れない。

とん、と才蔵は右脛を軽く突かれた。

それでも――、
ぎゃっ。

才蔵は飛び上がった。

痛い。強烈に痛い。どこをどんな要領で突けばこうなるのかは分からないが、まるで雷を受けたかの如き痺《しび》れるような痛みが全身を駆け巡る。思わず槍を手放し、右脛を押さえたまま地面を転げ回った。

「ようもまあ、つくづく地べたが好きな奴じゃ」

老人は心底呆れたように言う。

「言っておくがの、兵衛は負けても、そのような無様な恰好は見せなんだぞ」

「蓮田どのとわしとでは、腕も人間の出来も違うっ」痛みに悶《もだ》えながら、悔しまぎれに叫ぶ。「それを承知で、言われておられるのかっ」

「そう。人間の出来は確かに違う」老人は静かに言う。「が、わしに言わせれば腕は五十歩百歩じゃ。人品、あるいはその性根の違いよ」

「……御老は」

そこまで言いかけて、あとは自分でも何が言いたいのかよく分からなくなる。

「じゃから、その呼び方はよせと言うておろうが」老人は顔をしかめる。「爺《じじ》ぃ呼ばわりは、わしに勝ってからにせい。特に、おまえはじゃ」

「しかし、名を存じあげませぬゆえ……」

「わしの名など、なんでもよかろう」

「では、なんとお呼びすればよいのでござる」

「師匠と呼べ」老人は傲然《ごうぜん》と命じた。「わしは教える。おぬしは学ぶ。その間は師匠じゃ。当然じゃ」

「……」

「ただし、そのあとは知らん。爺ぃとでも、死に損ないとでも、なんとでも呼べ」

その付け足しの、蹴飛《けと》ばすような言い方に、危うく笑い出しそうになったが、直後に思い直す。自ずと口元が引き締まる。

――その通りだ。

そして、言われて初めて自分の不遜《ふそん》さに気づく。いくら達人と聞かされていたとはいえ、その老いた外見から相手を軽く見ていたのだ。さらには、棒の手という技術も甘く見ていた。

才蔵は己《おのれ》を愧《は》じた。

おれは生まれたときから、物事を疑うことに淫《いん》している……。様々な人と出会い、いろんなことを見知っても、まずは疑ってかかる。

一方では、世間も人も信用できぬこのような時代にあっては、仕方のないことではないかとも感じる。

ほとんどの人間は欲得尽くでしか動かない。人は人を利用し、食い物にする。他人の頭を押さえつけてでも、自分だけが浮かび上がろうと躍起になる。また、世知辛い当世ではそれも仕方がないことだと諦めてもいる。

が、郷里の禅寺の和尚《おしよう》から聞いた話をふと思い出した。

その昔、親鸞《しんらん》という僧侶《そうりよ》がいたそうだ。

昨今、畿内でも信徒を急激に増やしている一向宗の開祖だという。

「善人、なおもて往生をとぐ。いわんや悪人をや」と説いた男らしい。

が、この僧侶の生きている頃はさして流行りもせず、当人にもその気はなく、死ぬまで貧乏暮らしであった。

ある日、彼を慕う者が親鸞に尋ねた。

死ねば、本当にお浄土という世界に行けるものでござりまするか。

観念としてではない。現実の問題として聞かれたのだ。

親鸞はしばらく無言だったが、やがてこう答えた。

……実は、わしにもよく分からぬ。まだ死んだことがないのだから、と。

ただ、と付け足した。

わしの師である法然上人《ほうねんしょうにん》は、そう言っておられた。立派なお方であった。あのお方が仰《おっしゃ》るからには、おそらくはそうじゃろうと、わしも思うておる、と。

「な、よい話であろう」と禅寺の和尚は笑った。「わしも、お浄土については分からぬ。宗派が違うし、興味もない。が、さりとて否定もせぬ」

しかし、その時の才蔵は納得出来ず、その浄土という世界の有無にこだわった。あるのか、それとも存在しないのか。

「どうでもいいことじゃ」

和尚は、いかにも気楽そうに答えた。

「親鸞はの、今際《いまわ》にこう言い残したそうだ。『親鸞は弟子一人も持たず候《そうろう》』とな。そこまでの男が唱えた説法だ。信じる者は信じればよい。わしごときが、わざわざ疑ってかかることでもなかろう」

「ですが――」

そう言いかけた才蔵に、和尚は小うるさそうに片手を振った。

つくづく馬鹿じゃの、おぬしは、と。

「そんなことじゃから、依怙地な性格がいつまで経っても直らぬのだ。挙句、親子ともども村の衆から疎《うと》まれる。百姓の子に生まれたか、落ちぶれ果てた牢人《ろうにん》の子に生まれたかの違いではない。ぬし自身の問題じゃ」

「……」

「よいか。多くの人の不幸の一つはの、今は分からぬことにまで、ろくに考えもせずすぐに白黒を付けたがることにある。性急に敵か味方かを見分けたがる。所詮《しょせん》は下司《げす》の勘繰り、損得勘定よ。じゃがの、世の中にはすぐに答えの出ぬこともある。時に非でもあり、時に是でもあることがある。是非を超越したものもある。それは、状況によって賽《さい》の目のように変わることもあるし、立場によっても変わる。死ぬまで答えが分からぬこともある」

ひと息ついて、さらに言葉を続けた。

「が、悲しいことに、人は存外その不安に耐えられぬ。揺れ動く自分の半端な立場に我慢ができぬ。自分でじっくりと考え、事象をゆっくりと煮詰めて判断をせぬ。その孤独で苦痛な作業に音《ね》を上げ、たちまちしびれを切らす。是か非かの、安易な答えを示してくれる者に、群れを成して一斉に縋《すが》ろうとする。また、そういう者どもに限って、自分の是と異なるものに非を鳴らす。挙句、無知と傲慢の石牢に入る。今のぬしがそうじゃ。大馬鹿《おおばか》じゃ」

　才蔵は聞いた。

「……馬鹿なのですか、私は」

「馬鹿ではない、大馬鹿だ」和尚は答えた。「分からぬことは分からぬこととして、当座は受け入れておく。時が経てば分かることもあるし、死ぬまで分からぬこともある。だから、そんなものは文箱《ふばこ》にでもそっと仕舞っておく。留保する勇気じゃ。文箱の中の存在を、分からぬままに受け入れ、尊重する。ぬしにはその気構えが欠けておる」

「……」

「謙虚であれ」和尚は言った。「未熟な自分を受け入れ、人に盲従することなく、信じよ。間合いを測りつつも、相手を敬え」

　そこまでを思い出し、ふむ、と感じた。

　才蔵は、地面の上にゆっくりと正座した。気恥ずかしさを押し殺し、地べたに両手を突いた。深々と頭を下げる。

「ではお師匠、本日より、よろしくお願い申し上げまする」

「うむ」

師匠はあっさりとうなずいた。

才蔵は裾《すそ》を払いながら立ち上がった。

「あの……お師匠」

「なんじゃ」

「お師匠は何ゆえ、わしの棒を常にやんわりと受けていたのでござるか」

師匠は不意に顔をしかめた。

「ぬしはの、いつも渾身の力を込めて打ってきた。そんなものを、何度もまともに受けてみろ」

……意味が分からない。すると師匠はいかにも仕方なさそうに苦笑した。

「分からぬか。年寄りの骨はもろい。関節も痛みやすい。怪我《けが》でもすると面倒じゃ。じゃによって、勢いを殺しつつ受けた」

「はあ……」

「別にぬしを疲れさせるためではない。そういう戦い方もあるがの……まあ、ぬしはそこまでの腕にならずともよい。また、十月のわずかな稽古では、なれもせぬ」

ですが、と才蔵は疑問に思って聞いた。「もし、そこまでの技量を持った相手と対峙した場合は、どうすればよいのでござります」

するといと師匠はきっぱりと断言した。

「あり得ぬ。そこまでの技量に達した者は、殺し合いの場になど出て来ぬ。他人と優劣を競い合うことにも興味はない。むろん戦場にも出ぬ。かえって嫌がる」

「……」

「じゃから、今このような場を除き、ぬしが出会うことはない」

では何のために老人は――おそらくは血の滲《にじ》むような修業を経て――ここまでの腕になったのか。危うく死にかけたことも、幾度もあっただろう……。

だが、その言葉は呑《の》み込んだ。

あの和尚も言っていた。

分からぬことは分からぬこととして、当座は受け入れておく。

自分自身、その腕にもなっていないのに、気楽に尋ねるのは不躾《ぶしつけ》のような気がした。

4

水車小屋の脇に、羽根車を回す小川が流れている。

幅こそ二間ほどの水路だが、瀬は存外に深い。さらには六月ということもあり、土手のすぐ下まで水が満ち満ちている。

才蔵は水路に浮かんだ小さな川舟の上に立っている。師匠から、そうしろと命じられた。

川舟は、船尾から伸びた艫綱《ともづな》によって、堤の杭《くい》に係留されている。

ゆらゆらと揺れる船底に両足を踏ん張り、六尺棒を構えたまま、目の前でゆっくりと回り続ける水車を見据えている。水を汲《く》み上げる羽根板が、上から下へ間断なく回り続けている。

こうやって水車の前で棒を構えるようになって、もう三日になる。

難しい、と思う。異常に難しい。

回り続けるすべての羽根板の縁《へり》に、五寸釘《くぎ》が半ばほどまで打ち込まれている。その位置はまるで出鱈目《でたらめ》だ。右隅かと思えば、次は左隅に、あるいは真ん中に、さらにはやや右寄りだったり、あるいは左寄りだったりする。

五寸釘の頭を突いて、そのすべてを根元まで羽根板の中に打ち込めと命じられた。

「未熟なおぬしには、まずもってこの稽古《けいこ》じゃ。なにせ水車も釘も襲っては来ぬ。攻撃に徹するだけでよい。いと容易《やす》きことじゃ」

「容易きこと……で、ございますか」

そうじゃ、と師匠は当然のように言ってのけた。

「秋風が朝夕に立つ頃には、半刻《はんとき》ですべての釘を打ち込めるようになれ」

ということは、早ければ八月の初旬、遅くとも半ばまでには、ということであろう。まだ一ヶ月半から二ヶ月はある。

最初にそれを聞いたとき、気の長い話だ、と思った。いくら難しくとも、それぐらいまでにはできるようになるだろう――。

だが、半刻どころかこうして三日経った今でも、釘の一つとして完全に打ち込めていない自分がいる、……情けない。やはり、相当に難しい。

無理もない。回り続ける羽根板の釘を打ち込むためには、六尺棒の一突きが、釘の頭に垂直に当たらなくてはならない。つまり、構えている棒と同じ高さにきた刹那《せつな》を狙《ねら》って、突くしかない。

が、釘は同じ高さに留まっているのではない。常に上から下へ移動し続けている。同じ高さに来た瞬時を狙って突くのは、至難の業《わざ》だ。

さらには足場の問題もある。立っているだけでも、川舟はゆらゆらと揺れ続けている。構えている六尺棒の先も、微妙に揺れ続けている。同じ高さに来た瞬間を狙って素早く六尺棒を繰り出すも、直後には踏ん張った両足の反動で、さらに小舟は大きく揺れる。体勢も大崩れに崩れる。結果、棒先は狙った釘の頭から大きく外れる。

がつん、
と情けない音を立てて、羽根板の縁を虚しく叩くのみだ。

たまにはまぐれで当たることもある。狙った釘とはまったく違う釘の頭に、棒先が当たる。ほんの少し、その釘が羽根板の中に埋まる。

けれど、才蔵は苛立《いらだ》つ。狙って突けなければ何の意味もないのだ。三日経っても、狙って打ち込めた釘は一本もない。

こんなことでは三年かかっても、半刻ですべての釘を打ち込める腕にはなれまいと、絶望的な気持ちになる。しかもこの稽古でさえ、老人の口調から察するに、ほんの手始めに過ぎないようだ。先々の修業が思いやられる。その困難さや過酷さを想像するだに、気が遠くなりそうになる……。

時折り、師匠が脱穀作業を中断して水車小屋から出てくる。

一日目は、水車と才蔵を見ただけで、何も言わなかった。

二日目もそうだった。黙って小屋から出てきて、しばらく才蔵の動きを眺め、無言のまま小屋に戻った。

しかし、今日の午後は違った。

のそのそと小屋から這《は》い出てきて、水車を一瞥もせず、口を開いた。

「才蔵よ、ぬしは意外に鈍《どん》じゃのう」そう、溜息《ためいき》まじりにつぶやく。「この三日間、狙いを定めた打ち込みは、一度も出来ておらぬではないか」

才蔵はひと言もない。確かにその通りだ。情けない……。

しかし、修業の様子をろくに見もせずに、何故《なにゆえ》それが分かるのか。

その意味のことを聞くと、

「小屋の中にいても、音で分かるわい」師匠は笑った。「狙いを定めて釘を打ち込んだ時は、こーん、と乾いた音が響く」

「……」

「この調子では、水車の稽古だけで年を越してしまうわ。兵衛との約定も反故《ほご》になる」

つい縋るように聞いた。

「どうすれば、狙って打てるようになるのでございますか」

「わしに聞くな」師匠は素っ気ない。「気安く聞く前に、自分で考えろ」

聞いておいて自分にうんざりする。

兵衛や道賢にも、同じようなことを何度諭されたことか……。

「何故ぬしに、この稽古をさせているか分かるか」

束の間考えて、才蔵は答えた。

「足腰を鍛えつつ、的を突くため」

師匠は溜息をついた。

「このたわけが。それだけなら、他にやりようはいくらでもあるわい」

「……はあ」

「おぬしはもう、足腰はそれなりに出来ておる。今さらわしが鍛えるまでもない。あとは技量の問題じゃ」

「そうでございまするか」

「三つある」老人は言った。「この稽古の要諦《ようてい》は、三つじゃ。狙って打つやり方は教えぬが、それは教えてやる。要諦を知れば、阿呆でも多少の手がかりにはなろう」

「あっ、ありがとうございまする」

才蔵は思わず頭を下げた。たわけ、阿呆呼ばわりされても、不思議と腹は立たない。まったくもって、その通りだからだ。

師匠はまず、回り続ける水車に顎をしゃくった。

「よいか。釘は上から下へと落ちてくる。それを順次、斬《き》り下ろされる刀槍の刃《やいば》と見立てよ。その動きを見よ。構えた棒の高さに来る直前、間合いを読んで突きを繰り出す。動く敵の一瞬の打点を捉《とら》え、その勘所を養う。いわば、見切りの稽古じゃな」

「……はい」

「二つ目じゃ。乱戦の時、敵は周りにいくらでもいる。いつも思い通りの体勢で棒を繰り出せるとは限らん。むしろ周囲から絶えず攻撃され、それを避けながら、棒を使わざるを得ぬ場合が多い。つまり姿勢を崩しながらも、いかに的確に相手を突けるか。これはその稽古じゃ」

淡々と師匠は続ける。

「そして三つ目。ぬしは常に全力をもって棒を突くことしか考えておらぬ。じゃがの、その力みがかえって体勢を崩し、棒先の打点を乱しておる。体のあちらこちらから、無駄な力が別々の方向に流れ出しておる。挙句、小舟が大揺れに揺れ、体勢を保つのに精一杯で、棒を繰り出すどころではなくなっている。さらには攻撃の兆《きざ》しも大きくなる。ぬしが次にどう出てくるかは、手練《てだれ》なら、すぐにそれと察知できる」

「ははぁ……」

「ほどよい加減に、腕や肩、腰の力を抜く。百ある力を八十から六十くらいにまで抑え、敢《あ》えて残りの力は溜めておく。ただし、棒を繰り出す速さは常に百じゃ。速さと力は違う。ここを心得よ。その力でも棒先に自らの重みを載せ、的確に突けば、敵は倒れる。さらには次の攻撃に、余力を持って臨める。長引く戦闘にも疲れが溜《たま》りにくくなる」

とても分かりやすい。その指摘は具体的で、しかも実戦を想定している。

「よいか。その日の川の水嵩《みずかさ》や、風向き、水車の回る速さに合わせ、今日は八十、明日は六十五、明後日《あさって》は七十五と、加減して力を使う。常に力いっぱい打ち込むより、よほど難しい。ぬしが今までやってこなかったことでもある」

そこまでを一気に言い切り、急に顔をしかめた。

「わしも迂闊《うかつ》じゃ。つい舌が滑って、答えを半ば言うてしもうたわい」

いいえ、と才蔵は苦笑した。

「ご伝授、かたじけのうござりまする」

師匠はうなずいた。

「以上じゃ。では稽古に励め」

そう言い捨て、小屋に戻った。

5

それから五日が経った。

才蔵は相変わらず川舟に立ち、水車に向き合っている。

まずは見切り……今までは、次々と現れては消える釘の動きに惑わされ、なかなかその中の一つに集中できなかった。つまりは標的が散漫になっていた。

だが、どれだけ多くの敵に囲まれたところで、最初は誰か一人に目をつけて倒すしかないのだ。それから、初めて次の相手へと向かうことが出来る……。

降りてくる一つの釘だけに的を絞り、打つ。

やはり足元が揺れ、しくじる……。

船底がしばらく揺れ続ける。が、以前ほどではない。

答えはもう、半ば与えられているのだ。

老人は言った。力が分散している。力を加減するのだ、と。

だからこの五日間、ずっと六分ほどの力で突き続けている。

けれど、それだけではあるまいと感じる。

師匠が言わなかったもう半分の答えは、自分で探さなくてはならない。

揺れが収まるのも待たず、次の釘に焦点を絞る。動かなくても川の流れで川舟は揺れ続ける。足場は初めから悪くて当たり前なのだ。問題は棒を繰り出した時、どうすれば少しでも揺れを小さく押えられるかということだろう。

ゆらゆらと揺れる足場に逆らわず身を委《ゆだ》ね、腕の力を若干抜きつつも素早く棒を繰り出す。この迅さでなければ、動く釘を羽根板に打ち込むことなど、とうてい出来はしない。

また外した。

多少いらつき、すぐに気を取り直す。

同じ外すにしても、棒の突く位置は、この五日の間に狙った釘の周辺に少しずつ集まってきている。ちょっとは進歩している。

六日、七日と、稽古を続ける。

棒先がじわじわと、目当ての釘に近づいていく。

棒を突き出した直後の船底の揺れを、なんとかもう少し押えられぬものか――。それが出来れば、今よりも短い間隔で連続して棒を繰り出すことが出来るのに。

「……」

才蔵はふと棒を動かす手を緩めた。

何故、今まで気づかなかったのだろう。理屈としては簡単だ。あまりにも簡単すぎて、笑ってしまう。

師匠は言った。

いわば、見切りの稽古じゃな、と……。

だが、師匠が言わなかったことがもう半分ある。その言葉の裏には、もう一つ隠された意味がある。

見切り――。

それは、おそらく落ちてくる釘の動きのみを指しているのではない。

釘の頭を外した時、棒先は当然のように羽根板にぶつかる。あるいは、次の羽根板に当たる。その衝撃が棒を通じて、才蔵の体に伝わる。棒を繰り出す動作に、反動や振動までが重なり、体勢が大きく崩れる。そして川舟の揺れもより大きくなる。

つまり、外しても棒先が羽根板に当たらなければよい。まさに単純極まりない。が、そのためには、板先から出ている釘の長さ——二、三寸ほどを正確に見極めなければならない。同時に、羽根板までの間合いを測って、ぴたりと棒を止める技量も必要となる。

確かに理屈は簡単だが、絶えず前後左右に揺れ動く足場を考えれば、二、三寸のわずかな見切りは、その時々の状況によって大きく変化する。その都度、手元から繰り出す長さを見極めなければならない……やはり相当に難しい。

以前よりもっと慎重に、だが素早く棒を繰り出す。

外す。またしても羽根板に当たる。長く出しすぎだ。

思わず舌打ちする。もう一度繰り出す。また外す。今度は逆に、釘の頭に届きもしない。長さが足りなかった。

数日、その動きを繰り返した。

やがて、外しても羽根板を叩く回数は格段に減ってきた。そしてその分、思っていた通りに、川舟の揺れは小さくなった。棒を繰り出す間隔も、以前に比べて明らかに短くなった。

けれど、相変わらず釘には全然当たらない。

ふと手を止め、疑問に思う。

このやり方は、違うのだろうか……。

しかし今は、これしか考えつかない。それに狙って突けなければ、まぐれ当たりなど何の意味もないのだ。

老人が、久しぶりに姿を見せた。

この十日ほど、日中は小屋に籠《こも》りきりで、才蔵の稽古を一度も見ることはなかった。

才蔵よ、とのんびりとした口調で話しかけてくる。「ぬしゃあ、多少はましになったの」

「は？」

「音じゃ」老人は笑った。「音で分かる。間抜けな音がせんようになった。代わりに、艫の音が頻繁に聞こえる」

間抜けな音とは、棒が羽根板を叩く音のことだろう。そして艫の音は、才蔵が棒を繰り出すたびに船尾が軋《きし》む音だ。

やはり、やり方は間違っていなかったのだ。

と同時に、変わらず情けなくもある。

「しかし、全然当たりませぬ」

「そりゃそうじゃ」老人はまた気楽に答える。「その程度で当たるようなら、誰も苦労はせぬ。稽古とも言わぬ」

その程度とは、才蔵の腕のことを言っているのだろう。

ところでの、と老人は言った。

「今日から数日留守にする。食い物は納屋にある。飯は自分で作れ」

「どちらへ」

「ぬしは知らんでもいい」


さらに、十日ほどが経った。

棒先は、羽根板にはほぼ当たらなくなった。かと言って、釘に届いていないわけでもない。前後の見切りは出来ている。あとは、落ちてくる羽根板の上下の動きの見切りだ。これは相変わらず難しい。なにしろ的は動いているのだ。

それでも五十回に一度くらいは、前後と上下の見切りがぴたりと合う時がある。

狙った釘の頭を、

こーん、
と気持ちのいい音を立てて打ち込めるようになった。

が、五十回のうちの四十九回は、絶えず揺れる足場のせいで、棒先にわずかな狂いが生じ、外してしまう。

まだだ……。まだ、全然駄目だと思う。

才蔵は焦《あせ》る。

秋風が朝夕に立つ頃には、と老人は言った。稽古を始めてからすでに二十日以上経っている。今は七月も上旬だ。あと一ヶ月くらいしか時間はない。

前後の見切りは出来ているが、狙って当てるには、今まで以上に足場を安定させなくてはならない。しかし、これ以上どうすれば、足場を安定させられるのか。

しばし考え込む。

おそらくだが、自分には出来ていないことが、まだあるのだ。

最初に老人に言われた言葉を、反芻《はんすう》してみる。ややあって、引っ掛かるところがあった。たしか、こんなことを言っていた。

――力みが体勢を崩し、無駄な力が別々の方向に流れ出る。

今は六分の力で、力みは取れているから、その分、揺れも減っている。

が、減ってはいるものの、まだ微妙に無駄な力が足元から流れ出ているのだ。それが川舟を揺らす。

師匠は口にしなかったが、おそらく川舟が揺れる理由は、無駄な力みだけではない。この言葉にも裏がある。言わなかった意味を含んでいる。なにか他に、もっと揺れを抑えるやり方があるはずだ。

「……」

考えに考えた末、出した答えはあまりにも平凡なものだった。

たぶん、足の構えだ。左右の足の踏ん張り方だ。そしてその位置取りだ。

棒を突く瞬間、足の力が前後あるいは、右左のどちらかに偏《かたよ》っている。だからその力の差で川舟まで動く。

両足の力が等分にかかり、かつ一本の線となって繋がればよい。そうすれば川舟は一瞬遅れて後ろに動くだけで、横には揺れないはずだ。さらには棒を繰り出す力もぶれることなく、前へ前へと一直線になるはずだ。

しかし理屈ではそうだが、果たしてそんな業が出来るのか。

……まあ、やってみることだ。

右足と左足の踏ん張る力を微妙に調整しつつ、足場を変えて何度か棒を繰り出してみる。

両足の幅を、やや狭めてみた。

棒を突く。むしろ揺れが大きくなった。

今度は逆に、両足の幅を心持ち広く取る。棒を繰り出す。

またしても同じくらい揺れる。

くそ……。

按配《あんばい》だ。広すぎても狭すぎても駄目だ。おそらく、ちょうど良い按配の足の置き場があるはずだ。

今度は、これに熱中し始めた。

両足の幅と前後の開きも勘案して、様々に立ち方を変えてみる。両足の横と縦の間隔。たったこれだけの組み合わせで、足の置き場は何十通り、いや、微妙な按配も含めれば何百通りもあるだろう。

五日ほど飽くこともなく試行錯誤を繰り返す。

そうやって両足の置き場を散々に試しているうちに、とある位置で左右を踏ん張ると、棒を繰り出しても、さほど棒先が揺れないことに気づいた。川舟もその反動で、一瞬遅れてほぼ真後ろに進む。

その足場を維持したまま、棒を繰り出し続ける。やはり棒先が乱れない。川舟の揺れもほとんどない。

うん。久しぶりに笑みがこぼれた。

つまり、自分の動きが一本の線で結ばれつつある。力が横や斜めに逃げない。縦にしか掛からない。固い地表の上なら、もっと踏ん張れるはずだ。棒は、さらに一直線に伸びていくだろう。棒先の一点に、すべての力が無駄なく集約される。

棒でモノを突く際、たぶんこの体勢が最も望ましい両足の置き場所なのだ。足場の感覚を体に叩《たた》き込み、六尺棒を繰り出し続ける。

さらに三日、四日、五日と過ぎていった。

いつのまにか七月も過ぎようとしている。

しかし才蔵の焦る気持ちは、むしろ減っている。

こーん。

まだ空に残る入道雲に、乾いたいい音が響く。

こーん。

じわじわと、だが確実に、狙った釘の頭を叩く回数が多くなってきている。見渡す限りの青々とした水田の景色の中に、釘の埋まっていく音が響き渡る。自分の上達が、目の前の事実として感じられるようになってきている。

この頃になると、老人はしばしば水車小屋から出てきて、才蔵の様子を見守るようになった。が、口は開かない。

6

八月に入った。

狙った釘を十回に一度は打ち込めるようになり、ついに数日後の昼過ぎ、釘のひとつを完全に羽根板の根元まで打ち込んだ。

こっ。

と、短い音が周囲に響いた。

思わず畦道《あぜみち》に立つ老人を振り返る。

「何を見ておる」老人は無表情で言った。「よいから続けよ。日暮れまでに、すべての釘を打ち込め」

「え？」

てっきり褒められると期待していた才蔵は、予想外の要求に、つい間の抜けた声を上げた。

「ここまでくれば、あとは早い」

「……」

「この水車にはの、三十枚の羽根板が付いておる。残りの釘も半ば埋まってきておる。日暮れまでに百回は当たるじゃろ。それぞれ三回も突けば、すべてが埋まる」

あ――。

確かにそうだ。才蔵は改めて新鮮な驚きを覚える。

今の自分の腕ならば、確かに千回ほど突けば百回は当たる。当然、すべての釘が埋まる……。

日暮れまでには、あと二刻はある。千回突くとして、一刻で五百回、半刻なら、二百五十回突けばよい。さらに慣れるにしたがって、もっと短い間隔で打ち込めるようになるだろう。

それなら狙いを定める時間を入れても、確かに可能だ。

才蔵の胸が高鳴る。

ここ二ヶ月近くというもの、永遠に終わらぬような気がしていたこの稽古……その終わりまでの道程が、一気に現実味を帯びて見えてきた。

あとは、もう無我夢中だった。

急激に集中力が増し、水車の釘以外は目に入らなくなった。溜りに溜った鬱憤《うっぷん》と苦悩を晴らすかのように突きまくった。

この、この、このっ。

このぅ——。

結局は二刻どころか、陽が比叡《ひえい》山麓に接する前には、すべての釘を打ち込んでいた。

「ご苦労」

土手に座り込んでいた老人は言った。

「明日、新たに釘を打ちつける。日暮れまでにすべて埋め込め」


翌日になった。

才蔵に水車を止めさせながら、老人が釘を打ちつけていく。すべて打ちつけてから、ふたたび稽古が始まった。

体が突きの姿勢を覚えた。やはり十回に一回は当たっている。調子が良いときは十回に二回、当たることもあった。

この日は、すべての釘を埋め込むのに三刻足らずだった。朝から始め、夕暮れどころか、陽が西に傾く前には終わった。

が、まだだ。まだまだだと感じる。

老人は以前に言った。最終的には、半刻ですべての釘を打ち込めるようになれ、と。

もっと命中率を高める必要がある。

すべての釘を打ち込み終えるまで、釘を打った回数と、外した回数を数えていた。

釘の頭に当たった回数が、約百六十回。対して、外した回数が、おおよそ千百五十回だった。突いた総数は千三百十。頭の中でざっと計算する。

百回のうち約十二回が当たっている。さらに当たりの百六十回を、釘の三十本で割る。一本につき、五回と少々……。

やはり、打ちたての釘は、五回以上はその頭を突かなければ、完全には埋まらない。

ということは、半刻で二百五十回突くとして、そのうちの百六十回当てなくてはならない。

さらに計算する。百六十を二百五十で割る。六割強だ……十回突くうちの六回以上は当てないと、半刻ですべては打ち込めない。

これはもう、さらに技量を上げていくしかない。あるいは、今より突きの間隔をさらに短くし、回数を増すかだ。

次の日の朝、老人が羽根板に新たなる釘を打ちつけ、命じた。

「今日は昼までに、すべての釘を打ち込め。昼にいったん休み、それから陽が沈むまでに、もう一度すべての釘を埋め込むのだ」

才蔵は少し考える。

昼までは二刻しかない。昨日は三刻かかった。つまりは、当たる確率を五割増しにしないと間に合わない。あるいは突く回数を、今までより無理やり五割増しにするか。

そのことを老人に問いかけた。

すると、老人は目の隅で笑った。

「おぬしは、いったい何のためにこの稽古をやっておるのだ」

……そうだ。

今の修業は、動く相手をより的確に突くためのものだ。突く間隔を短くするためもあるが、それは主眼ではない。

稽古が始まった。

釘を狙って突きつつ、さらに姿勢について考える。

もしかすると、腰の落とし方も関係しているのかもしれない。腰の高さや、膝《ひざ》の曲げ方、あるいは足首の方向だ。棒を繰り出す線に対して、指先の向く方向……。

いろいろ試しているうちに、さらに当たるようになってくる。その度に、その微妙な感覚を体に覚え込ませていく。

一刻ほど過ぎた時には、十回に二回は確実に当たるようになってきた。

才蔵は次第に嬉《うれ》しくなってくる。この弾むような気持ちを、どうしても抑えることが出来ない。

当然だろう。遊び、仕事にかかわらず、およそ人としての愉悦のうちで、自分の腕や技量が上がっていることを実感できた時ほど、楽しいものはない。

この日もまた、気づけば夢中になって的を突いていた。

結果、二刻に満たぬ間に、すべての釘を埋め込んだ。

今回も当たりと外れを数えていた。当たりが百四十八回。対して外れが七百五十回ほど……百回で十六回は当たっている。

昼過ぎからの稽古では、終わりがさらに早まった。一刻半で、すべての釘を打ち終える。

当たりが百四十二回。外れが六百回弱……百回のうち二十回近く当たっている。五回に一回ほどは当たるようになった。

三日目、新たにまた釘を打ちつけながら、老人は言った。

「今日は、三回やる。今より夕暮れまでに三回じゃ」そしてこう続ける。「一度目は一刻半もかけず終われ。二度目は一刻に迫れ。三度目は、一刻を切ることを心がけよ」

と、この数日で急速に難度を上げてくる。朝夕に吹く風が、涼しくなり始めている。が、才蔵にはあまり不安はない。

三日前に老人は言った。ここまでくれば、あとは早い、と。

確かにその通りだと肌身で実感している。六月の半ばに始めた頃には、あんなに悩み梃子《てこ》摺《ず》っていたこの稽古を、早く始めたいとさえ思い始めていた。

川舟に乗り、釘に向かって棒を繰り出し始める。すぐに我を忘れて熱中した。

こーん。

こーん。

当たる。やればやるほど、面白いように当たる回数が増えていく。

一回目の終わりで、一刻半どころか、すでに一刻まで迫っていた。

当たりが百三十七回。外れが三百五十回。合計、約四百九十回。百回あたり、二十八回ほどが当たっている。

昼前から始めた二回目で、一刻を切った。当たりが百二十八回。外れが三百三十回。合計、約四百六十回。百回で、これまた二十八回ほどが当たった。

夕暮れまでの三回目は、半刻と四半刻で打ち終わった。当たりが百十六回。外れが三百弱。合計、約四百十回。

またた、と感じる……また百回で二十八回ほどだ。

この日は三回とも、不気味なほどに当たる確率が揃《そろ》っていた。当たる率が上がっていると勝手に感じていたが、違っていた。突いた合計数からすると、その実は上がっていない……。

他方、変化もある。

この三日間、すべてを埋め込むまでにかかった打数は、一昨日が百六十回だった。昨日の一度目が百四十八回で、二度目は百四十二回。さらには今日の一度目が百三十七回、二度目が百二十八回、三度目が百十六回だ。

何故だろう。

打ち込み終わるまでの回数は回を追うに従って明らかに少なくなっているのに、それでも釘は全部埋まっている……。

才蔵は疑問を抱いていたが、

「まずまず出来るようになったの」老人は気楽に笑う。「明日には半刻を切れるじゃろ」

しかし、才蔵はまだ不思議に感じていた。

すべて埋め込むまでの時間が減ってきているのは、全体の突く回数が減っているから当然だ。が、何故、当たりの回数まで減っていくのか……。減っているのに、どうして釘はすべて埋め込まれるのか。

そう問うと、老人は事もなげに答えた。

「練度の問題よ」

「れんど？」

鸚鵡《おうむ》返《がえ》しに聞き返すと、

「そうじゃ。棒先が釘に当たる時、より正確に、その芯《しん》を突けるようになってきている。初めは、一つの釘を五回以上は突かんと埋め込めなかったものが、今日の昼過ぎには四回ほどで、楽に埋め込んでいる。近いうちにそれが、三回ほどになる」

「ですが、当たるか外すかの割合は、特に今日になってからは、ぜんぜん変わりませぬ」

老人は、苦笑を浮かべた。

「それは、異なる練度の問題じゃ」

「……はあ？」

才蔵がしばし戸惑った顔をしていると、老人は顔をしかめた。

「稽古の途中で、わしはそこに触れたくはないわい」

「……」

「いかに手練と言われる使い手でも、所詮は人じゃ。人には限界がある」

「……言っておられる意味が、よく分かりませぬ」

老人は打ち切るように答えた。

「分かると、やる気が削《そ》がれる。いずれ教えてやる」

7

翌日、水車の羽根板は打ち込んだ釘で埋め尽されていた。

その釘の間に、ふたたび新たな釘を打ちつけながら、老人は命じた。

「昼までに三回。夕暮れまでに、さらに三回打ち込め」

「はい」

「すべて半刻でこなせたら、この稽古は終《しま》いじゃ」

そう、さらりと終わりを告げる。

いよいよ来た。

今日上手《うま》く行けば、次の稽古に進めるのだ。

一回目の打ち込みが始まった。

才蔵は休むことなく六尺棒を繰り出していく。もう一度思う。六回すべてを半刻内で打ち込めたら、今日で終わりだ。いやが上にも気合が入る。自《おの》ずと棒を出す間隔も次第に短くなっていく。

こーん。

こーん。

澄んだ音が晴れわたった空に響く。

半刻が過ぎようとした時には、すべて打ち込んでいた。

当たりが百二回。外れが二百五十回。合計、約三百五十回。百回で、二十九回ほどが当たりだ……。

二回目を始める。さらに自分の動きが滑らかになってくるのが分かる。

半刻ですべてを打ち込み終える。当たりが九十八回。外れが二百四十回。合計、約三百四十回。百回で、これまた二十九回ほどが当たった……。

三回目。動きにさらに切れが増す。半刻をわずかに切る。

当たりが九十五回。外れが二百三十回。合計、三百二十五回。百回のうち、当たりは二十九回。

まただ。また揃い始めている……。

昼すぎから四回目を始める。

ますます体の力みが抜けていく。再び半刻を切る。

当たりが九十三回。外れが二百二十五回。合計、三百十八回。またしても百回で、二十九回だ。

が、当たる割合がここまでぴたりと揃ってくると、やや薄気味悪ささえ感じる。

五回目。今度は明らかに半刻を切る。当たりが九十二回。外れが二百二十回。合計、三百十二回。……まただ。これも百回中、二十九回だ。

最後の稽古になった。同じく半刻を切る。当たり九十回。外れが二百十五回。合計、三百五回。

これまた百回中、二十九回か三十回……。

六回とも見事なまでに当たる割合が揃っている。自分では必死で当てようとしているのに、結果は変らない。さらに不気味さが際立つ。

よし、と土手に座っていた老人は、片膝を叩いて立ち上がった。

「水車の稽古は、今日で終わりじゃ。よくやった」

「はあ……」

達成感はあるものの、それでもどこか納得がいっていない才蔵は生返事をする。

そんな才蔵を見て、老人はうっすらと笑う。

「なんじゃ。昨日から今日と、以前のように当たる割合が伸びぬのが、そんなに不満か」

そうとも言えるし、そうでないとも言える。

百発百中を狙っても、当たる率が三割近くまできた途端、そこからぴたりと伸びなくなった。頭打ちもいいところだ。

「……と申しますか、ひどく不思議でございます」

「すべて当てようと必死になっておるのに、か」

「そうでございます」

すると老人はまた笑った。

「ある段階の壁にぶち当っているのじゃ。これを際《きわ》とも言う。伸びぬのが当然じゃ」

あ……。この言葉、際だ。

すかさず聞いた。

「蓮田どのも同じ言葉を仰《おつしや》っておられました。その際とはいったい、何でございますか」

ふん、と老人は鼻を鳴らした。

「ま、明日にも気が向けば、教えてやるわい」

そう、素っ気なく答えた。

8

翌朝、老人は才蔵を連れて、田んぼの中の畦道を西に歩いていた。

才蔵には、老人が今から何をしようとしているのか、皆目見当がつかない。

小屋の中で朝餉《あさげ》を終えると、

「才蔵よ、ぬしは今どれくらいの腕前になったか、知りたいか」

そう聞かれて才蔵が激しくうなずくと、

「では、六尺棒を持って付いて来い」

と、言われただけだ。

やがて、畦道の向こうにある街道に、牛を連れた農夫の姿が見えた。しばし農夫と牛を見つめたあと、老人はつぶやく。

「そろそろ頃合《ころあい》じゃな」

そう言い、街道に向かって進み始めた。才蔵もあとを追う。

街道に出た。牛は二十間ほど先をのんびりと歩いている。老人は才蔵を後ろに引き連れ、その後をゆっくりと歩いていく。ますます意味不明だ。

ややあって、牛が止まった。

かと思うと、丸見えの肛門《こうもん》から、大量の糞《くそ》をぼたぼたと落とし始めた。

「やったわい」

ひどく嬉しそうに老人は破顔する。

「肛門の張り具合からして、やると思うとった」

まるで子供のようなはしゃぎ方だ。

才蔵は呆気《あっけ》にとられる。牛が糞を垂らすことの、何がそんなに嬉しいのか。

これ、と才蔵の脇腹《わきばら》を突いて、老人は笑った。

「何をぼんやりとしておる。行くぞ」

「はい」

老人と一緒に小走りになって、山盛りになった牛糞《ぎゅうふん》のすぐ脇まで来る。

臭い。

才蔵は思わず顔をしかめる。出たばかりの大量の糞なので、臭くてたまらない……。

「棒を構えよ」

唐突に老人は言った。

「えっ？」

「よいから、六尺棒を構えよ」

まさか、目の前の糞を突けと言うのか。いや、棒が臭くならないように、ぎりぎりのところで寸止めにせよとでも言うのか――。

この状況のあまりの馬鹿《ばか》々しさ、愚劣さに、才蔵はなす術《すべ》もない。

「何をやっておる」老人はせっつく。「もう三匹も、蠅《はえ》が集《たか》ってきておるではないか」

――あ。

「ほれ、早う突かぬか」

ようやく才蔵は何をするのか分かりかける。が、つい尋ねる。

「叩くのではなく、突くのでございますか」

「なにを言う。今までの稽古《けいこ》は何のためじゃ」老人は苛立った。「叩き殺すぐらいのことは前から出来ておったはずじゃ。よいから突け」

それでも才蔵は怯《ひる》んだ。叩くのは線だ。その線のどこかで捉えれば、蠅は死ぬ。が、突くのはわずかな点でしかない。叩くことよりはるかに難しい。外す可能性が大きい。

さらにはその速さも違う。叩くほうが棒先の動きははるかに速い。相手は軽い。突く速度では、たとえ当たったとしても殺せぬかもしれない。

考えている間にも、蠅の数は増えてくる。ついに老人は一喝した。

「早う、突かぬかっ」

その怒号に、思わず棒を繰り出した。

反射のようなものだ。たいして狙《ねら》ってもいなかった。

が――。

自分でも意外なほどの迅《はや》さで棒先が伸びるのが分かった。

しゅっ。

蠅がぽとりと糞の近くに落ちた。我ながら信じられない。見事に一発で突き殺した。

「次じゃ、次」老人はなおも急《せ》かす。「寄ってくる蠅を、すべて突け」

言われたとおりに、さらに適当な蠅に目星を付ける。今度もろくに狙いもつけず、棒を突き出す。やはり棒先が予想外に伸びる。また蠅に当たった。しかもこれまた一撃で突き落とした。

なおも信じられぬ気持ちを抱えながら、次々と蠅を突いていく。突くたびに、蠅が地べたに落ちる。

「ほれ、また集って来ておる。全部突け」

老人が命じる。強烈な臭《にお》いに誘われてだろう、再び蠅がどこからともなく集まってくる。その蠅を棒先で突いて、突き続けて、次々と落としていく。

不思議なことに一度も外さない。いや……外しようもない。

蠅の漂う一点が、空中に空いた小さな黒い穴のように見える。その穴に水が吸い寄せられるかのように、自然と棒先が伸びていく。その打撃も、ちょうど蠅に当たる瞬間に一番強くなっているようだ。だから蠅は、いとも易々《やすやす》と棒先で潰《つぶ》れる。百発百中だ。

気がつけば足元の先に三十匹ほどの死《し》骸《がい》が転がっていた。

もはや周囲には一匹の蝿も飛んでいない。

やはり、一回の打ち洩《も》らしもない。

才蔵は思わぬ自分の腕前に、呆然《ぼうぜん》とする。地面の死骸を見ても、いまだに信じられない。

だが、これは現実なのだ。

と、不意に老人が我が意を得たりとばかりに笑った。

「な、出来たであろう」

しかし才蔵は、まだ戸惑いを隠せない。

「ですが、お師匠……」

「なんじゃ」

「蝿にはすべて当たりました。されど、つい昨日まで、釘《くぎ》には三割ほどしか当たりませなんだ」

「当たり前じゃ」老人は当然のように断言した。「足場がまるで違う。ぬしの足場は今は地べたよ。揺れもせぬ。前後左右にも動かぬ」

「……」

「加えておぬしは、あの揺れる足場でも前後の見切りは完全に出来ていた。打点の見切りじゃ。当たれば蠅は衝撃で潰れる。これぐらい、当然じゃ」

けれど才蔵はなおも疑問だった。

「ですが、足場が違うだけでいきなりこのようになるとは、今でも信じられませぬ」

すると老人は、小さな溜息《ためいき》をもらした。

「これ、小僧よ」

「……はい」

「人が褒めてやっとる時には、もそっと無邪気に喜ばぬか」さらに愚痴もこぼした。「まったく、妙なところにこだわりおる……せっかく修業の成果を見せてやろうと思い、こうして街道まで出張ってきたというのに」

それもそうだ。この厚意には才蔵も思わず感じ入った。そして素直に謝った。

「申し訳ありませぬ」

「まあ、よい」老人はすぐに気を取り直した。「論より証拠じゃ。ぬしに課した昨日までの稽古、あれがいかに難しいものか、わしが見せてやろう」

9

水車小屋に戻った。

老人は才蔵に羽根板を止めさせ、一枚ごとに新たな釘を打ちつけていく。

仔細《しさい》にその一枚一枚を見ると、羽根板の先にはすでにびっしりと釘が埋まっている。

新たな釘を打ちつける余地はほとんど残っていない。

それでもわずかな隙間《すきま》を見つけながら、老人は五寸釘をいつものように半ばまで打ちつけてゆく。

そうしながらも、老人は話した。

「別におぬしを持ち上げるわけではないがの」と前置きした上で、

「ぬしは幼少の頃から、自分なりに棒振りの研鑽《けんさん》を重ねてきたのだろう。それは足腰の動きや、棒の握り方一つを見ても、すぐに分かった」

「……はい」

「その素地があってこそ、わずか二ヶ月足らずで三割まで釘に当てられるようになった。普通の奴《やつ》ならば、おぬしと同じ腕前になるまでには、まず三年はかかる」

そんなに難しい稽古だったのかと改めて驚き、つい口を滑らせた。

「道理で私も、しばらくは梃子摺ったわけでございまするな」

これっ、とすかさず老人は手にしていた木槌《きづち》で才蔵の頭を叩いた。

「痛っ」

声を上げ、頭を押さえた才蔵に、

「じゃから別に、ぬしを持ち上げているわけではないと言うたろ」そう、口を尖《とが》らせる。「これしきの腕で慢心するな」

「すみませぬ……」

そんなことを話しているうちに、すべての羽根板に釘を打ちつけ終えた。

老人は才蔵の六尺棒を手に取る。土手に繫《つな》いである川舟に乗り込んで振り返った。

「そこで見ておけ。すべてを埋め込むのに、四《し》半刻《はんとき》もかからんじゃろ」

となると、自分が最後の稽古でかかった時間の半分だ。

才蔵は、我知らず胸が高鳴る。

稽古初日の立ち合いでは、老人は動きのほとんどを防御のみに徹していた。最後に放った脛《すね》への一撃も、この老人にとっては攻撃とも呼べぬほどのものだったろう。

だが、ようやくこの場で、老人が攻撃に集中する姿を、じっくりと拝むことが出来る。おそらくは鮮やか極まりない動作で、一度も打ち洩らすことなく突いてみせる。

いやが上にも、期待は膨らんでゆく。

――が。

目の前で意外なことが起こり始めた。

棒を繰り出す老人の動きは、揺れ動く足場に立っているとは思えぬくらいに流麗で、かつ柔らかく、ぎこちなさが一切ない。つまりは無駄がない。棒先も一見、まったくぶれていないように見える。

にもかかわらず、その棒先の二回に一回は、虚《むな》しく空《くう》を突く……。

才蔵は我が目を疑う。予想だにしていなかったこの事態を、まじまじと凝視してしまう。

……いや、半分どころではない。

今までの癖で、当たる本数と外した本数をごく自然に数えていた。

この瞬間まで、当たった本数は二十二本、対して外したのは三十二本。明らかに外したほうが多い。咄嗟《とっさ》に計算する。合計五十四本のうち、二十二本が当たり。ということは、四割に過ぎない……。

さらに、棒を繰り出す回数を数えていく。当たった本数が四十一になった。対して外したのは五十九本。合計百本のうち、四十一本。やはり四割だ。

かーん。

かーん。

才蔵が当てる時より、はるかに澄み切った高音が秋空に抜けていく。

老人の言っていたとおりだ。音で分かる。自分よりもはるかに勝る技量だということが、こうしてその響きを聞くだけでも、はっきりと伝わってくる。

見ている間にも、釘は次々と根元まで埋まっていく。

かんっ――。

ついに老人は、最後の釘を埋め込んだ。終わりだ。

当たりが六十二本。外した本数が九十二本。合計百五十四本。

やはり、最後まで四割だった……怖気《おぞけ》が走るほどに割合が揃った。

「ほれ」

老人は水路越しに六尺棒を差し出す。才蔵が摑《つか》むと、川舟から土手にあがってきた。

「ま、こんなもんじゃろ」

才蔵は黙って六尺棒を受け取った。何かを言いたいが、言葉にならない。

何故《なぜ》だろう、不意に泣きたくなった。

老人は才蔵の横に腰を下し、束《つか》の間《ま》黙っていた。ややあって口を開いた。

「先ほど申したの」

「はい？」

「素人《しろうと》が、今のぬしほどの腕になるには三年はかかる、と」

「……はい」

「それでも天稟《てんぴん》のある者なら、十回に二回半から三回近くを当てるようになるまでは、存外すぐに到達できる」

「……」

「が、三回より上が壁になる。長い間、当たる割合が伸びぬ。常に三割以上を当てる腕になるには、ぬしでもあと一年はかかろう」

才蔵は驚いた。

「そんなにでござるか」

老人はうなずく。

「俗に言う達人の域じゃな。常に三割を超せるようになれば、三割二分、あるいは三割三分までは、また一年ほどじゃ。だが、三割五分に近づいてくると、またじりじりとしか割合が上がらぬ。今度も壁がある。その三割五分の壁を越えるには、さらなる天稟があったとしても、そこから五年はかかる。これが、いわゆる人外《じんがい》の域じゃ」

となると、これから最低でも七年ではないか……。

恐る恐る訊《たず》ねる。

「ではお師匠の、四割の域に達するには、あといかほどかかるのでございますか」

「わしの歳《とし》までよ」

才蔵は絶句する。

老人は淡々と言葉を続ける。

「三割五分から三割七分、三割八分までなら、五年ほどで上がる。が、三割九分を超えると、いくら修練を積んでも、まったく上がらなくなる。四割の壁じゃ。わしの場合、それを越えるのに二十年かかった」

老人は静かに笑う。

「さすがにその頃になると体力も気《き》魄《はく》も衰えてくる。若い頃のようにはいかぬ。挙句、そのまま四割前後をさまよう」

「……」

「四割より上は、神の領域なのじゃ。無粋にもそこに人が踏み込んでくることを、天はなかなかお許しにならぬ」

才蔵はなおも言葉がない。

老人が今も、この貧相な水車小屋で暮らし続けている理由が、わずかながら分かりかけた……。

「わしも、その際までは来た。じゃが、もう残されておる時は短い。今生《こんじょう》では、ここで終わりじゃろう」

「お師匠……」

そう言いかけて、言葉に詰まる。気づけば、涙がひとしずくこぼれた。

なんじゃ、と老人は気楽そうに笑った。「なにもおぬしに泣かれるような来《こ》し方《かた》を、わしは過してはおらぬぞ」

「はい」

「世間から見れば徒労の、不毛な歳月だったかもしれぬ。が、わしはこれで満足じゃ。納得しておる」

「――はい」

その通りだろう、と掛け値なしに言葉に感じ入る。

老人にとっては棒の手が人生のすべてなのだ。だから、後悔も不満もない。

それにしても、とふと現実に立ち返る。それぞれの釘をほぼ一突きで埋め込んだ腕前には、改めて舌を巻く。

そのことを口にすると、

「棒術や槍術《そうじゅつ》で、一番大事なのは突きじゃからの」老人は誇るでもなく語った。「じゃによって、まずはその修業をさせた。先ほどの蝿で分かったであろう。地べたでなら、今のおぬしは動く相手でも自在に突ける。この突きひとつを修得できただけでも、戦場に出れば、まずは無敵だと思え」

一瞬、躊躇《ためら》い、才蔵は聞いた。

「例えば、蓮田どのが相手でも？」

老人は一瞬うなずきかけ、首を振った。

「突きに限れば、いい勝負じゃろ。が、それ以外の打つ、払う、逆に相手の攻撃から身を躱《かわ》す、という動作では、まだまだ兵衛には敵《かな》うまいよ」

じゃによって、と老人は自分の膝をパンと叩いた。

「明日より、次の稽古に移る。今わしが言った動作――突く、打つ、払うの攻撃に加え、襲ってくる刃先を躱す術まで、すべての技量を一気に上げていく。ここからが、いよいよ修羅場でもある」

そして、にやりと笑った。

「なにしろ釘も蝿も、ぬしを襲っては来ぬからのう」

「……どういう意味でござりましょう」

「言葉通りよ」老人は答えた。「今までは、基礎固めじゃ。じゃが明日からは、下手をすると手足の一本や、目の片方ぐらいは容易に失《な》くす。最悪は、命まで落とすやもしれぬ」

「……」

「そのような稽古を、来年の雪解けまで行う。覚悟せよ」

気づけば北の空に、鰯雲《いわしぐも》がうっすらと現れ始めていた。

10

翌日の早朝、老人と才蔵は朝餉もそこそこに、出立《しゅったつ》の身支度をしていた。

「よいか、寒さが緩む頃まで、ここには戻ってこぬ」老人は言った。「そのつもりで支度せい」

「いずこへ」

「付いて来れば分かる」

老人は言葉少なに答えながら、床下から何かを取り出し始める。

銭袋だった。四つあった。全部で二貫ほどだろうか。

「このうちの二つを、荷の中に仕舞え」

この老人の暮らしぶりを見るに、これほどの銭を蓄えていたとは思えない。才蔵がまだ水車の釘を上手く突けずにいた頃、老人は数日間、小屋を留守にしたことがあった。その時に堅田まで行き、割符《さいふ》の一部を銭に替えていたのだろう。

言われたとおりに銭袋の二つを自分の荷に仕舞う。

まだ朝靄《あさもや》の残っている出立の、少し前のことだった。近郷の者と思《おぼ》しき若者がやって来た。

「おうおう、来たか」

老人は床に残った二つの銭袋を若者に与えた。

「では、春までよろしく頼む」頼む、とは老人の請け負っている作業も含めて、水車小屋の管理を、ということだろう。「仕事で入ってくる礼物は、われが使え。他になんぞ入り用があれば、この銭を使え」

「かしこまりました」

軽くお辞儀をして、若者はちらりと才蔵を見た。一瞬、視線が絡《から》み合い、すぐに解ける。

なんとなく違和感を覚えた。敵意は感じないが、かすかに熱を含んだ視線だった。

「どれ、ちと水車の軸を、もう一度見てくる」

老人はそう言い残して、小屋の裏手へと回り込んでいく。才蔵と若者は束の間、二人きりになった。見たところ才蔵よりも少し年嵩《としかさ》のようだ。

「見込まれたわけじゃな」

唐突に若者が話しかけてきた。

「えっ」

「おぬしがじゃ」若者は少し蔭《かげ》のある笑いを口元に浮かべた。「わしはあの水車の釘を、三年かかっても半刻で埋めることは出来なんだ」

「……」

「そういう奴が、これまで何人もいた。お師匠に願い出て弟子にしてもらったまではいいが、ほとんどが水車の段階で脱落した。残った者も、次の修業で不具になるか、命を落した」

「……なにを、言いたい」

するると若者は、軽く頭を下げた。

「頼む。気張ってくれ」

「は？」

「お師匠はそんな素振りは見せられぬ。が、己の棒術が誰の手にも受け継がれておらぬことを、密《ひそ》かに悲しんでおられる」

思わず言葉に詰まる。多少の感動もある。が、直後にはつい言った。

「わしは、そのようなたいしたものではない」

正直な気持ちだった。迷惑とまでは思わないが、見も知らぬ他人から過剰な期待をかけられるのは重荷でもあった。

「修業の期間も十月《とつき》しかない。その間に、出来る限りの修業を積むだけだ。お師匠の腕前の半分はおろか、その爪《つめ》の垢《あか》になるくらいが、せいぜいじゃ」

「それでも十月続けられたら、わしらよりは、はるかにましじゃ」若者は言った。

「出来る限り、お師匠の期待に応《こた》えてやってくれ」

老人が戻ってきた。若者は才蔵との間をやや空けた。その顔つきから、言いたいことは言ったといった様子が見て取れた。

「では、留守を頼む」

老人は若者に言い置いて、水車小屋をあとにした。

「まずは、これより二里ほど北の堅田へと向かう」途中、老人は言った。「そこで一、三の用を足したあと、さらに北へと進む」

堅田という地名は、才蔵も油問屋や土倉《つちくら》にいた頃、しばしば耳にした。湖西《こせい》では大津に次ぐ商都であり、この堅田で近江海は最も狭くなる。ちょうど瓢簞《ひょうたん》を逆さにした形が近江海だとすれば、そのくびれの部分が堅田に当たり、湖北や湖東から京へと水上を運ばれてくる物資は、必ずこの狭い水域を通る。つまりは水上交通の要所で、船から通行料を徴収する湖賊が古くから跋扈《ばっこ》する町でもある。

湖岸沿いの白い真砂路《まさごじ》を二刻ほど歩き続け、堅田には昼前に着いた。

老人は町のなかにある一軒の布屋に入った。

「これはこれは、唐崎の御老」

手代が出迎える。

「出来ておるかな。わしが先日、頼んだ長布《ながぬの》は」

「それはもう」

手代は答えながら、奥の板間へと二人を上げる。

さっそく床に、長細い布がいくつも並べられた。幅はすべて二尺ほどだが、その長さは布によりまちまちだ。五尺のものもあれば、七尺や一丈（約三メートル）ほどのものもある。それらが、合わせて十本あった。

共通しているのは、いずれも両端に太い棒がしっかりと縫い込まれている点だ。そして片方の棒の両側には、もれなく太い紐《ひも》が付けられている。大ぶりな掛軸のようなものだ。

「ご指示通り、目の詰まった厚手の綿布《めんぷ》で、すべてを仕上げてございます。いかに手荒く扱ったところで、まず半年やそこらで破れる代物《しろもの》ではございませぬ」

うむ、と老人は嬉しそうにうなずいた。「注文通りじゃな」

老人は才蔵に指示して、銭袋を二つ取り出させた。それを手代に渡し、店を出た。

才蔵は銭に代わって、丸めて束にした十枚の長布を背負わされている。地が厚く目が詰まっているせいか、存外に重い。三貫ほどもあるだろうか。

これらの布をいったい何に使うのか……。

むろん自分の修業の道具だろうとは推測がつくが、さりとてその用途となると、見当がつかない。

老人は次に商家の大店《おおだな》へと入っていく。「彦六」という割符屋だった。そこで、新たに八貫の銭を引き出した。銭袋にして十六袋だ。

「ぬしのために使う銭じゃ」老人は言った。「ぬしが運べ」

以前、兵衛にも同じようなことを言われたのを、懐《なつ》かしく思い出す。

「――はい」

才蔵はその銭袋を八つずつ布に包み、六尺棒の両端に提げた。先ほどの布と合わせれば十一貫ほどはある。やや重い足取りで老人の後を追う。

「昔の商売柄、手慣れたものじゃな」歩きながら、老人は笑った。荷の運びは、ということだろう。「十袋は、この先の鍛冶屋《かじや》で、もう少し目方の軽いものに換える」

町の外れにある鍛冶屋の軒先で、おうい、と老人は声を上げた。

「小吉《こきち》よ、おらぬか。わしじゃ」

さっそく小吉と呼ばれた初老の男が出てくる。見るからに刀鍛冶といった鉄灼《てつや》けした顔と装束である。

「出来ておるかな」

小吉はうなずくと、こちらへ、と広い土間奥へと二人を招じ入れた。

奥にある棚から、大小二つの包みを取り出してきて、まずは小さな包みを開けた。中身は、何本もの短刀だった。

框《かまち》を上がってすぐの板間に、刃の薄い細身の短刀を、ずらりと並べ始める。いずれも五寸ほどの刃渡りで、柄《つか》は嵌《は》められておらず、茎《なかご》が剝《む》き出しになっている。茎尻《なかごじり》に向かって、針のように細く長く尖っている。

これはいったい何に使うのだろうと思いながら、無意識にその数を数えた。二十振りもある。

小吉は、さらにもう一つの大きな包みを開いた。

「こちらは撒《ま》き菱《びし》です」

見ると、四方に棘《とげ》を張り出した鋲《びょう》が山盛りになっている。一つ一つは小さいが、膨大な量だ。

「踏み抜いても、すぐ抜けるように返しは付けておりませぬ」

才蔵は刀鍛冶の言葉にぎくりとする。

当然これも、自分の修業で使うものだろう。だとすれば、踏み抜くのは、自分だ……。

「みな良い出来じゃ。良き仕事じゃ」

老人は満足そうに眺め、才蔵に顎《あご》をしゃくる。

才蔵は二つの布の中から銭を十袋取り出し、板間に置いた。五貫分の銭だ。

「お代じゃ」

刀鍛冶は軽く頭を下げる。

「春にはすべて持ち帰って、おぬしに戻す。ふたたび研ぐなり溶かすなりして、何かに作りかえておくれ」

「ありがとうございまする」

「それと春までに、例のものを忘れず作っておいてくれ」

「承知しております。もっとも、イスノキが手に入ったという報《しら》せは、まだ伝助から届いておりませぬが」

伝助、あの馬借《ばしゃく》のことだ。

イスノキとはなんだろう。疑問に思いながらも才蔵は黙っていた。

老人はしばし考えてから、口を開く。

「良き薩州産《さつしゅうさん》を頼んであるから、難儀しておるのであろう」

「で、ありましょうな」

「が、伝助のことだ、必ずや手に入れるじゃろ」

「こちらも伝助から届くのを待って、細工を施します」

その返事で、なんとなく分かった。たぶん武器の材料だ。

小吉は、薄布に互い違いに二十振りの短刀を巻いて、さらに厚手の布で包んだ。撒き菱も同じように厚手の布で包む。

「これから日暮れまで、さらに歩き続ける」老人は二つの包みを示しながら言った。

「これらも、ぬしが運べ」

荷の重さを按配《あんばい》しながら、六尺棒の端に短刀と銭の包みを架け、反対側に長布と撒き菱の袋をやや中心寄りにして架ける。そのまま六尺棒をやや浮かせ、棒の下に肩を潜り込ませながら立つ。土間の奥から戸口に向かって歩き出す。

背中と棒に分けて持つより、こうして棒だけに荷を振り分けたほうが、やはり自分には運びやすい。ふと、老人の視線を感じた。束の間、才蔵の一連の動きを見ていたようだ。が、すぐにその顔を小吉へと戻す。

「では、また春に会おう」

老人はそう言い残し、鍛冶屋をあとにした。


町を出て、さらに北に向かって歩き始める。進むにつれ、右手にある湖《うみ》は、さらなる広がりを見せる。

「これより先が、この湖の本当の広さじゃ」歩きながら、老人は言った。「あと二刻も歩けば、対岸は見えなくなる」

言い終わると、ちらりと才蔵を見た。明らかに何か含むものがある。

「なにか――」

「おぬし、食うために六尺棒を扱い始めてから、何年になる」

　思わぬ問いかけだったが、すぐに答えた。

「かれこれ六年になります。十二歳のころより、柴を括《くく》り付けて運んでおりました」

「では棒の扱い、身のこなしを見れば、そやつがいかほどの巧者か、すぐに分かるであろうな」

　それはもう、と当然のように才蔵は答えた。「ひと目で、分かります」

「一年、三年、五年というように、具体的な年季まで分かるか」

「だいたいは。棒の摑み方、歩き方一つとっても、運び慣れた者はまったく違います」

「どこが、どう違う」

　聞かれて今度は困った。

　どこがどう、と言われても、それは実に細微な違いの積み重なりだ。その微妙な違いの重なりが、結果として全体から受ける印象の、大きな違いになる……。

　挙句、こう答えた。

「たとえば今わたしは、こうして棒を担《かつ》いで運んでおります。腰を落とし、心持ち膝《ひざ》を曲げ、足裏は摺《す》り足になっております。経験を重ねるうちに、みな自ずとこのようになります。上下の揺れが棒に伝わりにくく、荷が無駄に揺れることなく、安定するからでござります」

「ふむ」

何故か老人は、さもおかしそうにうなずく。

「荷の付け方にも、こつがあります。本来、両側の荷物は等分であることが望ましい。ですが荷が売れると、どちらかに重みが偏《かたよ》ります。今もそうですが、前が四貫、後ろは四貫半ほどでしょうか。その時は、必ず重いほうを後方へぶら下げ、さらにその荷は、ぶら下げる位置を端よりやや前寄りにします」

「何故じゃ」

「そのほうが、釣り合いを取るのが容易《たやす》いからです。後ろの荷は運んでいるうちに、どうしても棒の後方にずれてきます。その時、棒の前方に手を掛けるようにして荷重を調整し、釣り合いを取ります。年季を積んだ者ほど、棒の摑み方、位置取りがさりげないものです」

「他にもあるか、年季を積んだ者と駆け出しとの違いは」

何故このようなことを聞くのだろうと思いながら、才蔵は続ける。

「同じ重さで荷の大小がある場合、小を必ず前にぶら下げます。現に今もそうです。

銭と短刀の小さな包みを前に、長布と撒き菱の大きな包みは後ろに……。前方の足場や道が、よく見えるようにするためです。万が一、賊が襲ってきたときなども、背後に大きな荷があれば、斬《き》り付けられにくいものです。まあ、年季を積んだ者になればなるほど、意識せずとも、そのようなことが当たり前に出来るようになります」

そこで、老人は笑い出した。

「同じよ」

「は？」

「まったく同じことが、六尺棒、あるいは刀槍《とうそう》を持っている武芸者にもあてはまる、ということじゃ」

「……」

「柄の掴み方や持ち手の位置、足の運び一つとっても、手練《てだれ》になればなるほど素人とは違う。ぬしの場合、前にも申したが長年の修練で腰の据わり、摺り足は充分に出来ておる。いくら棒を振り回しても、上半身が乱れぬ。ぬしが我流でも、そこそこに用心棒が務まったのは、腰から上を支える下半身が、よくよく安定していたからじゃ。それゆえに、素人ならば三年はかかる水車の稽古も、わずか二ヶ月で終えられた」

思わぬ話の展開に、言葉を失う。

「が、兵法者として見れば、まだまだじゃ。たとえばおぬしが棒を片手に持って立っている姿――ちょっと見ただけでも、ぬしはその持つ位置がわずかに高い。人差し指の当て方も、心持ち強い。それでは咄嗟の時、すぐに棒を反転させ、滑らかに攻撃に移ることは出来ぬ。荷を運ぶほどには、武器としての棒の扱いが身に付いておらぬ。今では多少ましになってきたが、出会った頃は、さらに立った構えが硬かった」

――なるほど。

何故、兵衛や老人が一瞥《いちべつ》しただけで自分の技量を見抜くことが出来たのか。手練から見れば、現にその立ち姿と構えに現れていたのだ。

「鍛錬じゃ」老人は言った。「鍛錬を積めば、棒担ぎ同様、理に叶《かな》った棒の扱いが自然に身についてくる。やがてその扱い方が体に馴染《なじ》む」

「もしそうなれば――」おそるおそる、才蔵は聞いてみた。「わしにも見えるようになりますか」

「なにがじゃ」

「お師匠や蓮田どののように、ひと目見ただけで、相手の技量がいかほどのものか」

「やがてはそうなる。今でも場合によっては、見えるはずじゃ」

「どのような場合でござりましょう」

老人は一瞬躊躇うような表情を浮かべ、続けた。

「よいか。棒術あるいは槍術でもっとも大切なのは、以前も申した通り、突きじゃ」

言われるまでもない。才蔵は大きくうなずく。

「じゃからこそ、最初にその鍛錬を徹底してやらせた」

はい、ともう一度うなずく。

「そしてもうおぬしは、突きに関する構えだけは、ほぼ出来ておる。今この段階でも、ぬしの突きを躱せる相手はほとんどおらぬじゃろう」

そう言われ、思わず心が躍る。

「たとえば対峙《たいじ》する相手が突く構えを見せた時じゃ」老人は静かに言葉を続ける。「ぬしは、その場に応じて両足の置き場、棒の握り方、あるいは握る位置、腰の落とし方――それらがほぼ出来ておる。じゃからこそ、逆に相手の構えを見た時に、自分の構えとは違う部分に違和感を覚える。気持ち悪さ、あるいは居心地の悪さ、と言ってもいい。そのどこかが、今までにおぬしが体得した動きの理に、叶っておらぬからじゃ」

……なるほど。

「相手の構えにその気持ち悪さが多く見受けられれば見受けられるほど、ぬしよりは技量が劣ると見てよい。つまり、そのような輩《やから》はすでに汝《うぬ》の敵ではない」

突きに関してだけとはいえ、自分の技量がそこまでのものかと思うと、才蔵は天にも上る気持ちだった。

おそらくそのときの才蔵は、ひどく嬉《うれ》しそうな顔をしていたのであろう。老人は苦笑した。

「そう、嬉しがるものではない」

「は？」

「今の問い、わしは、正直に答えるかどうか迷うた」

「……それはまた、いかなる理由で」

「『極意にかぶれる』という言葉がある。修業の途中で兵法の理《ことわり》ばかりを頭に詰め込むと、その動きや技を体得する前に、すべてが分かったような気になる。挙句、肝心の鍛錬がおろそかになる。体そのものに叩《たた》き込むようにして覚えさせぬ限り、技量は確かなものにならぬ。もっともらしい理屈だけの兵法では、咄嗟の時に体が動かぬ。無意識に反応せぬ。肝心な時、何の役にも立たぬ。だからじゃ」

……変だ。だったら何故老人は、今の一連の口説《くぜつ》を敢《あ》えて語ったのだろうか。

そう聞くと、老人は軽く笑った。

「まあ、あれじゃ。どのみち次の稽古では、生半可な理など考えている余裕もなかろうと思うての。それに今、この段階での成果が分かっておれば、今後の励みにもなろう」

「今後の励み？」

「そうじゃ」老人は答えた。「これからは稽古の苛烈《かれつ》さに逃げ出したくなることも、しばしばあろう。気持ちが挫《くじ》けそうになることも、しょっちゅうじゃ。そんな時は、今の言葉を励みにせい」

「……」

一刻、二刻と湖岸を北に進むにつれ、次第に風が強くなってくる。と同時に、対岸がはるか遠くへと離れていく。一段と鮮やかな白汀《はくてい》の続く雄松崎《おまつざき》という場所を通過した時には、対岸はもう薄霞《うすがすみ》の中に消えていた。日没が近づいたせいもある。

二人の背後にある比良山地《ひらさんち》の釈迦岳《しやかだけ》に陽が落ちた頃、鵜川《うかわ》の先にある白鬚《しらひげ》神社に着いた。老人は今夜の食べ物を求めに外へと出て行く。才蔵は部屋で銭と荷の留守番だった。

しばらくして老人が戻ってきた。握り飯を十個ほどと、鮎《あゆ》の熟《な》れ鮨《ずし》、菜っぱと味噌《みそ》の和《あ》え物を、片手に提げた包みから取り出す。もう片方の手には鴨鍋《かもなべ》があった。二人分としても晩飯には充分な量だ。聞けば、社務所の晩飯を、銭を払って分けてもらったのだという。明日の朝飯まで含んでいるのかもしれない。

「昼の堅田からここまで、おおよそ六里歩いた」握り飯を頬張りながら老人は言った。「明日も早朝から歩く。安曇川《あどがわ》を越えるまで二里、その先の今津浜《いまづはま》まで、さらに三里歩く。浜には、松並木が一里ほど延々と続いておる」

その松並木のある浜が、と老人は続けた。「此度《こたび》の稽古の場所じゃ。今より約半年を過ごす」

ですが、とつい才蔵は言った。「松並木のある浜など、これまでいくらでもあったではございませぬか」

そんな湖北の果てまでわざわざ行く必要があるのか、と暗に尋ねたつもりだった。

すると老人はにたりと笑った。

「まあ、行けば分かる」

翌朝、ゆうべの残り物で朝飯を済ませた二人は早々に出発した。安曇川を越え、鴨稲荷山《かもいなりやま》を南西に見ながら、さらに北を目指す。湖を渡ってくる風が強くなる。対岸はもう見えない。

昼前に今津の泊《とまり》を過ぎると、前方の白い浜に延々と続く松林が見えてきた。今津浜だった。

空はからりと晴れ上がっているというのに、湖上を渡ってくる風は強い。松並木の枝葉が、しばしば音を立てている。

と、老人はその松林沿いにある集落へと足を踏み入れた。周囲を土塁で囲まれた、一軒の大ぶりな屋敷の前で足を止め、敷地へと入っていく。門構えからして、このあたりを支配する地侍の屋敷らしい。

おぅい、と老人はいきなり大声を上げる。「だれぞ、おらぬか。わしじゃ」

「これは唐崎の――」

家の主《あるじ》らしき四十がらみの男が、笑顔で屋内から出てきた。

「道中、お疲れでありましたろう」

「存外、そうでもなかった」

主は笑み崩れる。

「相変わらずお達者でござるな」

老人も苦笑してうなずく。

「先日話したとおり、これから半年、厄介になる」

二人は以前からの顔見知りらしい。

老人は才蔵を振り向き、地べたに下していた荷物に顎をしゃくった。

「銭を、全部出せ」

才蔵は三貫の銭を主の前に差し出す。後ろに控えていた作男が六つの銭袋を提げ、母屋《おもや》へと戻って行く。

「どうぞ、こちらへ」

主が、離れにある小体《こてい》な家屋へと案内する。

小さな土間の先にある室内には、八枚もの畳が敷き詰められていた。板間が主流であったこの時代に、珍しいものだ。部屋の隅には寝具も二人ぶん用意されている。驚いたことには、燭台《しょくだい》と油桶《あぶらおけ》もあった。夜には明かりを灯《とも》すことも出来る。八畳の部屋は東南が障子張りになっており、その先に縁側が設けられ、外側には引き戸が付いている。縁側の奥には便所もあった。井戸も庭先にある。

才蔵は呆然とする。おそらくここで寝起きするのだ。けれど、生まれてこのかた、このように快適そうな住まいで暮らしたことがない。

「仰《おお》せの通り、日々の夕食は下女に命じて戌《いぬ》の下刻（午後八時二十分頃）に運ばせます。朝は遅く、辰《たつ》の下刻（午前八時二十分頃）にお持ちするのでよかったですな」

老人はうなずく。

「では本日より、よろしく頼む」

屋敷の主が去ったあと、才蔵は心底感心して声を上げた。

「お師匠は、たいそうなお顔であらせられまするなあ」

いくら三貫もの大金を払うとはいえ、このようなけっこうな住まいに、しかも二食付で半年も泊まれるのだ。

「このたわけが」と老人は顔をしかめた。「わしの顔など、別に広くはない。この屋敷の主は、わしの遠縁じゃ。信用して離れを貸したまでよ」

「え？」

「申し渡しておくが、酔狂でこのような部屋を借りたわけではない。今日もこれより、ぬしに稽古をつけに浜に出る。陽が暮れても薄闇《うすやみ》の中で修練を続ける。戻ってくる頃は疲れて足腰が立たぬようになっている。この屋敷に辿《たど》り着くのがやっとのはずじゃ。絶えず吹き続ける風に、体も冷え切っておろう。それがこれから六月《むつき》の間、毎日続く」

「――はい」

「時には深手《ふかで》を負い、満足に歩けぬことも、棒を持つことすらままならぬこともあろう。冬が深まれば雪も吹き付け、体はいっそう芯《しん》から冷え切る。が、隙間風の吹き込むようなあばら家では、冷え切った体は朝方まで暖まらぬ。日々浅い眠りになる。今日の疲労が明日に残る。それがまた、次の怪我《けが》を引き起こす」

「……」

「では、出るぞ」

老人は土間に置いた三つの包みを示した。

「それをまた担いで、付いて来い」

言われた通り、短刀と撒き菱の包みと、長布が束になった包みをそれぞれ両天秤《てんびん》に下げて、老人に従った。付いていきながらもふたたび疑問に思う。この三つの道具はどのように使うのだろう……。

東に歩いて一町ほどで湖岸沿いの白砂の浜に出た。

振り返ると、松林が延々と、北に向かって視界の限りに続いている。

視線を戻して足元を見る。渚《なぎさ》では、寄せては返す小波《さざなみ》が心地よい音を立て、その透明な水底では、真砂や大粒の砂が、巻き返す水流にゆらゆらと揺られている。

顔を上げ、前面に広がる沖合を眺める。

陽はまだ中天にあり、空も依然晴れ渡っているというのに、対岸はむろん、その果てにある山々も霞んでかすかにしか見えない。その広大な水面の広がりに、才蔵は多少の感動を覚える。まだ見たことはないが、話に聞く海とは、おそらくこのようなものではないだろうか。

と、その湖面の北寄りに、小さな島がぽっかりと浮かんでいるのに気づく。岩盤が隆起して出来上がったような丸い島だ。距離もごく近そうに見える。おそらくはここから、二里ほどの沖合ではないか。

兵衛の話を思い出す。ひょっとして、と感じる。

「お師匠、あれが竹生島でございますか」

言いながら老人を振り返った。

松林をじっと眺めていた老人は、こちらを見てふと顔をしかめた。

「竹生島でも沖島《おきしま》でも、多景島《たけしま》でも、なんでもよかろう」そう、口を尖らせる。「わしらはの、物見遊山《ものみゆさん》にここまで来たのではない」

「ですが、お師匠――」と、さすがに才蔵も反駁《はんばく》した。「あの島が、お師匠の棒術の発祥の地でござりましょう？」

「そんなことは、知らぬ」

「は？」

これには魂消《たまげ》た。我知らずうろたえる。

「し、しかし蓮田どのは、お師匠の流派は竹生島流であると言われておりましたが……」

「じゃから、そんなことは知らぬと言うておろうが」さも煩《うるさ》そうに老人は答える。「確かにわしは若年の頃、人に棒の手を習った。過酷な修業じゃった。が、それだけの話じゃ。わしのお師匠も、特に流派など名乗らんかった」

その答えに啞然《あぜん》とする。老人の言葉は続く。

「東《あずま》の香取《かとり》や鹿島《かしま》と違って、畿内で棒術は珍しい。以前にわしと試合《しあ》って負けた者どもが、この地ではとうの昔に滅んだ竹生島流の名を冠して広めておるに過ぎぬ。自ら名乗ったこともない。わしには何の関係もないわい」

これには、絶句してしまう。

では兵衛の勘違いなのだろうか。いや、あの兵衛に限って、そんなことはないはずだ。しかし、だとしたら一体、どういうわけだ……。

才蔵は相当に困惑した顔をしていたのだろう、老人は口を開いた。

「わしは教える。ぬしは学ぶ。それで強くなれば、流派などどうでもよいではないか。わしは気にしたこともない」

しばし考える。

言われてみれば、もっともだ――。

反面、この何物にも拠《よ》らぬ独自の強靭《きょうじん》さが、この老人の化け物じみた強さを支えているのではないかとも感じる。

確かに、いくらごたいそうな流派名を冠していても、その使い手が強くなければ何の意味もないのだ。

が、若干の心もとなさも依然あり、ついもう一つ尋ねた。

「しかし今後、人に聞かれた時、わしはなんと答えればよろしゅうござるか」

「何をじゃ」

「むろん、流派の名でござる」

すると老人は軽く鼻先で笑った。

「呼び名など、春先に無事に修業を終えてから、勝手に自分で付けろ」

「――はい？」

「ぬしが強くなってさえいれば、思いつきで適当な流派を名乗っても、どこからも文句は出ぬ。逆に弱ければ、いくら仰々しい流派を名乗っても物笑いになるだけじゃ。流派の名など、所詮《しょせん》はその程度のものよ」

老人は切り捨てるように言葉を吐いた。

「権威や虚名に惑わされるな。とりわけ、おぬしはじゃ。これから兵衛のような輩と組むなら、なおさらじゃ」

「何故《なにゆえ》でござる」

「決まっておる」老人は、乾いた笑い声を上げた。「兵衛は恐ろしく怜悧《れいり》で、世間に対して不遜《ふそん》極りなく、公家や幕府のことを屁《へ》とも思っておらぬ。一方で、どこか人好きもする。つまり、世の破壊者によくある骨柄じゃ」

思わずぎくりとする。

「古くは唐土《もろこし》の曹操《そうそう》がそうであったように、その人当たりの柔らかさや弁舌の爽《さわ》やかさで、あれよあれよと言う間に周囲の人間を巻き込んでいく。悪い男ではないし、何を考えているかも定かには知らぬ。知らぬがあるいは先々、一国一家を覆《くつがえ》すような真《ま》似《ね》も起こしかねぬ。少なくとも、わしはそう睨《にら》んでおる」

「……」

「現に、わけも分からぬまま兵衛に連れて来られ、素直に修業に励んでおるおぬしが、そのよい証拠じゃ」

これには返す言葉もない。

「ですが、お師匠――」才蔵はつい口に出した。「お師匠はそんな男の片棒を担ぐことに、後ろめたさのようなものは抱かれぬのですか」

老人は、ふん、と笑った。

「わしなど、この浮世では瀬に漂う芥《あくた》のようなもの。いわば世外《せいがい》の者よ」

自らを卑下する口振りでもなく言ってのける。

「じゃから俗世のことは、どうでもよい。わしが弟子として受け入れた者が強くなれば、それでよい」

「……ははあ」

「兵衛には兵衛なりの考えがあろう。ぬし自身の生き方も、修業が終わった後に、ぬしが勝手に決めればよい。わしは与《あず》り知らぬ」

さばさばしたその割り切りように、才蔵は変に感心する。

人として正しいかどうかはさておき、この老人はやはり本物だと改めて感じ入る。

兵法狂いもここまでくれば、正真正銘の筋金入りだ。文句の付けようがない。

それから、老人のあとに付いて浜辺をしばらく北に歩いた。

12

一町ほど砂浜を歩いたところに、二本の老松が互いに少し間を空け、周囲を圧して生い茂っていた。唐崎の松ほどではないが、この二本の根上りの松も太い幹を四方八方に伸ばし、あるいは捩《よじ》れ、才蔵の頭上五尺ほどの高さで入り乱れている。

「ここじゃ」老人は老松を見上げ、つぶやいた。「ここが、ぬしの修業の場じゃ」

そう言われ、自分の周囲を見回す。単なる白砂の平地が老松の間に広がっているだけだ。

「まず長布の荷を解け」

意味も分からぬままに、荷を解き始める。まちまちの太さに巻かれた厚布が十本、出てくる。

老人は二つの老松の間に立ち、頭上で幾重《いくえ》にも重なり合った太い枝をしばし見上げていた。

やがて才蔵を振り返った。

「荷の中に、一丈の長さの布があったの」

言われてすぐに、最も太い巻物を手に取った。

「それを抱えて、右の松に登れ」

巻物の両端から出ていた太い紐を結んで肩からぶらさげ、背負うようにして老松を登り始めた。一丈ほど登ったところで、地上の老人を見下ろす。

「もそっと上じゃ」

老人は命じる。才蔵はもう二尺ほど、老松を登る。

「そう。そこから大きく張り出している太い枝があろう」老人はさらに声を上げる。

「今度はその枝の上を、ゆっくりと先へ進め」

太い枝の上を這《は》うようにして進む。進むにつれて、才蔵の重みでたわみ始める。一間弱ほど進んだところで、

「そこで止まれ」老人が下から命じる。「そこの枝に紐をしっかりと結わえ付けよ。終わったら、布を巻いている細紐を外し、地上に垂らせ」

才蔵は目の前の枝に巻物の端から出ていた太い紐を結び付ける。布を巻いていた細紐を外した。

細長い布が一気に地上へと垂れ下がっていく。紐で結わえ付けられた上部と、地上すれすれで宙に浮いている下部のそれぞれに、太い棒が縫い込まれている。

湖上から流れてくる風をまともに受け、たちまち布が踊り始める。下の棒も前後左右、上下へと飛び跳ねる。

「よし。まずは一本目の出来上りじゃ」老人は満足そうに声を上げた。「あと九本を取り付ける。それぞれ、左右の松の適当な枝に縛り付けていくぞ」

才蔵は老人の指示する長さの布を背負い、左右いずれかの老松に登り、言われるままに示された枝にまで這い進み、紐を括りつけては布を垂らす行為を繰り返した。

四半刻《しはんとき》後、十本の布が左右の松の枝から地上にまで垂れ下がった。

一丈の長さのものもあれば、七尺や五尺のものもある。長さが違うため、いずれも湖面からの風を受け、てんでばらばらに舞い踊っている。下部の棒も回転しながら、絶えず踊り狂っている。

束《つか》の間《ま》、風が止《や》んだ。

「才蔵、来《こ》よ」

その時を待っていたかのように老人に促され、十本の布に取り巻かれた内部に入る。枝の生い茂った天を見上げる。枝に括りつけた十本の長布が、頭上で見事に大きな円を描いている。まるで巨大な吹き流しの中に立っているようだ。

吹き流しは、古くは「旒《ふきながし》」とも書く。旌旗《せいき》の一種で、本来は魔除《まよ》けとして竿《さお》や寺社の軒《のき》に吊《つ》るされていたが、いつしか戦場で軍旗としても使われ始めた。風の方向や強さを見極めるために用いられることもある。

ふたたび沖から吹いてくる風——沖つ風《おきつかぜ》がゆるやかに吹き始める。

舞い踊る布が才蔵の顔や肩を盛んに撫《な》で、あるいは足にまとわりつく。

風が次第に強くなってくる。跳ね乱れている下部の棒が、脛《すね》や脇腹《わきばら》、首筋などに当たる。かなり痛い。一瞬、顔にも当たりそうになり、危ういところで避けた。

才蔵はふと、まだ開けていない短刀と撒き菱の包みのことを思い出す。

……なんだか、ひどく嫌な予感がする。

風がますます強くなり、二人は吹き流しの外へと出た。

「撒き菱の包みを開けろ」

老人が命じる。何とはなしに気が進まぬまま、才蔵はのろのろと包みを開ける。山盛りの撒き菱が現れる。

「草鞋《わらじ》を脱ぎ、素足で地面に立て」老人が続ける。「服も脱げ。下帯一つになれ」

「……」

やはり気が進まない。まずは草鞋をゆっくりと脱ぎ始める。

「ほれ、早う脱げっ」

急《せ》かされるままに草鞋を脱いだ。服も脱ぎ、下帯一枚の姿になる。

「よし。では十本の布を一まとめにして、しばらく立っておれ」

言われるままに、小気味よく乱れ舞う布の下部の棒を一本ずつ苦労して摑《つか》んでいき、一つにまとめて両腕と胸の中に抱く。

今自分が立っているこの場所は、吹き流しを真上から見た時のちょうど中心部に当たる……嫌な予感が、いっそう強まってくる。

果たして老人は、才蔵の周囲に大きな円を描くようにして、豆でも撒くように撒き菱を無雑作に散らし始めた。

不安に耐え切れず、才蔵は聞いた。

「何をされているのでござる」

「見ての通りよ」老人はあっさりと答える。「ぬしの周りに、撒き菱を撒いている」

才蔵は思わず言葉に詰まる。そんなことを聞いているのではない。行いの狙《ねら》いを聞いているのだ。が、空恐ろしくなり、それ以上は問いかけることが出来ない。

中天《ちゅうてん》にあった陽が傾き始めている。午《うま》の下刻（午後零時二十分頃）を過ぎようとしている。突っ立っている間にも、風はじわじわと強くなり続ける。耳に当たる風が鼓膜を震わせる。

老人は、才蔵の周りに撒き菱を敷きつめた。

「どっこらしょ」

そう言って、才蔵を取り巻いている撒き菱の輪の外から、短刀の包みを放り込む。

次いで、六尺棒を突いて撒き菱の輪を軽々と飛び越えてきた。

「これは、邪魔じゃな」

才蔵の足元にあった草鞋を、外に放り出した。脱いだ服も放り出す。

「今より、稽古《けいこ》が終わるまでは裸じゃ。分かったの」

「……」

才蔵はますます不安になってくる自分を、どうすることも出来ない。

老人は包みを開け、短刀を取り出す。ふと自分が胸に抱いている十本の棒を見ると、いずれも両端の断面に小さな穴が開いている。

短刀は二十振りある。対して棒は十本……。

まさかと思う。願わくは、自分の想像が間違っていて欲しい。

だが、その思いも虚《むな》しく、老人は棒の両端に次々と短刀の茎を差し込んでいく。そして切先《きっさき》に布を被《かぶ》せ、その上から木槌《きづち》で軽く帽子を叩いていく。茎が棒の中に、しっかりと埋め込まれていく。

やはり――。絶望的な気分になる。

「いましばらく、じっとしておれよ」

老人は、いかにも楽しそうな口ぶりで言った。

念を押されるまでもなく、才蔵は動きようがない。なにしろ腕に抱えている棒の両端に次々と短刀が埋め込まれていくのだ。しかも下帯一枚だけだ。下手に動けば胸や腹を切る。

老人はすべての短刀を埋め込んだ。

「よしっ。これで準備は整った」

そう満足そうにつぶやくなり、ふたたび六尺棒を突いて撒き菱の外に飛び出た。

才蔵は依然、短刀の付いた十本の棒を胸に抱え、突っ立っている。もし腕を開こうものなら、布が一斉に風に煽《あお》られ、二十振りもの刃《やいば》が四方八方から襲いかかってくるだろう。かといって逃げ出そうにも素足では、周囲におびただしく散らばった撒き菱が足裏に刺さる。一足で越えられる幅でもない。

この輪の中から逃げ出す術《すべ》がない。もう、どうしようもない……。

と、老人が輪の外から、才蔵の六尺棒を足元に放り込んできた。

「手を離したら、すぐに拾え」

老人は松の根に腰を下ろし、切先で体を切り刻まれるぞ。手足の筋でも断ち切られれば、われは兵法者としては一巻の終わりじゃ」

「まごまごしておると、切先で体を切り刻まれるぞ。手足の筋でも断ち切られれば、
のんびりとした口調で、実にむごい言葉を吐く。

「むろん胸に刺されば、即死じゃ。腹も怖いぞ」

「……」

老人が以前に言った言葉を思い出す。

――なにしろ釘《くぎ》も蠅《はえ》も、ぬしを襲っては来ぬからのう。

――下手をすると手足の一本や、目の片方ぐらいは容易に失《な》くす。

才蔵は泣きそうになった。

「ほれ、いつまで布を抱いておる」老人が急かす。「陽が傾くにつれ、風は強くなってくる。始めるのなら早いに越したことはない」

言われる通り、沖から吹いてくる風は次第に強まっている。

くそ――。ええい、ままよ。

才蔵は覚悟を決め、抱えていた布を両腕から素早く離した。

いきなり目の前の布――棒の両端の切先が、こちらに向かって回転しながら飛び込んでくる。咄嗟《とっさ》に身を伏せてかわしながら、六尺棒を摑む。次いで、真横から地上すれすれを這ってくる短刀を目の端に捉《とら》える。反射的に左足を浮かせ、その短刀もかわす。

六尺棒を持って立ち上がりかけた時、背後から切先の風切り音が聞こえた。素早く身を捻《ひね》りながら、棒を繰り出す。迫ってきていた布の中ほどに当たった。

が、それは最も長い一丈の布だった。気が緩んだ瞬間、激しく突いた反動で、下の棒が布から大きく持ち上がり、二つの切先が目前まで迫ってくる。

あっ――。

もう一度布を突く余裕はない。思わず目を瞑《つむ》り、首を後方に大きく反らす。

ひゅん。

右耳のすぐ脇で、刃先が風を切った。

直後、耳たぶにすうっと冷える感触があった。次いで、激しい痛みを覚える。切れたのだ。

「ほれほれ――」老人が呆《あき》れたような声を上げる。「迫ってくる刃に目を瞑ってどうする。もう耳たぶを切ってしもうたろうが」

そう言われている間にも、四方八方から次々と切先が襲いかかってくる。刃が付いた棒を突き、布を叩き、あるいは横殴りに払う。

「はい」

激しく両腕を動かしている合間に、ようやく一言、返す。

「返事はよい」師匠の声が飛ぶ。「いついかなる状況でも、両目だけはしっかりと見開いておけ」

痛い。右耳が、痺《しび》れるように痛い……。

一瞬見えた。右の二の腕に、血が垂れた痕《あと》が何箇所もあった。肩口はさらに血に濡《ぬ》れていることだろう。

血痕《けっこん》を認めた直後、今度は前方の左右から、違う高さで短刀が襲ってくる。一方は胸に、もう一方は腹に急速に迫ってくる。才蔵は一歩踏み出し、棒を斜めにしてその切先を両端で同時に受けた。

かと思うと、今度はまた真横から短刀が飛んでくる。位置は前よりわずかに高い。瞬時に腰を屈《かが》めつつ、棒を立てる。刃が棒にぶつかる。ほっとした直後、
あうっ。

思わず声を上げそうになった。

身を起こそうとした才蔵の左脇腹に、鋭い痛みが走る。背後から飛んで来た切先に、やや深く皮膚を抉《えぐ》られた。その痛みに飛び上がった。

「この馬鹿《ばか》たれ。一瞬たりとも気を抜くな」老人が叱咤《しった》する。「わずかの間に、もう二度目じゃぞ。もそっと背後に気を配れ」

「分かっておりますっ」

半ば自棄糞《やけくそ》になって答える。答えながらも、左目の隅に迫ってくる布を捉えた。身を反転させながら激しく叩く。

「じゃから、返事はいらぬ」老人は喚《わめ》く。「ちゃんと稽古に集中せい」

なにが稽古なものか。才蔵は腹の中で毒づく。これではまるで、嬲《なぶ》り殺《ごろ》しもいいところではないか――。

さらに風が激しくなる。もう返事をする余裕はない。腰下から布が大きく撥《は》ね上がり、直後には二つの切先が頭上から落ちてくる。かわしつつ、その刀身を下から突く。さらに左。両端の刃先を凄《すさ》まじく回転させながら、棒が迫ってくる。棒のすぐ上の布ごと横なぎに払う。振り返りざま、背後に来た布を叩く。まさに、息をつく暇もない。

うっ。

今度は右太腿《ふともも》に、ひやりとした痛みを感じた。見逃していた刃先に、またしても皮膚の表面を薄く切られた。しかし痛みはさほどない。

やれやれ、と老人の大きな溜息《ためいき》が聞こえる。「何をやっておるのだ。この調子じゃと、日暮れまでに、ぬしの体は膾《なます》に刻まれておるぞ。刺さらなかっただけ、まだ幸運じゃ」

言われなくても分かっている。分かってはいるのだ。

だが、前後左右から次々に襲いかかってくる二十本の刃に、どうしても目がついていかない。当然、体もだ。

周囲に布が乱れ飛び、布下の二つの刃先がきりきりと回転し、時に大きく飛び跳ねつつ才蔵に迫ってくる。さらに必死になって動きを早め、六尺棒で弾《はじ》き飛ばす。突く、打つ、払う。身を捩《ねじ》り、足を跳ね上げ、切先を躱《かわ》す。前だけでなく、背後にも左右にも絶えず敵はいる。しばらく無言のまま、懸命に四肢を動かし続ける。

時が経《た》つにつれ、布の動きに多少慣れてきた。布の動きの拍子と才蔵の律動が、少しずつ合い始めたと言ってもいい。

長さが違う布はてんでばらばらに動くが、よく見ると不規則に動くため、複数の刃が才蔵に迫ってくるのには、ごくわずかな時間差がある。そのわずかな差さえ見切れば、なんとか一つ一つの動きに対応することは可能だ。

また風の流れも摑めてきた。前面の布が大きく迫ってきた直後には、必ず揺り戻しで背後に布が来ている。前に突き出していた棒をすぐさま手中で後ろへと滑らせ、振り向きざまに突きを伸ばす。自分の動きが次第に早くなってきたことを自覚する。また、そうでなければ、とうてい一つ一つの布の動きに対応できない。

いつしか汗が止《と》め処《ど》なく流れていた。やがてその汗も強風で乾き、その上にまた汗が滴《したた》る。乾いた肌の下からさらに汗が浮き出てくる。胸元に、うっすらと塩の結晶が出来始めている。激しい渇きを覚える。

いつまでこんなことを続けるのだろう。

……決まっている。陽がとっぷりと暮れ、辺りが薄闇に包まれるまで、延々と続けるのだ。陽の傾きを目の隅で捉える。まだあと二刻はあるだろう。

激しく四肢を動かしつつも、想像するだけで気が遠くなりそうになる。

ちらりと老人を見た。懐《ふところ》から瓢簞《ひょうたん》を取り出している。

気を取られた隙《すき》に、目の前に棒が迫っていた。すぐさま叩き付ける。

老人が瓢簞の栓を抜く。風に乗って中身の匂《にお》いがこちらまで流れてくる。

「お師匠――」

右の布を突き、返す棒先で左の布を叩きながら、思わず才蔵は言った。

「なんじゃ」

「それは、酒でござるか」

訊《き》いてすぐ、身を反転させる。今度は前から三枚の布が、ほぼ同時に迫ってくる。左右に足を踏み替えながら立ち位置を変え、わずかな差を見切って次々と突いてゆく。直後には六尺棒を持ち替える。

「そうじゃ」

背後からのんびりとした声が聞こえる。

「ぬしも少しは慣れてきた。わしも当座は見ているだけじゃ。他にやることがないわい」

さすがにこの返事には腹が立つ。自分がこんな目に遭っている脇で、呑気《のんき》に酒を呑《の》もうとしている。いったいどういう神経をしているのか。

真横から迫ってくる刃先を叩き付けながら、正面を向く。老人は瓢箪に口を付けて呑み始めている。三尺の布の短刀が、目線の高さから空を滑ってくる。怒りに任せて激しく六尺棒を振り下ろす。さらに左、五尺の布の刃が迫っている。左手を動かして棒の先端で払う。時間が経つにつれ、じわじわと両腕が重くなってくる。

「わしも――」

と、ようやく一言吐いた。

「喉《のど》が渇きました」

言いながらも右斜めから来た布を突く。直後に半身を捩り、左から膨らんできた刃先を叩く。気配がある。今度は左後ろから来る。振り向きざま、棒を反対に滑らせるようにして突く。

「まだまだ大丈夫じゃ。我慢せい」のんびりとした声が聞こえる。「人はいかに激しく動こうと、気力を振り絞れば一刻は水なしでも戦える。死にはせぬ。そうやって口を利《き》けるだけ、まだ余力がある」

足元から迫ってきた切先を、すんでのところで棒先で払う。

「し、しかし……」

が、言葉を続ける暇もなく、正面の六尺の布が大きく膨らむ。二つの短刀が飛び跳ねるようにして、きりきりと回転しながら迫ってくる。一瞬で狙いを定め、棒先で弾き飛ばす。そのまま右目の隅で近づいてくる短刀を捉える。

「あと一刻もせぬうちに、陽が箱館山《はこだてやま》にかかり始める」老人の声が響く。「その頃、わずかに風が緩む。たぶん酒もなくなっておる。渚まで行って、水を汲《く》んできてやる」

　左から襲ってきた短刀を叩きながら、才蔵は期待についロを開いた。

「されば、そこで小休止ですか」

　言いつつも、さらに正面から来た布を打つ。

「いや」かすかに笑いを含んだ声がする。「ぬしは瓢簞の水を飲みながら、なおも稽古に励むのじゃ」

「なんと――」

　だが、その後の言葉を口にする余裕もなく、右に左に刃をかわしながら棒を捌《さば》き続ける。

　腹の中は思い切り煮《に》え滾《たぎ》っていた。なんと無慈悲な爺《じじい》であることか。

　心底から湧《わ》いてきた怒りで、やや気力が戻ってくる。心持ち、疲労も軽くなる。

　けれど、気力が持続したのもしばらくの間だけだった。

　以前にも増して腕が重くなってきた。足も悲鳴をあげている。絶えず前後左右に体を入れ替え、踏ん張り続けてきたため、今では一歩踏み込む度に、内側の筋肉に痛みが走る。膝《ひざ》もがくがくと笑い始めている。

　それでもなんとか持ちこたえ、周囲の刃に棒を繰り出し続ける。そうせざるを得ない。一瞬でも休めば、あっという間に八方から襲ってくる刃先の餌食《えじき》になる。

水だ。水が欲しい。

体内が燃えるように熱い。

口中が渇き切り、唾液《だえき》も出ない。だが、無意識に体は動き続ける。

どれくらいそうして風と格闘し続けていただろう。半刻か、それとも一刻に近いのか……気がつけば、風が徐々に弱まり始めていた。それに応じて、才蔵も動きを緩める。

傍らを見遣《みや》ると、老人の姿がなかった。

動く布の隙間から、岸辺で腰をかがめている老人が見えた。ややあって、瓢簞を手に戻ってくる。

束の間、風が止んだ。自分の周りにある布が、すべて力なく垂れ下がる。

「ほれ——」

その隙間から、老人が瓢簞を放ってくる。棒を左手に持ち替え、右手で受ける。歯で瓢簞の栓を抜き、水を呷《あお》る。喉を鳴らしながら飲む。

一気に蘇生《そせい》した思いがする。額の汗を手の甲で拭《ぬぐ》う。

じゃりっ。

明らかな音を立て、額がざらつく。細かな塩の結晶が手の甲にこびり付いている。こんなにも汗をかいたのは、生まれて初めてだ。

「舐《な》めよ」老人が静かに言った。「汗で塩気が失われている」

言われて舐める。塩辛い。瓢簞の残りの水を一気に呷った。

「大丈夫じゃ」老人が笑う。「切れた耳たぶからは、もう血は出ておらぬ」

右肩を見下ろす。固まった血が罅割《ひびわ》れ、所々で剝離《はくり》している。脇腹の傷もほとんど固まっている。太腿の切り傷は血が凝固している。風のせいだ。

「水をもう一度、もらえませぬか」

「ならぬな」老人は即答する。「それ以上飲むと、身の動きが鈍くなる。風に当たって腹も冷え、途中で下す」

ですが、と才蔵は返した。「先ほどからおそらく一刻は動き続けましたが、腹は下しませせなんだ」

すると老人は笑った。

「馬鹿め。今までの風など、これからに比べればまだ序の口じゃ」

「……は？」

「今、どうして風が止んでおるのか、分かるか」

「凪《なぎ》になったのではありませぬか」

「違う」老人は首を振る。「鬩《せめ》ぎ合《あ》っておるのだ」

せめぎあう？　むろんその言葉の意味は分かる。だが、何と何が鬩ぎ合っていると
いうのか。

ゆらゆらと布が揺れ始めた。ふたたび風が起こり始めている。才蔵は慌《あわ》てて棒を構える。

「なにゆえに唐崎からわざわざおぬしをここまで連れてきたか、もう訳は分かっておろう」

足元まで来た布を軽く突きながら、才蔵は答える。

「この浜が、絶えず沖つ風の吹く場所だからでございます」

「そうじゃ」老人は言う。「じゃがの、沖つ風だけならば、ここが最も風の強い場所というわけではない。他にもある」

「……」

ゆっくりと風が吹きつけてくる。どこか妙だ。今までとは違う……正面の布がこちらに向かって膨らんだかと思うと、今度は逆に沖に向かって膨らみ始める。突く拍子を外してしまう。

ようやく分かった。背後から、山を越えて吹き降ろしの風が吹き始めているのだ。

老人がゆっくりと口を開く。

「これより陽が沈むにつれ、西からの風が強まってくる。若狭湾《わかさわん》に集まった海風が、丹波《たんば》の谷々を曲がりくねりながら吹き抜け、一気にこの湖へと流れ込む」

つまり、湖上を流れてきた東からの風と、西から丹波の高地を駆け下ってきた風が、東の間押し合っていたに過ぎない……。

才蔵は咄嗟に山側に向き直った。耳元と胸に受ける風が、じわじわと強くなってきている。

「釣り合いは破れ始めておる。徐々に山からの吹き降ろしが強くなってくる。夕闇が迫る頃には激しい山颪《やまおろし》に変わる。その強さは、とうてい沖つ風の比ではない」

「……」

「どうじゃ。これで今から腹と言わず、全身が冷える訳が分かったか」

吐き気を催すぐらい気分が悪くなりかけた。身も心も疲れきっているのに、今までの稽古よりもっと激しく動くことになるのだ。

老人は笑った。

「なに、死ぬ怖《おそ》れはまだない。この時期の山颪ではの」

「この時期？」

「そうじゃ。飛んでくる短刀は、今までより体を深く斬《き》る程度じゃ。深々と体に刺さるほどの強さではない」と淡々と口にする。「凄まじい烈風になるのは、十二月から二月にかけての間じゃ。下手をすれば、命を落とす。じゃからそれまでに、体の正面から刃を浴びぬような技量になればよい。それだけの話よ」

ようやく――、
今度こそ、本当に腰から力が抜けそうになる。

「そうでございますか」

と一言返すのが精一杯だった。老人はまた笑う。

「せいぜい励め」

周囲に薄闇が降りてきている。西風が強くなってきた。目前の一丈の布が、大きく自分に迫ってくる。と同時に左右からも一瞬遅れて布が膨らんでくる。

才蔵はふたたび六尺棒をせっせと振り始めた。腕の動きは辺りが暗くなるにつれ、先ほどまでよりいっそう激しくなっていった。


（下巻へ続く）

司馬遼太郎著

人斬り以蔵

幕末の混乱の中で、劣等感から命ぜられるままに人を斬る男の激情と苦悩を描く表題作ほか変革期に生きた人間像に焦点をあてた7編。

司馬遼太郎著

燃えよ剣（上・下）

組織作りの異才によって、新選組を最強の集団へ作りあげてゆく〝バラガキのトシ〟——剣に生き剣に死んだ新選組副長土方歳三の生涯。

司馬遼太郎著

関ケ原（上・中・下）

古今最大の戦闘となった天下分け目の決戦の過程を描いて、家康・三成の権謀の渦中で命運を賭した戦国諸雄の人間像を浮彫りにする。

池波正太郎著

雲霧仁左衛門（前・後）

神出鬼没、変幻自在の怪盗・雲霧。政争渦巻く八代将軍・吉宗の時代、狙いをつけた金蔵をめざして、西へ東へ盗賊一味の影が走る。

池波正太郎著

闇の狩人（上・下）

記憶喪失の若侍が、仕掛人となって江戸の闇夜に暗躍する。魑魅魍魎とび交う江戸暗黒街に名もない人々の生きざまを描く時代長編。

池波正太郎著

真田太平記（一〜十二）

天下分け目の決戦を、父・弟と兄とが豊臣方と徳川方とに別れて戦った信州・真田家の波瀾にとんだ歴史をたどる大河小説。全12巻。

新潮文庫の新刊

隆慶一郎著
花と火の帝（上・下）
皇位をかけて戦う後水尾天皇と卑怯な手を使う徳川幕府。泰平の世の裏で繰り広げられた呪力の戦いを描く、傑作長編伝奇小説！

一條次郎著
チェレンコフの眠り
飼い主のマフィアのボスを喪ったヒョウアザラシのヒョーは、荒廃した世界を漂流する。愛おしいほど不条理で、悲哀に満ちた物語。

大西康之著
起業の天才！
―江副浩正　8兆円企業リクルートをつくった男―
インターネット時代を予見した天才は、なぜ闇に葬られたのか。戦後最大の疑獄「リクルート事件」江副浩正の真実を描く傑作評伝。

徳井健太著
敗北からの芸人論
芸人たちはいかにしてどん底から這い上がったのか。誰よりも敗北を重ねた芸人が、挫折を知る全ての人に贈る熱きお笑いエッセイ！

永田和宏著
あの胸が岬のように遠かった
―河野裕子との青春―
歌人河野裕子の没後、発見された膨大な手紙と日記。そこには二人の男性の間で揺れ動く切ない恋心が綴られていた。感涙の愛の物語。

帚木蓬生著
花散る里の病棟
町医者こそが医師という職業の集大成なのだ――。医家四代、百年にわたる開業医の戦いと誇りを、抒情豊かに描く大河小説の傑作。

室《むろ》町《まち》無《ぶ》頼《らい》(上)

新潮文庫　か－47－16

平成三十一年二月一日発行
令和六年十二月十五日六刷

著者　垣《かき》根《ね》涼《りょう》介《すけ》

発行者　佐藤隆信

発行所　株式会社　新潮社

郵便番号　一六二―八七一一
東京都新宿区矢来町七一
電話　編集部(〇三)三二六六―五四四〇
　　　読者係(〇三)三二六六―五一一一
https://www.shinchosha.co.jp

価格はカバーに表示してあります。

乱丁・落丁本は、ご面倒ですが小社読者係宛ご送付ください。送料小社負担にてお取替えいたします。

印刷・大日本印刷株式会社　製本・加藤製本株式会社

ISBN978-4-10-132978-9 C0193